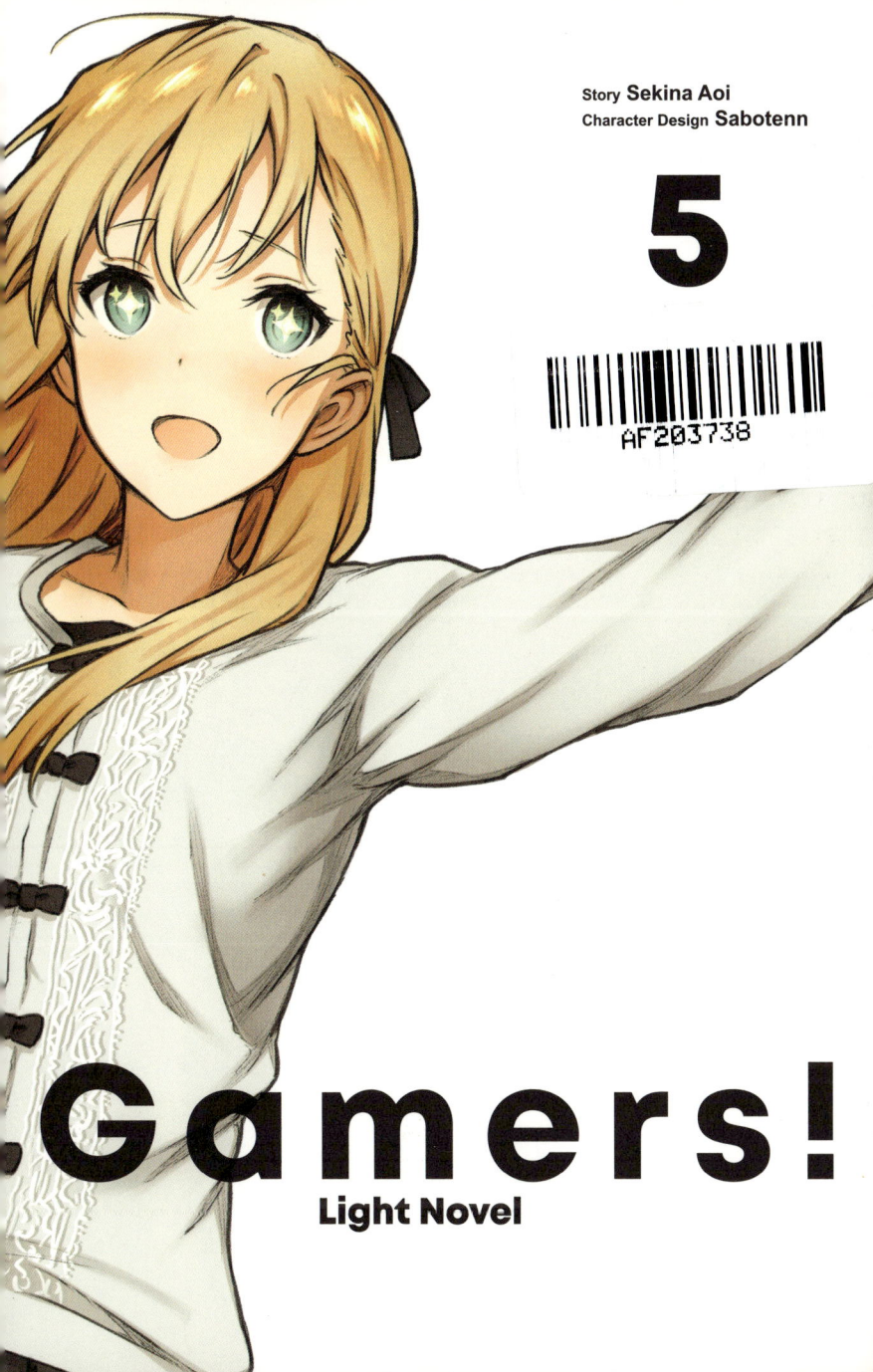

Story **Sekina Aoi**
Character Design **Sabotenn**

5

AF203738

Gamers!

Light Novel

»Hach, wie so 'ne schlichte Stadt, die man nach der Hälfte der Spielzeit in einem RPG erreicht! Von so was krieg ich nie genug!«

Keita Amano
Er ist der Protagonist, der das Gefühl nicht abschütteln kann, immer noch ein Mob-Charakter zu sein.

»Darf ich dich …
nur noch einmal
etwas fragen? Willst
du nicht mit uns
beim Game-Klub
mitmachen?«

»Viva ›Spiel Kingdom‹!«

Karen Tendo
Sie ist die Leiterin des Game-Klubs und Heldin der Geschichte

»Ich hab das starke Bedürfnis, die zwei sofort auf den Mond zu schießen!«

»Beruhig dich, Aguri! Ich versteh total, wie du dich fühlst!«

Aguri
Sie sorgt sich in Wahrheit am meisten um ihr Umfeld.

Tasuku Uehara
Ihm hängt in letzter Zeit immer das Label des Arschlochs an.

Gamers!

Light Novel

5

START

Inhalt

Gamers!
Light Novel

Tasuku Uehara und der Game-Trottel
009

Konoha Hoshinomori und die Deregulierung
055

Keita Amano und die neutrale Route
085

Gamers und der feindliche Critical Hit
139

Nachwort
239

Tasuku Uehara und der Game-Trottel

Keita Amano, Schüler der Klasse 11-F an der Otobuki Oberschule. Wenn man über ihn redet, sollte man genau zwei Punkte kennen.

Seine »Normalität« und dass er »Games liebt«.

Diese zwei Punkte machen ihn als Ganzes ... oder, um nicht ganz so weit zu gehen, zu doch 80 Prozent aus.

Zunächst seine »Normalität«. Dass meine ich so, wie ich es schreibe. Man muss sich nur einen einfachen Wischiwaschi-Protagonisten in einer Dating Sim vorstellen, wie es sie vor zehn Jahren noch oft gab, und man hat Keita exakt getroffen. Er besitzt zwar kein besonders ausgeprägtes Zielbewusstsein, aber trotzdem ist er auch nicht leichtsinnig. Und obwohl er etwas schüchtern ist, ist es nicht so schlimm, dass er gar nicht mit anderen Leuten reden könnte. Was seine Fähigkeiten angeht, da ist er, auf Social Games übertragen, so wie ein 3☆-Charakter*. Ohne hervorstechende Parameter gibt es eben keine Leader-Skills**. Kurz gesagt, er ist ein Charakter, den man beim Sortieren der Charakterbox nur allzu leicht übersehen würde und so ist es auch in seiner Klasse. Dass er überhaupt da ist, fällt erst dann auf, wenn mal wieder die Sitzplätze gewechselt oder Gruppen gebildet werden.

Eine Phase gab es allerdings, als er es aus einem gewissen Grund schaffte, große Aufmerksamkeit auf sich zu ziehen. Um es auch hier wieder mit einem Social Game zu sagen, so war er während eines Events mit einem leichten Effizienz-Boost ausgestattet.

* Seltenheit eines Charakters in Social Games. 5☆-Charaktere sind am seltensten.
** Fähigkeiten, die dem Gruppenanführer vorbehalten sind.

Jetzt, da das Event vorläufig beendet ist, bekommt er von den Leuten letztlich wieder die vorherige Basisbewertung verpasst. Das heißt, die alte Behandlung als 3☆-Charakter.

Er ist durch und durch »normal«. Das ist es, was Keita Amano ausmacht. Allerdings besitzt auch er etwas, was man gerade noch als »individuell« bezeichnen könnte.

Und zwar den Umstand, dass er »Games liebt«.

Na ja, das allein mag auf den ersten Blick wie eine total durchschnittliche Allerweltsidentität klingen, aber in seinem Fall hat es ein klitzekleines bisschen mehr »Gewicht«.

Ich gebe ein konkretes Beispiel. Wäre das hier eine romantische Komödie, so hätte er auf der Siegesgeraden bei einem wundersamen Lucky Event die »Klubeinladung der blonden Schönheit« aus so einem idiotischen Grund abgelehnt, wie dass sich ihre »Spielstile unterscheiden«.

Und obwohl er von Natur aus ängstlich und schüchtern ist, brach er bei der ersten Begegnung mit einem ebenso ängstlichen und schüchternen Mädchen einen so riesigen Streit vom Zaun, nur weil sich wieder ihre Meinungen zu einem Game unterschieden. Anders gesagt: Warum einfach, wenn man es auch kompliziert haben kann?

Darum hat er auch keine einzige Fähigkeit, die ihn wie den Protagonisten einer Light Novel aussehen lässt. Er ist weder gut in Games, noch besitzt er ein Talent für irgendein Genre oder hat irgendein Gamer-Spezialwissen, das sonst niemand hat. Und doch gibt es bei seiner »Liebe zu Games« sicherlich auch Punkte, in denen er jedem anderen ein bisschen überlegen ist. Das beschreibt Keita Amano eigentlich ganz gut. Ich, Tasuku Uehara, bin sein Kumpel, das Schul-Idol Karen Tendo baute mit ihm eine Liebesbeziehung auf, und zu guter Letzt verknallte sich sogar Chiaki Hoshinomori in ihn, obwohl sie sich rühmte, seine Erzfeindin zu sein. All diese Dinge passierten gerade, weil Keita Amano von Grund auf »Games liebt«.

Allerdings …

Wenn so ein Kerl wie er wegen der Freundin eines Kumpels auf eines der Games verzichtet, das für ihn zur absoluten Spitze zählt, dann geht doch da was nicht mit rechten Dingen zu!

Es war tief in der Nacht, ich lag verzweifelt in meinem Futon* und wusste weder ein noch aus.

*

Ich wusste schon lange, dass meine Freundin Aguri und Keita sich gut verstanden. Hinter die genauen Umstände war ich zwar noch nicht gekommen, aber seit einer gewissen Zeit hielten die beiden wohl irgendwelche Geheimtreffen ab, um sich gegenseitig Tipps in Sachen Liebesangelegenheiten geben zu können.

Natürlich fand ich das als Aguris Freund nicht besonders lustig. Für eine Weile hatte ich sie ernsthaft verdächtigt, was hinter meinem Rücken am Laufen zu haben, was mich vor Eifersucht richtig wahnsinnig machte. Neulich jedoch erklärte mir Aguri klipp und klar, Keita sei für sie nur wie eine Art Bruder. Die Zweifel in mir räumte

---

* Japanisches Bett, bei dem man auf dem Boden schläft.

ich dann erst mal zur Seite ... Aber dann geschah etwas. Dieser Moment, der sich da abspielte ...

Dieser Games liebende Keita gab wider Erwarten einfach Aguri den Vorzug, während Aguri wie immer war und einfach Spaß daran hatte, mit ihm rumzualbern ... Genau diese Momente meine ich.

Selbst jetzt noch kann ich nicht vergessen, was nach dem Unterricht im Game-Center passierte. Die Details spar ich mir mal, aber wie konnten sie es wagen, vor uns ... mir, Aguris Freund, Karen, Keitas Freundin sowie dieser Chiaki Hoshinomori – die sich gerade deshalb in Keita verknallte, weil dieser so ein Game-Nerd ist – mit der Stärke ihrer Verbundenheit zu prahlen, die viel zu überwältigend daherkommt?

Eigentlich hatten die beiden wohl gar nicht vor, irgendwas Besonderes zu veranstalten ...

Es war klar, dass sie überhaupt nicht fremdgegangen sind. Keiner glaubte noch daran, dass zwischen den beiden irgendwas Zwielichtiges ablief. Ganz im Gegenteil, es war für uns alle offensichtlich, wie brav und unschuldig die beiden waren. Wenn man das so sah, wurde einem sogar warm ums Herz.

Aber warum dann das Ganze? Die beiden dachten daran, wie sie sich gegenseitig glücklich machen könnten. Dieser schöne Moment lief genauso ab. Aber dass wir drei bis dahin das größte Krisengefühl erlebten, war ein Fakt.

Ob Seitensprung oder nicht, über solche Gedanken bin ich doch schon längst hinaus.

Obwohl ich mich in meinen mollig warmen Futon eingerollt hatte, zitterte ich am ganzen Leib. Sowohl Aguri als auch Keita dachten ernsthaft an mich und Karen. Von früher mal abgesehen hatte ich jetzt keine Zweifel an ihren Gefühlen. Und was Keitas Liebesgefüh-le angeht, die will ich noch im großen Stil in Gang setzen ... Aber das ist eine andere Geschichte. Die schieb ich erst mal zur Seite.

In jedem Fall gab es bei den aufrichtigen Gefühlen, die beide gegenüber ihren Partnern hatten, keinen Grund, misstrauisch zu sein. Andererseits jedoch ... kamen mir die folgenden Gedanken:

Aguri und Keita ... Die Verbundenheit, die sie füreinander so stark empfinden ... gibt es sie eigentlich auch in unseren jeweiligen Beziehungen?

Was das anging, war das Problemkind in unserer Gruppe wie erwartet Keita. Der Games liebende Keita Amano ... Nein, eigent-lich könnte man ihn schon als kleinen Gametrottel bezeichnen. Es war, als hätte er diesen Charakter erschaffen, dessen Erscheinung in großem Maße von diesem einen Punkt, nämlich dass er Games liebt, abhängt. Und dieser Kerl verzichtete jetzt auf die Chance, das Game zu kaufen, auf das er sich von ganzem Herzen gefreut hatte, um einem Mädchen zu Hilfe zu eilen.

Selbst wenn ich hier die Liebe aus dem Spiel ließe, muss die Szene wohl folgendermaßen auf die Leute um uns herum gewirkt haben:

»Also ich mag lieber Creme- als Bohnenmusfüllung!« (by Anpanman*)

Wir waren verblüfft. Wäre das eine Light Novel mit Keita als Prota-gonisten, dann wäre der Drang groß, ihr eine Rezension wie »Der Stil ist ja grauenhaft schwammig!« an den Kopf zu werfen.

Zumindest würde man Keita, der zuvor die Klubeinladung der schönen Karen Tendo mit der Begründung ausschlug, dass sein

---

* Anpanman ist der Protagonist der gleichnamigen Kinderserie. Sein Kopf ist mit rotem Bohnenmus gefüllt.

Spielstil ein anderer sei, wohl für einen anderen Menschen halten. So sah ich, sein Freund, die Sache. Karen, die zuvor seine Absage auf ihre Einladung kassiert hatte und jetzt seine Freundin war, musste hingegen doch einen unvorstellbaren Schock verspüren. Auch Chiaki Hoshinomori, die mit Keita gerade beim Thema Games eine tiefe Verbundenheit spürte, konnte angesichts der Tatsache, dass Keita ein Mädchen einem Spiel vorzog, ihren Schock nicht verbergen. Und mir … ging es da auch so.

Was ist nur los mit dir …? Was wird das? Verdammt …!

So als wollte ich von meiner Irritation ablenken, rollte ich die Bettdecke zusammen und umarmte sie fest. Eigentlich war ich längere Zeit überhaupt nicht mehr genervt gewesen, doch seit Kurzem fühlte ich mich wieder verärgert, weil ich Keita nicht verstehen konnte.

*

Heute stieg mir der Kompostgeruch, der vom Wind hierhergetragen wurde, besonders stark in die Nase. Es war der erste Freitag im September. Ich ging mit schweren Schritten recht unentschlossen der Otobuki Oberschule entgegen und schaute dabei auf die in der Landschaft verstreut liegenden Heuballen, ohne wirklich auf sie zu achten.

Da ich etwas früher als sonst das Haus verlassen hatte, war ich zum Glück kaum anderen Schülern begegnet. Bei der Otobuki war es nämlich so, dass die meisten Schüler mit dem Bus kamen. Aber weil ich in der äußerst glücklichen Lage war, nur 25 Minuten zu Fuß von der Schule entfernt zu wohnen, nahm ich je nach Stimmung den Bus, das Rad oder ging zu Fuß. Heute war ich schon früh aufgewacht und ging zu Fuß, weil ich ein bisschen Zeit zum Nachdenken brauchte. Über meinem Kopf zogen ein paar spärliche Wolken vorbei. Ein Wetter, das man im Generellen als heiter bezeichnen kann. Auch der Wind war im Vergleich zu den letzten Tagen kühl und angenehm, und so hätte es keinen idealeren Tag für einen Spaziergang geben können als heute. Und doch spürte ich nicht im Geringsten ein Anzeichen dafür, dass sich die Unsicherheit in mir auflösen würde.

»Was mach ich nur ...«

Mehr und mehr wurde ich wütend auf mich selbst, dass ich seit gestern die ganze Zeit so unentschlossen gewesen war. Schließlich hatten gerade diesmal weder Aguri noch Keita irgendetwas falsch gemacht. Es war nur der Schock, jetzt zu wissen, wie verbunden sich die beiden fühlten. Wenn ich meinen Ärger an jemandem auslassen wollte, dann an mir selbst.

Als ich wie verrückt mein Haar zerzauste, um meinem Ärger Luft zu machen, spürte ich, sei es aus Stress oder Schlafmangel, für einen Augenblick eine leichte Migräne. Das machte mich nur noch wütender. Wenn es schon so weit kam, dann war mein Spaziergang zur Schule vielleicht ein Reinfall. Ich grübelte über zu viel unnötiges Zeug nach.

Ich stieß einen tiefen Seufzer aus, holte mein Handy aus der Tasche und begann damit rumzuspielen. Ich weiß, Smombies haben nicht den besten Ruf, aber hier auf dem Land, wo niemand war, ich weit sehen konnte und ich sowieso nur geradeaus lief, bitte ich, freundlich darüber hinwegzusehen. Trotzdem wäre es keine gute Idee, im Gehen die neuesten Schlagzeilen lesen zu wollen.

Auf dem Handy zu zocken war für mich auch eine Seltenheit, und dennoch startete ich eine Game-App. Es war ein Game aus dem Genre der Idle Games oder Clicker Games, das mir Keita zuvor empfohlen und ich halt mal installiert hatte.

Es war eine simple App, deren Ton und Pixeloptik aus Elementen zusammengesetzt waren, die mir bekannt vorkamen. Sie wirkte dadurch, als wäre sie von nur einer Person erstellt worden. Man verwendete Ressourcen (Geld oder Erfahrungspunkte), die im Laufe der Zeit oder durch Tapping verdient wurden, und ließ so seinen Charakter wachsen. Nachdem man die Ressourcengewinnung optimiert hatte, legte man es wieder für eine Weile zur Seite. So ein Game war es.

Der konkrete Ablauf war zum Beispiel so: Wenn ein Charakter, der am Anfang nur »Ein Gold« pro Minute verdiente, dieses Gold benutzte, um stärker zu werden, dann würde er nun 10 Gold pro Minute verdienen. Mit diesem angewachsenen Einkommen konnte man den Charakter weiter verbessern, um dann 100 Gold oder 1000 Gold pro Minute zu verdienen. So ging es immer weiter und schnell waren mehrere Statuswerte inflationär angewachsen. Die Aufgabe des Spielers – wenn man überhaupt von »spielen« reden kann – war im Grunde nur darauf zu warten, dass der Charakter Ressourcen anhäuft. Die meisten dieser Games verlangten nicht einmal, dass man konzentriert auf den Bildschirm starrt, denn das Geschehen setzte sich auch fort, wenn man die App geschlossen hatte. Wenn einem plötzlich danach war, überprüfte man die angehäuften Ressourcen seines Charakters und ließ ihn auf diese Weise wachsen. Im Prinzip wiederholte sich das bei diesen Games endlos. Wenn man nur die Beschreibung hörte, fragte man sich schon, was daran denn so interessant sei. In Wirklichkeit lockten mich solche Games nicht hinter dem Ofen hervor, aber als ich dann mal eins ausprobierte, war es wider Erwarten gar nicht so schlecht. Man hatte aus dem Aufleveln in RPGs die lästigen Bestandteile vollständig rausgenommen, und so blieb nur der Spaß an der Charakterentwicklung zurück. Natürlich hatten sie als Ausgleich für die fehlenden Strapazen immer damit zu kämpfen, irgendwie unbefriedigend und oberflächlich zu sein. Aber als einfacher Zeitvertreib waren sie echt eine feine Sache.

»Ach ja, ich hab schon lange nicht mehr nachgeschaut …«

Als ich die App nun mal wieder startete, hatten meine Charaktere dank des langen Zeitraums eine beträchtliche Menge an Gold gesammelt. Dieses benutzte ich sofort für die Charakterentwicklung. Man sah meinem Charakter die neugewonnene Stärke sofort an und die Geschwindigkeit der Ressourcengewinnung stand in keinem Verhältnis zu vorher.

»Jawoll!«

Obwohl ich mich angesichts dieses Zustandes irgendwie leicht erfrischt fühlte, bereute ich auch ein wenig, dass ich nicht noch ein bisschen früher nach dem Rechten gesehen und meinen Charakter entwickelt hatte. Man legte das Game zwar für den gleichen Zeitraum beiseite, aber letztendlich war es doch ein himmelweiter Unterschied, ob man in der Stunde »1 Gold« oder »1000 Gold« verdiente. Der einzige Trick bei diesen Idle Games lag darin, wirklich aktiv den Status zu checken und sie nicht zu lange links liegen zu lassen. Na ja, selbst wenn man genügend Ressourcen anhäufte: Setzte man sie nicht ein, hatte das Spiel auch keinen Sinn.

»Genau wie bei Aguri und mir. Wir haben unnötigerweise seit Längerem nur unseren Beziehungsstatus fortgesetzt.«

Unwillkürlich machte ich leise diese sarkastische Bemerkung und lächelte dabei gezwungen. Ich und Aguri … Die Menge an gemeinsamen Erinnerungen und Gefühlen, die wir beide angehäuft hatten, würde ich auf keinen Fall so einfach jemand anderem überlassen. Aber … hatten wir diesen Speicher vielleicht in Wirklichkeit in Proviant umgewandelt, um im Leben voranzukommen? In letzter Zeit wurde ich besonders von Missverständnissen an der Nase herumgeführt. Nein, das war nur eine Ausrede. Ich wollte mir nicht eingestehen, dass mir der Mut fehlte, einen Schritt nach vorn zu machen. Keita andererseits mochte noch so mickrige Gefühle und Erinnerungen angehäuft haben und doch fasste er gegenüber Karen, aber auch gegenüber mir, Chiaki und auch Aguri, jedes Mal Mut und machte einen Schritt nach vorn.

Dass er, der ursprünglich ganz allein war, in den letzten paar Monaten so schnell Bekannte und Freunde gefunden hatte, war nicht nur einem merkwürdigen glücklichen Zufall zu verdanken. Er selbst war jemand, der von Natur aus den Fleiß aufbringen konnte, um im Leben voranzukommen, wenn sich nur die Gelegenheit bieten würde. So betrachtet war die Tatsache, dass er plötzlich anderen Menschen näherkommen konnte, nur natürlich. Natürlich war es zwar …

»Aber warum muss seine erste Auserkorene gerade Aguri sein …? Was erwählt er denn auch sie zur Heldin?«

Obwohl er nach wie vor die besonderen Eigenschaften eines Hauptcharakters hatte, begab sich mein Klassenkamerad gedankenlos auf eine Route, die überhaupt nicht zu einem Hauptcharakter passte. Für Außenstehende mochte das ja interessant wirken, aber in diese Haltlosigkeit selbst hineingezogen zu werden, war unerträglich.

»Hach …«

Mit einem Seufzer beendete ich die App, stopfte mein Handy grob in meine Tasche und machte mich mit großen Schritten auf in Richtung Schule. Doch als ich plötzlich aufschaute, sah ich etwa 50 Meter vor mir den Rücken einer Schülerin. Bevor ich die App startete, war mir überhaupt nicht aufgefallen, dass sie da war … In dem Moment, als ich mir diese Gedanken machte, wurde mir auch sofort klar, warum.

»Wie lahm …«

Sie bewegte sich so träge fort, dass nicht mehr viel bis zum absoluten Stillstand fehlte. Noch dazu hatte ihre kraftlose Art zu gehen etwas Zombiemäßiges. Ihr verrutschter Blazer war ungewöhnlich weit geöffnet, ihre Arme baumelten an ihren Seiten, und weil ihr Kopf wie bei einem Baby, das seinen Kopf noch nicht selbst halten kann, hin- und herschaukelte, waren ihre langen Haare ganz zerzaust. Ehrlich gesagt dachte ich instinktiv, dass ich hier wohl besser Abstand halten sollte. Während ich mir jedoch überlegte, ob ich auf den gegenüberliegenden Bürgersteig wechseln sollte, um sie zu überholen, kam ich ihr immer näher. Und dann …

»Hä …?«

Als ich mich ihr so näherte, kamen mir ihre Gestalt und Aura irgendwie bekannt vor. Ich zögerte etwas, doch dann trat ich entschieden neben sie, nahm meinen Mut zusammen und warf einen kurzen Blick in ihr Gesicht.

»Nina …?«

»Hm …? Oh, Fake-Task … Guten Morgen …«

Mit leeren Augen blickte sie zu mir hoch und lächelte mich überschwänglich freundlich an. Nina Oiso aus der Zwölften. Was war denn jetzt los? Gerade wenn einem klar wurde, dass es sich um eine Bekannte handelte, hatte doch jeder erst mal Schiss. Und obwohl ich es ein wenig bereute, sie angesprochen zu haben, und sie mich in die Backe kniff, erwiderte ich ihre Begrüßung.

»M… morgen. Also …«

Als ich Probleme hatte, die nächsten Worte zu finden, schaute Nina hoch zum Himmel, während sie noch torkelte, und lachte dann total gruselig los.

»Was für ein schöner Morgen … Fake-Task!«

»Meinst du das wirklich ernst?!«

Wenn mir jemand, die aussieht, als wäre ihre ganze Familie gerade ermordet worden, so etwas sagte, dann musste sich das ja unheimlich anfühlen. Als ich also auf Distanz ging, neigte Nina wiederum den Kopf erstaunt zur Seite und flüsterte dann so, als wäre sie mit irgendetwas zufrieden:

»Ah … Keine Sorge. Keine Sorge. So ist das immer …«

»Deine Familie wird also jeden Morgen massakriert?!«

»Was redest du denn da, Fake-Task …? Aus dir werd ich immer noch nicht schlau. Du bist echt abartig …«

Früh am Morgen stempelte mich also die suspekte Person Nr. 1 als der Böse ab. Na danke auch. Nachdem Nina einen lustlosen Seufzer ausgestoßen hatte, fing sie an zu erklären, während sie den Kopf leicht kreisen ließ.

»Ich habe niedrigen Blutdruck.«

»Von wegen! Das kauf ich dir nicht so einfach ab, so krass wie das bei dir aussieht!«

»Na ja, stimmt schon … Meine Eltern sagen schon immer zu mir: ›Nina, jeden Morgen bist du so aufgedreht, als würde in deinem Bett ein nackter Mann liegen. Bitte hör auf damit.‹«

»Wenn die eigenen Eltern einem so krasse Worte an den Kopf werfen, sagt das schon alles!«

»Aber für mich ist ›aufgeweckt zu werden‹ und ›von einem nackten Mann aufgeweckt werden‹ fast das Gleiche, also ist es nicht ganz falsch … Daher lass ich jeden Morgen, wenn ich mein Frühstück esse, meine Eltern nicht aus den Augen …«

»Wie redest du bitte über deine Familie?! Jetzt reicht's aber echt!«

Schon morgens von der Tochter als Verbrecher hingestellt zu werden, ich glaub, die Hölle brennt.

»Aber … in dem Zustand kann ich wohl nicht in die Schule, was?«

»Na ja, wenn ich ein Lehrer wäre, würde ich dich melden.«

»Aber dass ich es morgens … auf mich nehme … zu Fuß zur Schule … ich bin wach … ZZZ«

»Hä, bist du gerade mitten im Satz eingepennt?! Der Spaziergang hat ja wohl überhaupt nichts gebracht, oder?!«

»Alles okay … Wenn ich dann am Schultor anderen Leuten begegne, bin ich ruckzuck hellwach … Hier … auch wenn es nicht so aussieht … ich bin ein unerwartet vernünftiger Mensch …«

»Vergiss es. Bei mir schaffst du's ja auch nicht …«

»Ähm, vielleicht deswegen …?«

Jetzt neigte sie den Kopf ernsthaft zur Seite. Hm … bedeutete … diese Reaktion …

»Da… das geht nicht, Nina. Ich weiß, dass du schon lange unsterblich in mich verknallt bist … aber so leicht kann man das Herz eines Mannes nicht für sich gewinnen.«

Ich packte mein bestes Zahnpastamodel-Lächeln aus. Nina jedoch hielt sich die Hände vors Gesicht, so als wäre sie geblendet und könnte mich nicht direkt anschen, und begann zu stöhnen.

»Mann … nach diesem Feuer der Leidenschaft bin ich irgendwie wach. Und jetzt weiß ich auch, was du für ein abartiger Kerl bist, Fake-Task!«

»Ganz genau, Nina. Rede dir nur ein, wie abartig ich bin. Das kommt mir gerade recht.«

Nina war eine attraktive Frau, aber ich hatte ja Aguri als meine Freundin. Ich wollte nicht, dass sich Nina sinnlos in mich verliebt. Nina starrte mich durchdringend an.

»Äh, gut gemacht, Fake-Task. So werde ich wach. Ich spüre, wie das Blut meinen ganzen Körper durchfließt.«

»Die Kraft der Liebe ist echt beängstigend.«

»Oh, jetzt fließt das Blut noch besser.«

Nina war nun wohl vollkommen wach und brachte ihr Erscheinungsbild in Form (ihre Schuluniform war aber nach wie vor verrutscht). Und dann beschleunigte sie ihr Gehtempo auf ein normales Niveau und fragte mich erneut, während sie neben mir herlief: »Sag mal, Fake-Task, was machst du morgens eigentlich? Schülerinnen aufreißen?«

»Warum werde ich denn in letzter Zeit von ausnahmslos jedem Mädchen für den übelsten Pickup-Artist gehalten?«

»Na, weil du Mädels abschleppst, ist doch klar!«

»Nein, tu ich ni…«

Bevor ich den Satz beenden konnte, wurde mir bewusst, dass mein Aufeinandertreffen mit Nina schon ein bisschen in diese Richtung abdriftete. Ich räusperte mich und kehrte etwas gezwungen zur ursprünglichen Frage zurück.

»Manchmal gibt es eben Tage, da will ich zu Fuß gehen und über Dinge nachdenken.«

»Wow, das ist jetzt echt ekelhaft, wie der übelste Normalo. Voll abstoßend, so ein Verhalten.«

»Auch Unvernunft hat ihre Grenze.«

»Sag mal, Fake-Task, magst du Village Vanguard*?«

»...«

Mochte ich schon. Warum auch nicht. Was ist schon dabei, Village Vanguard zu mögen?

»Also, ich mag den Laden auch. Der ist echt top.«

»Was wird das hier eigentlich, wenn's fertig ist?«

»Ach, es geht darum, dass alles, was du machst, mich nervt.«

»Bist du in deiner Trotzphase oder was?«

»Ähm, sorry. Aber worüber denkst du denn immer so nach? Steht bald ein Test an oder so? Wann war das noch mal?«

»Ah ... Nein, also das ist es nicht ...«

»Hm? Dann vielleicht über Fighting Games?

»N... nein, also, wie soll ich sagen ... Das hat etwas mit Li... Liebeskummer zu tun ...«

»Wow ...«

Nina blickte mich mit superkalten Augen von oben herab an. Und ohne es zu wollen, begann ich zu schreien.

»Diese Reaktion hab ich schon erwartet! Ja, ich versteh schon! Ein Kerl, der sich dafür entscheidet, zu Fuß zur Schule zu gehen, weil er in Gedanken im Liebeskummer versinkt, der ist nicht mehr zu retten, was?«

»Sag mal, hast du eigentlich Terrace House ge...?«

»Na klar! Ich hab's total begeistert geschaut! Wieso?«

»Ach, nur so. Ich hab sogar die Kinoversion geschaut.«

»Echt jetzt?«

---

* Japanische Buch- und Lifestyle-Ladenkette mit außergewöhnlichem Sortiment.

Ihre Hobbys waren mir immer noch ein Rätsel. Und ich dachte, für sie gäbe es nur Fighting Games. Als ich dann einen tiefen Seufzer von mir gab, zeigte sich Nina leicht versöhnlich, so als hätte sie wirklich Mitleid mit mir.

»Du bekommst also auch Liebeskummer?«

»Natürlich. Für wen hältst du mich eigentlich?«

»'nen Playboy.«

»Ich bin geschockt …«

Tiefer kann ich in ihrer Bewertung wohl nicht mehr sinken. Ein Playboy? Nina hatte nach wie vor diesen verdächtigen Blick drauf und fuhr, während sie hier und da einen Gähner einstreute, ungezwungen fort.

»Und, was ist? Willst du jetzt mit dem Klischee kommen, dass dein ›Rivale‹ aufgetaucht …«

»Ugh …«

»Also echt …«

»Es reicht! Was soll das? Sorry, dass ich in vielen Dingen so oberflächlich bin! Ja, es stimmt, so bin ich nun mal! Ich bin halt der Typ, der leicht fanatische Tendenzen hat, aber in letzter Zeit in XYZ verliebt ist. Was ist so schlimm daran?«

»Ich hab doch gar nichts gesagt … Ist doch nichts dabei, e… einen Rivalen zu haben.«

»Sag das nicht einfach so! Du musst dir ja schon fast das Lachen verkneifen! Außerdem ist es mit meinem Liebeskummer nicht so einfach …«

»Aha, ach so. Ah … Sorry. Ich hab hier völlig oberflächliche Wahnvorstellungen entwickelt. Ich hatte wohl diese Szene aus vielen Shojo-Mangas im Kopf, in denen der Rivale und die Heldin immer sagen, dass sie sich nichts aus dem anderen machen würden, sich aber in Wirklichkeit doch voll gut verstehen. Doch du hast recht: In der Realität gibt es solche oberflächlichen Sorgen wohl nicht …«

»…«

Ich wandte meinen Blick ab und hüllte mich in Schweigen. Nina blickte mich gespannt an.

»Also, Fake-Task …«

»Was ist …?«

»Mach dir nichts draus …«

Sie legte mir ihre Hand auf die Schulter. Eine bescheidenere und charaktervollere Geste konnte es nicht geben. Warum packte sie jetzt nicht irgendeinen schlechten Gag aus? Weil mir nichts übrig blieb, als sie jetzt auch noch mit meinem konkreten Fall zu konfrontieren, beschloss ich, Nina um einen vagen Ratschlag zu bitten.

»Angenommen, dir würde das Gleiche passieren, wie würdest du reagieren?«

»Was? Na ja, so was wie einen Rivalen gibt's doch wirklich nur in lächerlichen romantischen Komödien …«

»Es muss ja kein Rivale sein! Mal sehen … Ja, denk zum Beispiel an Games! Sagen wir, in einem Fighting Game, das niemand besser beherrscht als du, erfährst du eines Tages plötzlich eine schwere Niederlage gegen einen Bekannten, den du nie ernst genommen hast. Wie würdest du dich fühlen?«

»Ah … Also du meinst, wenn ich plötzlich gegen jemanden wie Keita verlieren würde?«

»W… warum muss der jemand gerade Keita sein?«

Ninas exakter Treffer ließ mich zwar verwirrt zurück, aber sie schien dabei keine böse Absicht zu verfolgen.

»Na ja, ich hab nun mal nur zwei Bekannte, die ich nicht ernst nehme: Das sind Keita und du ...«

»A... ach so. Wie auch immer. U... und, was würdest du tun? Wie erholst du dich wieder, wenn dir dieser Keita plötzlich eine schmerzhafte Niederlage bereitet ...?«

»Ach, was heißt schon erholen? Das allein wirft mich nicht aus der Bahn.«

»Was?«

Bei dieser unerwarteten Antwort wurde ich plötzlich hysterisch. Aber auch Nina hatte wieder diesen merkwürdigen Blick drauf. Äh, hä? Hatte es sie getroffen, dass ich den Bestandteil der »Liebe« gegen »Fighting Games« ausgetauscht hatte? Meine momentanen Gefühle und Ninas Antwort griffen überhaupt nicht ineinander. Ganz aufgeregt fragte ich nach: »Ähm, aber, es geht doch um deine heiß-geliebten Fighting Games! Dein ganzer Stolz! Wenn du jetzt gegen so einen dahergelaufenen Kerl verlierst, der nicht mal irgendwelche Erfolge vorweisen kann, wär das nicht frustrierend?«

»Hm, na ja, ärgern würde es mich schon. Aber dass er keine Erfolge vorweisen könnte und so weiter, dem kann ich überhaupt nicht zustimmen.«

»W... wie meinst du das?«

»Na ja, du hast doch tatsächlich schon gegen ihn verloren, oder nicht?«

»Ugh ...«

Der Pfeil traf mich direkt ins Herz. Ich hatte tatsächlich gegen Keita ... verloren ... Während ich entmutigt den Kopf hängen ließ, flüsterte ich mit bleichem Gesicht: »Du ... du hast recht. Ich habe tatsächlich verloren und sollte über vieles nachdenken, was ich getan habe.«

Dass mir dieser Spiegel der Realität vorgehalten wurde, ließ mich deprimiert zurück.

»Darum meinte ich, dass mich das nicht aus der Bahn wirft«, erwiederte Nina daraufhin erstaunt. »Ich bin einfach anders als du. Und bevor du anfängst, über dich selbst nachzugrübeln, solltest du eher bei …«.

Bis dahin also wurde mir ihr Rat in Form eines Redeschwalls präsentiert. So als hätte sie irgendetwas bemerkt, war ihr Eifer vollkommen abgeflaut und sie atmete aus.

»Vergiss es … Ist idiotisch.«

»Hä? Was ist denn auf einmal? B… bitte gib mir 'nen Rat!«

»Äh … nein. Ich wollte mich eigentlich nicht so aufspielen …«

Nina kratzte sich genervt am Kopf und als sie sich dann wieder mir zuwandte, konnte ich sehen, wie in ihren Augen Bedauern, Sprachlosigkeit und ein bisschen Wärme eingekehrt waren.

»Ich hab überhaupt nichts dagegen, wenn wir uns jetzt über Fighting Games unterhalten. Aber es geht hier doch um eine ernsthafte Beziehungsgeschichte, oder? Ich hab da irgendwie ein schlechtes Gewissen, wenn ich dir anhand meiner Spielvorbereitungen einen bestimmten Rat geben soll. Darum will ich für deine Liebesangelegenheiten auch nicht die geringste Verantwortung übernehmen.«

»Das verlang ich auch gar nicht! Ich kann aus deiner Art, Games zu zocken, noch viel lernen! Also bitte …«

Ja, ich blieb in diesem Moment an ihr dran. Nina tippte mir mit dem Zeigefinger an die Stirn, so als wollte sie mich besänftigen. Wie eine Mutter, die ihr Kind ausschimpfte, machte sie mit einem strengen und doch herzlichen Gesichtsausdruck weiter.

»Fake-Task, du verlangst also von anderen eine Lösung für den Kern deines Liebesproblems?«

»Ah …«

Warum gerade jetzt? Einen Augenblick lang … nur einen klitzekleinen Augenblick lang sah ich Nina und Aguri in einer Person. Bestimmt weil Aguri Keita einen ganz ähnlichen Rat geben würde.

Ich träumte kurz vor mich hin, aber dann dachte ich sofort ernsthaft über die Bedeutung ihrer Worte nach. Im nächsten Moment riss ich mich wieder zusammen und blickte Nina direkt ins Gesicht.

»Du hast recht. Die Lösung für mein Problem muss ich schon selbst finden. Auch wenn sie anders ausfallen sollte als deine.«

»Nicht wahr? Das ist doch schon mal eine richtige Antwort. So solltest du das machen, Fake-Task.«

Nina lächelte mich freundlich an. Und ich erwiderte ihr Lächeln. Dabei konnte sie ein Gähnen nicht unterdrücken, was irgendwie süß aussah.

»Ähm, ich schalte beim Tempo mal lieber einen Gang zurück, okay …?«

»Geht klar. Okay, dann … sehen wir uns demnächst bei 'nem Match?«

»Klar. Ich freu mich drauf.«

»Super!«

Während ich das so gut gelaunt von mir gab, lief ich bereits mit kleinen Schritten in Richtung Schule los. Dabei sah ich, dass am Himmel etwas weniger Wolken entlangzogen als noch zuvor.

*

»Also Tasuku, was denkst du dir eigentlich?«

»Genau! Abhängig davon, wie sich das Ganze entwickelt, wirst du vielleicht dafür zur Rechenschaft gezogen, dass du die Aufsichtspflicht gegenüber deiner Freundin verletzt hast!«

»Ähm ...«

Die zwei Klassenschönheiten hatten üble Ringe unter den Augen und falteten mich mit heldenhaften Drohgebärden zusammen. Weil ich von der Situation komplett überfordert war, stieß ich, um Zeit zu gewinnen, erst mal einen langgezogenen Grummler aus und ließ meinen Blick durch den Klubraum wandern.

Wir hatten uns nach dem Unterricht im Game-Klub versammelt. Auf dem langen Tisch in der Mitte des Raumes waren die aktuellen Konsolen und viele verschiedene Monitore aufgereiht und im Stahlregal, das an die Wand montiert war, befanden sich eine große Menge Controller und Kabel verstaut in überfüllten Plastikboxen. Überraschenderweise sah man recht wenige Spieleverpackungen, aber gerade das war wohl dem Motto des Klubs geschuldet, eher auf Klasse statt auf Masse zu setzen.

Und hier saßen sich nun drei Personen an dem langen Tisch gegenüber. Ich, Tasuku Uehara, saß mit dem Rücken zur freien Wand. Mit dem Rücken zum Stahlregal wiederum saßen Karen Tendo und neben ihr Chiaki Hoshinomori. Weil die eigentlichen Klubaktivitäten heute nicht stattfanden, waren Nina und die anderen nicht da. Also warum waren wir, ich und Chiaki – und Karen natürlich, das verstand sich ja von selbst –, hier versammelt? Das war einzig und allein ...

»Also, erklär uns sofort, wie Keita und Aguri zueinanderstehen!«

»...«

Das war es. Habt ihr nun eine ungefähre Vorstellung von der Situation? Was diese Sache betraf, so hatte Karen nach reiflicher Überlegung einen Zeitpunkt und einen Ort gewählt, an dem uns niemand störte. Und so waren wir hier. Ich stieß einen großen Seufzer aus und begann meine Schulter zu massieren. Ehrlich gesagt wollte ich das genauso gern wissen wie sie, aber da die beiden um einiges aufgebrachter wirkten als ich, sagte ich nichts. Anders als ich hatten sowohl Karen als auch Chiaki die Angewohnheit – man könnte es eine merkwürdig menschenscheue Art nennen –, verschiedene Dinge in sich zu sehr ausreifen zu lassen, weshalb sie vielleicht auch so elende Gesichter zogen. Ich stützte meine Hände auf den Tisch, um aufzustehen, und entschloss mich, den beiden Mädchen, die mich mit weit geöffneten und blutunterlaufenen Augen anstarrten, erst mal so ehrlich wie möglich meine Meinung zu geigen.

»Was soll das eigentlich? Fragt nicht mich, sondern die beiden …!«

»Das ist leichter gesagt als getan!«

»Stimmt …«

Ja, da hatten sie wohl recht. Ich konnte Keita und Aguri ja genauso wenig direkt fragen. Besonders weil ich Aguri früher schon einmal gefragt hatte, wie sie über Keita dachte, brachte ich es nicht fertig, da noch einmal nachzufragen. Außerdem, auch wenn ich sie am Ende fragen würde …

Als ich so in Gedanken versunken war, fasste Chiaki genau meine Befürchtung in Worte.

»Also … die beiden würden außerdem doch nur alles abstreiten, wenn wir sie direkt fragen …«

Chiaki hatte den Kern des Problems erkannt. Genau, das war der Knackpunkt. Würden wir Keita und Aguri fragen, was sie für den jeweils anderen fühlten, dann bekämen wir nur Antworten wie »Berater« oder »Bruder/Schwester« zu hören. Und das wäre aus ihrer Sicht wahrscheinlich gar nicht gelogen. Allerdings war das, was wir drei wissen wollten, doch etwas anderes …

»…«

Die Stimmung im Raum war vollkommen abgekühlt, und weil Karen und Chiaki sich wieder etwas beruhigt hatten, setzten sie sich vorläufig wieder hin. Um sich von ihrem Ärger abzulenken, verlagerte Karen ihr Gewicht auf die Rückenlehne und verschränkte Arme und Beine.

»Tasuku. Sind Keita und Aguri auch heute …«

»Ah, Keita wollte heute das Spiel suchen gehen, das er gestern nicht kaufen konnte. Aguri meinte, sie wolle mit ihren Klassenkameradinnen quatschen, und ist noch im Klassenzimmer.«

»Ach so …«

Karen sah man ihre Erleichterung an. Sie hatte wohl befürchtet, dass die beiden sich wieder treffen würden. Neben ihr atmete auch Chiaki erleichtert auf.

»Also mir ist natürlich bewusst, dass du mit Aguri zusammen bist, Tasuku, und weil wir im gleichen Boot sitzen, verstehe ich deine Reaktion.«

»Ja.«

»Aber, ähm, warum bist du eigentlich so geschockt, Chiaki …?«

»?!«

Chiaki und mir stockte kurz der Atem. Aber ja … Ich hatte mich viel zu sehr auf die Sache zwischen Aguri und Keita versteift, sodass ich mich überhaupt nicht um Chiaki gekümmert hatte. Das war gar nicht gut! Wenn das so weiterging, würde Karen noch dahinterkommen, dass Chiaki in Keita verknallt war! Als wir angesichts dieser Erkenntnis beide verstummten, begann Karen wiederum uns beide abwechselnd anzusehen, so als hätte sie den Braten gerochen.

»Das gibt's doch nicht ... Chiaki, du bist doch nicht etwa in Keita ...«

»!«

In Chiakis Gesicht begann der Schweiß in Strömen zu fließen. Nein, aber ...

Moment. Ist das nicht die perfekte Chance für mich, der sich für ›Chiakis Coach in Liebesdingen‹ hält? Wenn Chiaki nun eine Kriegserklärung ausspricht, ändert sich vielleicht doch der Kriegsverlauf ...

Während mir diese Gedanken durch den Kopf gingen, blinzelte ich flüchtig Chiaki zu. Chiaki allerdings ...

»Ähm ...!«

Aus irgendeinem Grund vermied sie den Blickkontakt mit mir, so als wäre sie total peinlich berührt. In ihren Pupillen kam deutlich ein Schuldgefühl zum Vorschein, das Wohlwollen eines anderen Menschen mit Füßen getreten zu haben! Vielleicht ertrug sie es nicht, Karen direkt anzusehen, und wandte sich mit ihrem mitleidigen Blick – ohne dass ich wusste, warum – wieder mir zu. Sie war halt doch ein verdammt nettes Mädchen! Als ich meinen Entschluss gefestigt hatte, Chiaki immer mehr in ihrer Liebe zu unterstützen, stand Chiaki plötzlich auf und drehte sich entschlossen zu Karen um.

»K… Karen! Der Grund, warum ich so schockiert über die Sache zwischen Keita und Aguri war, ist … also … na ja … das …!«

Oh, oh?!

Endlich hatte sie den Entschluss zur Kriegserklärung gefasst. Angesichts ihrer Drohhaltung mussten Karen und ich erst mal kräftig schlucken. Und im nächsten Augenblick sagte Chiaki einen Satz, den keiner vermutet hätte.

»W… weil meine kleine Schwester Nobe und Mono ist!«

»W… wie bitte?«

Diese Erklärung war so komplett unerwartet, dass ich und Karen erst mal sprachlos waren. Aber Chiaki schnaufte erleichtert durch die Nase und mit dem Gefühl, es aus irgendeinem Grund geschafft zu haben, ließ sie sich erhaben auf ihrem Stuhl nieder …

»Nein, nein, nein, eine Sache versteh ich daran nicht?!«, warfen Karen und ich hastig ein. Chiaki hielt uns mit den Worten »Einen Moment, bitte« auf, und nachdem sie für etwa 20 Sekunden die Augen völlig geschlossen hatte, flüsterte sie seufzend: »Ich habe es arrangiert.«

»Du hast es arrangiert?!«

Was denn?! Hä, doch nicht etwa das Szenario? Hast du das Lügen-Szenario hinter diesem Fall arrangiert, Chiaki? Während ich heftig vor mich hin schwitzte, behielt Chiaki einen kühlen Kopf und begann zu erzählen: »Also es ist so, meine kleine Schwester ist online auf schicksalhafte Weise mit Keita verbunden.«

»Hä, das Schicksal hat sie online … zusammengebracht?«

»Ja, ich lasse die Details jetzt mal weg, aber es muss wirklich Schicksal sein, ja sogar ihre Seelen sind tief, gaaanz tief miteinander verbunden! Das ist eine unglaublich schöne Beziehung, jawohl!«

»A… Aha.«

Angesichts von Chiaki, die merkwürdig vornüber gelehnt uns ihre Erklärung lieferte, war Karen ganz überwältigt. Während ich das Ganze mit einer verwirrten Anspannung betrachtete, räusperte sich Chiaki und fuhr fort: »Also … lassen wir Keita mal beiseite. Seit meine Schwester Konoha weiß, dass er ihr Gaming-Partner war, ist sie … nun ja, wie soll ich sagen … also … für ihn entflammt …«

In welchem Jahrhundert lebst du denn?

Da wurde mir bewusst, dass Chiakis Erfahrungspunktekonto in Liebesdingen eine Null zeigte, was mir irgendwie leidtat. Nur aus Höflichkeit verkniffen Karen und ich es uns darum, einzuschreiten. Aber Chiaki wusste davon natürlich nichts und redete unentwegt weiter: »Ah, aber … aber, sei ganz unbesorgt, liebste Karen.«

Warum auf einmal so aufgeregt?

Chiaki begann ganz charakteristisch für einen Nerd wie sie, ein wenig kläglich über die Stränge zu schlagen. Wir wussten nicht, wie wir damit umgehen sollten, und hörten uns bloß schweigend ihre Geschichte an.

»Ich will meine Schwester nicht dazu bringen, dir den Freund auszuspannen! Schließlich geht es um Keita. Wer will schon, dass die eigene kleine Schwester mit so einer Bohnenstange zusammen ist?«

»Ähm, ja, Chiaki … Also, ich bin die Freundin dieser Bohnenstange …«

»Ich bin untröstlich! Echt! Obwohl sie meine Schwester ist, ist ihr doch irgendwo der Geschmack abhandengekommen, als sie sich in den verliebt hat! Irgendwas muss mit der Erziehung wohl falsch gelaufen sein, was? Hey, man sieht mitten in der Nacht einen Anime, der auf einer Light Novel basiert, und wenn dann die Heldin schon in der ersten Folge vom Hauptcharakter völlig bezaubert ist, kriegt man doch das Kotzen!«

»…«

»Diese superbeliebten 08/15-Protagonisten in solchen Moe-Storys haben doch auf jeden Fall eine Tracht Prügel verdient, genau wie diese Weiber, die sie anhimmeln, zum größten Teil selbst andauernd …«

»Chiaki, Chiaki, jetzt reicht es aber. Du schießt momentan eine Gewehrsalve nach der anderen in Karens Richtung!«

»Oh!«

Erstaunt warf Chiaki einen verstohlenen Blick auf das Mädchen neben ihr. Und dieses grinste daraufhin. Es war eher eine Art roboterhaftes Lächeln, das dem Idol unserer Schule da anhaftete. Ja, jetzt verstand ich es. *Chiaki, so machst du dir wirklich keine Freunde.* Chiaki räusperte sich nur und fuhr fort: »A… aber ich will wirklich nicht, dass Konoha dir Keita ausspannt, Karen. Viel eher will ich, dass sie sieht, wie gut du dich mit Keita verstehst!«

»Wie gut ich mich mit Keita verstehe …?«

Als Karen den Kopf zur Seite legte, lächelte Chiaki sanft.

»Genau. Weil, weil … wenn sie sieht, wie glücklich ihr zusammen seid, und brav aufgibt … wäre das nicht ein schönes und erstklassiges Ende ihrer Liebe?«

»Chiaki …«

Karen erwiderte das Lächeln. Zwischen den beiden entstand irgendwo ein warmer Luftstrom, aber ich, der ich alles von der Seite beobachtet hatte, spürte, dass sich meine Brust zuschnürte.

Chiaki … Du …

Ihre Geschichten waren schon immer durch viele Lügen ausgeschmückt. Und doch waren andererseits die wirklich wichtigen Teile immer so entblößt, dass man kaum hinsehen konnte. Nach einer kurzen Pause begab sich Chiaki mit einem »Deshalb ...« wieder auf Startposition.

»... wäre es in dieser Phase, in der wir versuchen meiner Schwester die Liebe ordentlich auszutreiben, ein Problem, wenn Aguri sich plötzlich als geheimnisvolle Konkurrentin aufdrängt!«

»Ah, verstehe«, murmelten ich und Karen unbewusst zur gleichen Zeit. Innerlich spürte ich angesichts dieser Erklärung eine schmerzhafte Bewunderung.

Das klingt ja unerwartet vernünftig!

Chiaki Hoshinomori, deine Kommunikationsfähigkeiten mochten hoffnungslos sein, aber als kleine Entwicklerin war deine Erfindungsgabe für dein Lügen-Szenario allererste Sahen! Die Meisterin der Fiktion, Chiaki, fuhr fort: »Dass Aguri als Rivalin ins Spiel kommt, darf nicht dazu führen, dass Konoha noch eine Chance wittert und sich richtig anstrengt.«

»Hmm, hmm ...«

»Aber es ist auch ein bisschen traurig, wenn sie sich denkt ›Uwahh, mein Online-Held Keita Amano ist also zweigleisig gefahren ...‹ und ihre erste Liebe so ein langsam schleppendes Ende findet.«

»Ja, stimmt.«

»Und darum habe ich mir bis zuletzt nur als Konohas Schwester, die das Ende ihrer Liebe fürchtet, Sorgen gemacht, dass die Heldin Aguri plötzlich auftauchen könnte!«

»Ah, ich verstehe!«

Sie hatte eine so perfekt passende Motivation geliefert, dass ich hin und weg war. Was ging denn jetzt ab? Das war unnötig krass, Chiaki. Und gerade deshalb war es in vielerlei Hinsicht umsonst, Chiaki! Du hattest deine Absichten gerade auf mehrere Arten beschönigt. Hey! Angesichts Chiakis Erklärung nickte Karen anerkennend.

»Jetzt ist mir alles klar, Chiaki. Und … verzeih mir bitte! I… ich dachte wirklich, dass du und Keita …«

»Das macht doch nichts! Ich sagte doch schon, dass ich mit so einer schmächtigen Made niemals …«

»Ah, ja. Ist schon gut!«

Wieder hatte Karen es verhindert, dass erneut auf ihren Freund eingedroschen wurde. Sie räusperte sich und kehrte dann wieder zum Kernpunkt der Geschichte zurück.

»Kommen wir wieder auf die Sache zwischen Keita und Aguri zu sprechen. Die eigentliche Frage … Wie schätzt ihr Keitas und Aguris Beziehung zueinander ein?«

Nach Karens Frage trafen sich meine und Chiakis Blicke und wir antworteten mit einem total ausdruckslosen Blick: »Wenn das hier eine romantische Komödie wäre, dann würden sie am Ende Arm in Arm gehen. So wie befürchtet.«

»…«

Karen Tendo stützte beide Ellenbogen auf dem Tisch ab und hielt ihren Kopf fest umklammert. Scheinbar hatte sie den gleichen Eindruck gehabt. Chiaki hingegen hatte immer noch den toten Gesichtsausdruck drauf, als sie die Sache erläuterte: »Ehrlich gesagt bin selbst ich mir da sicher, obwohl ich keine Expertin in Sachen romantische Komödien bin. Das Muster kann man auch oft unter sich ständig streitenden Sandkastenfreunden sehen.«

»Das heißt, sehr viele der Protagonisten und Heldinnen eines solchen Szenarios, die sich zu Beginn in ihren jeweiligen Beziehungen unterstützten, lernen sich oft sehr gut kennen ...«

Wir rieben also noch weiter Sand in die Wunde, aber Karen, die es noch immer nicht wahrhaben wollte, antwortete kraftlos: »A... aber es gibt doch gar keinen Beweis ...«

»Du gibst einfach nur deinem Nerd-Freund den Vorrang!«

»Ihr habt recht ...«, antwortete Karen, der es schwerfiel, mit ihren Gefühlen umzugehen, schon fast wie eine Maschine.

Wir drei stießen einen tiefen Seufzer aus. Die daraufhin eintretende lange Stille durchbrach als Erstes Chiaki, die aus irgendeinem Grund zutiefst erschöpft wirkte.

»Aber wirklich, was war da nur los? Ein Mädchen einem Game vorzuziehen ... Seit wann ist Keita zu einem Jungen geworden, der ernsthafte Entscheidungen trifft?«

Ohne es zu wollen, bohrte ich bei der aufgebrachten Chiaki nach.

»Aber kann man das nicht auch einfach so sehen, dass er sich weiterentwickelt ha...«

»Das ist keine Entwicklung! Er verliert seinen Charakter! Das ist so, als würde dieser Strohhut-Pirat plötzlich sagen: ›Was will ich als Piratenkönig, gebt mir 'ne Festanstellung!‹«

»Na ja, nüchtern betrachtet ist das jetzt auch nicht gerade eine ernsthafte Entscheidung fürs ganze Leben ...«

»Ist denn gerade der direkte Weg der richtige?! Okay, Tasuku, sagen wir, Son-Goku predigt gegenüber seinen Feinden den völligen Gewaltverzicht. Würdest du Dragon Ball so lesen wollen?«

»Das klingt gar nicht uninteressant.«

»Was bist du für ein verschrobener Typ? A… aber erst mal kommt doch wohl die Hauptstory dran! Als Spin-off mag das ja okay sein, aber dass sich der Hauptteil so entwickelt, das will doch niemand!«

»S… stimmt.«

»Und darum, darum ist es mit Keita, so wie ich das sehe, genauso! Ich hab das ja gerade eben schon mal gesagt, aber die Tatsache, dass er Karens freundliche Einladung in den Game-Klub abgelehnt hat … Sind es nicht gerade solche idiotischen Punkte, die Keita Amano aus Keita Amano machen?«

»J… ja …«

Chiaki redete mit einer merkwürdigen Leidenschaft, während Karen und ich uns etwas zurückhielten. Karen wirkte leicht verwirrt, als sie anmerkte: »Ähm, Chiaki? Also dafür … dass du von deiner verliebten Schwester redest, sieht es irgendwie so aus, als hättest du eine ziemlich ausgefeilte ›Keita-Amano-Theorie‹ parat …«

»?! N… nein! Ähm ähm … Also, das ist, ja … Als Entwickler muss man auf alles eine Antwort haben! Schwammige Charaktere könnte ich mir nicht verzeihen, genau!«

»Ha, ha … alles klar.«

Karen steckte bei Chiakis Nervosität erst mal zurück und stimmte vorläufig zu. Um Chiaki ein Rettungsboot zu verschaffen, entschloss ich mich, auf das Thema zurückzukommen.

»In jedem Fall ist unser Problempunkt Nr. 1, dass Keita den Vorzug Aguri gegenüber einem Game gegeben hat, oder?«

Karen nickte.

»Ich will es zwar nicht wahrhaben, aber so ist es. Ich halte es aber eigentlich nicht für problematisch, dass Aguri so nett zu Keita ist. Sie ist einfach ein offenherziger Mensch.«

»Stimmt ja, Aguri ist jedem gegenüber ganz ungezwungen.«

Trotzdem, wenn ich, der sie gut kannte, etwas dazu sagen dürf-te, gab es da auch Punkte, die sie als leicht zu haben erschienen ließen, doch ging sie zu anderen Männern auf kompletten Abstand. Aber das sprach ich lieber nicht laut aus. Das hätte die Sache nur komplizierter gemacht. Aber aus irgendeinem Grund blickte Karen verdammt traurig zu Boden.

»Er hat meine Einladung in den Game-Klub abgelehnt, doch als Aguri ihn zu sich rief, ließ er sogar das Game links liegen … Egal wie ich's auch wende, das …«

»…«

Chiaki und ich wussten nicht mehr, was wir sagen sollten. Es stimmte, Keita Amano hatte den Game-Klub ausgeschlagen und war zu Aguri geeilt. Mit den bisherigen Missverständnissen und verpassten Gelegenheiten ließ sich das nicht vergleichen. Die bedrückende Wahrheit lag darin begründet. Einfach nur hoffnungsvolle Vermutungen auszusprechen, führte zu nichts. Ich wusste nicht, zum wievielten Male das jetzt passierte, aber der Raum des Game-Klubs hüllte sich erneut in ein deprimiertes Schweigen.

Chiaki murmelte leise vor sich hin: »Irgendwie … ist unser Tref-fen voll nutzlos gewesen. Nur weil wir irgendwas untereinander besprechen … ändert sich ja nichts an der Verbundenheit, die die beiden füreinander haben …«

»…«

Diese Worte durchbohrten förmlich unsere Herzen, denn es war uns allen schon lange bewusst. Es war uns klar und doch hiel-ten wir es nicht aus. Wir mussten uns von irgendwoher Hilfe holen.

Allerdings hatten wir diesmal nichts zustande gebracht, außer uns die Wunden zu lecken.

»Sollen wir es dann gut sein lassen?«, fragte Karen leise. Sie meinte damit zwar bestimmt »unser Treffen«, aber ich hatte das Gefühl, als könnte sie noch etwas anderes damit meinen.

War es wirklich okay, das Ganze so enden zu lassen? Obwohl jeder so denken musste, gab es doch keinen Ausweg aus dieser Sackgasse. Wir standen also von unseren Plätzen auf und machten uns, jeder für sich, zum Aufbruch bereit, als …

Klopf, Klopf!

… es plötzlich an die Tür des Klubraums klopfte. Instinktiv blickten wir uns an. Die schüchterne Chiaki erkundigte sich leicht nervös bei Karen: »I… ist das vielleicht ein Klubmitglied?«

»Nein … das kann nicht sein. Es sollte doch jeder wissen, dass sich der Klub heute nicht trifft …«, flüsterte Karen und rief dem mysteriösen Gast ein »Ja? Herein?« entgegen.

»Entschuldigt die Störung«, ertönte irgendwo eine ausdruckslose Frauenstimme und die Tür öffnete sich. Die Stimme kam mir irgendwie bekannt vor.

Und tatsächlich, vor uns stand …

»Ah, Tasuku, hier bist du also! So so, schon wieder finde ich dich mit hübschen Mädchen hinter verschlossenen Türen …«

»W… was ma… machst du denn hier …?«

Da war sie, eine der Hauptfiguren dieser Unterhaltung – meine Freundin Aguri.

*

»Waaas? Keitachi soll sich geändert haben?«

Während Aguri den Kopf auf die Seite legte und so aussah, als wollte sie das alles als Witz abtun, schauten wir drei ihr fest in die Augen und nickten. Aguris Besuch im Klubraum dauerte nun schon zehn Minuten an …

Am Anfang war sie noch wütend, dass ihr Freund sich heimlich mit anderen Mädchen traf, aber nachdem wir ihr aus Leibeskräften die Situation erklärt hatten, schien sie es vorläufig zu begreifen. Trotzdem ließ unsere Erklärung natürlich außen vor, dass wir Keita und Aguri verdächtigten, miteinander zu gehen. Was wir Aguri auftischten, war lediglich unsere Unterhaltung darüber, dass Keitas Wertvorstellungen sich in letzter Zeit verändert hatten. In der Folge flaute Aguris Ärger vorläufig ab. Stattdessen kamen ihr aber Zweifel angesichts unseres Gesprächsthemas.

Aguri faltete die Hände hinter dem Kopf, kippelte auf ihrem Stuhl, sodass er nur noch auf den Hinterbeinen balancierte, und sagte: »Ja klar. Und ihr drei trefft euch hier extra, um euch ernsthaft über so was zu unterhalten?«

Als einziges Gesprächsthema war das wirklich etwas dünn. Aber wir waren nun mal in der Zwickmühle, sie nicht auf unseren Verdacht ansprechen zu können. Während uns einfach keine Ausrede einfallen wollte, begann Karen aufgebracht zu schnaufen und schrie dann plötzlich: »Und ob das als ernstes Gesprächsthema reicht! Denn auf dieser Welt gibt es absolut nichts, was mir an Keita total egal wäre!«

»Ja, aber ich hab auch nicht nach der megaeinseitigen Meinung des Turteltäubchenpaars gefragt.«

»D… das hat nichts damit zu tun, dass ich seine Freundin bin. Er ist doch jetzt ein Mitglied im Game-Verein? Wenn so jemand wie er damit anfängt, Games geringzuschätzen, dann ist das doch eine wichtige Angelegenheit für den Game-Verein als Ganzes!«

»Nö, eine wichtige Angelegenheit ist das schon mal gar nicht.«

Aguri brachte den Stuhl wieder in seine Ausgangslage zurück und fuhr fort, während sie uns im Wechsel anschaute: »Also Leute, irgendwie weicht ihr mir schon seit vorhin aus. Es ging euch doch darum, dass Keitachi gestern zu mir kam und dafür sein Spiel am Erscheinungstag links liegen ließ, hab ich recht?«

»Ugh ...«

Obwohl wir den Vorfall nicht direkt angesprochen hatten, hatte sie uns doch durchschaut. Na ja, das war klar. Wenn wir uns einen Tag nach dem Vorfall zu einem Gespräch zusammensetzten, würde wohl jeder sofort darauf kommen, dass dieser der Auslöser gewesen sein musste. Aguri verhielt sich, als würde sie das nicht wirklich etwas angehen, lutschte für eine Weile an einem Drop herum ... und sagte dann so mir nichts dir nichts: »Ähm ... seid ihr jetzt total bekloppt?«

»Hä?«

Bei dieser absurden Äußerung von Aguri schreckten wir erst mal zusammen. Man konnte ehrlicherweise nicht wirklich sagen, dass Aguri mit den beiden gut befreundet wäre. Aber obwohl sie auf Karen und Chiaki etwas Rücksicht nahm, fuhr sie doch fort, so als wollte sie etwas unbedingt loswerden: »Nur ... um sicherzugehen ... das macht euch echt zu schaffen? Oder kommt hier gleich noch 'ne Pointe?«

»Na... natürlich meinen wir das ernst! Damit macht man keine Witze!«, antwortete Chiaki in einem ungewöhnlich wütenden Ton. Aguri entschuldigte sich daraufhin mit einem leichten Lächeln:

»Sorry, sorry, ich wollte nur mal nachfragen!«, und kratzte sich dann genervt am Kopf.

»Mann, ist das albern ... echt mal ...«

Ihr Verhalten war so gekünstelt von oben herab, was Karen und mich ganz schön aufregte.

Karen wandte nachdrücklich ein, wie es sonst nicht ihre Art war: »T... tut mir leid, Aguri, aber Keita hat doch von Anfang an meine Einladung ... die Einladung in den Game-Klub ausgeschlagen. Und als ich dann sah, dass er dich seiner kostbaren Games-Neuerscheinung vorgezogen hat ... ist es dann nicht verständlich, dass ich schockiert und misstrauisch war?«

»Nö, ich sag ja, es gibt nicht den geringsten Grund, da ... Ah ... Mann ...«

Aguri hörte mitten im Satz auf zu reden, zuckte gleichgültig mit den Achseln und holte unvermittelt aus ihrer Tasche ihr Handy heraus.

Während alle Aguri anstarrten, swipte sie ohne Pause auf ihrem Bildschirm herum und begann dann in einem merkwürdig scharfen Tonfall daherzureden: »Egal wie oft ich es auch erkläre, es bringt einfach nichts ... Darum jetzt so ... Echt mal, das ist voll geschmacklos mir gegenüber. Entschuldigt euch später ordentlich bei mir.«

»?«

Während sie diese kryptischen Worte sprach, spielte Aguri weiter an ihrem Handy herum. Und dann war eine Minute vergangen. Sie hörte mit der Spielerei auf, schaute ihren Bildschirm und dann uns an, bevor sie einen Seufzer losließ und sagte: »Hach ... Bringt ja nichts. Und auf Senden ...«

»?«

Wir konnten anhand dieser Worte darauf schließen, dass sie irgendjemandem eine Mail oder Nachricht geschrieben hatte, aber so ganz begriffen wir die Situation noch nicht. Aguri nahm sich noch einen Drop und während sie ihn sich lässig einwarf, blickte sie irgendwie melancholisch auf ihr Handy und plauderte los: »Also was Keitachi angeht, den hab ich vorhin kurz auf dem Flur im Schulgebäude getroffen.«

»Was? Aber wollte er heute nicht nach dem Game suchen …?«

»Ja, das hat er wohl auch wirklich. Aber dann hat er wohl gemerkt, dass sein Handy noch an seinem Platz lag. Mit Tränen in den Augen ist er dann zurückgekommen. Aber weil sein Handy dummerweise schon vom Hausmeister mitgenommen worden war, musste er dann scheinbar ins Lehrerzimmer, um es abzuholen. Irgendwie voll der nervige Ablauf …«

»Das klingt total nach Keita.« Karen lächelte leicht.

Aguri hingegen starrte unerwartet ernst und ziemlich gelangweilt auf ihr Handy.

»Na ja, schon irgendwie. Aber was ich sagen will: Keitachi dürfte noch ganz in der Nähe sein.«

»Ähm, und das heißt …?«

»Nichts, es ist nur …«

Als sie das sagte, stieß Aguri erneut einen tiefen Seufzer aus … und so, als hätte sie einen Entschluss gefasst, legte sie ihr Handy in die Mitte des Tisches, damit wir alle den Bildschirm sehen konnten. Obwohl wir drei wegen ihrer merkwürdig saloppen Art immer noch etwas eingeschnappt waren, blieb uns wohl nichts anderes übrig, als aufzustehen und einen Blick auf ihr Handy zu werfen.

Auf dem Bildschirm zu sehen war die Oberfläche einer Messenger-App. Von Aguris Avatar aus waren zwei Nachrichten an Keita gerichtet, der noch kein eigenes Bild eingerichtet hatte und den Standardavatar benutzte. Wir steckten die Köpfe zusammen und lasen uns deren Inhalt durch.

<Keitachi, du hast doch dieses Game gesucht. Ich hab vorhin zwei aus der Klasse darüber reden gehört, dass es in dem Gameshop in der Nähe der Schule noch ein Exemplar gibt! Wenn du dich beeilst, schaffst du es noch!>

»?!«

Ohne zu verstehen, was sie uns mit dieser Nachricht sagen wollte, schauten wir alle instinktiv Aguri an. Aber sie machte immer noch ein gleichgültiges Gesicht und deutete uns nur mit ihrem Kinn, weiterzulesen. So als würden wir mit den Fäusten bearbeitet, richteten wir unseren Blick widerwillig auf die zweite Nachricht.

<Ach ja, da fällt mir ein, heute hat sich mein Freund mit einem seiner Kumpels ziemlich heftig gestritten und ist jetzt voll depri. Da hat er zufällig Karen getroffen und sich von ihr den Schlüssel zum Game-Klubraum geliehen. Da hat er sich dann eingeschlossen und gerufen:»Lass mich in Ruhe!« Also wenn du später Zeit hast, dann ruf ich dich mal an!>

»Das ist ...«

Karens und Chiakis Blick wanderte in meine Richtung. Ich schüttelte energisch den Kopf. Nein, einen Streit mit einem Kumpel hatte es ja überhaupt nie gegeben. Als wir Aguri anschauten, spielte sie irgendwie an ihren Nägeln herum und rief dann aus, ohne uns auch nur anzuschauen: »Äh, das mit dem Game und dem Streit ist hundertpro gelogen. Na und? Hab ich halt den Rauch dahin gebracht, wo kein Feuer ist!«

»?!«

Ich verstand nur Bahnhof. Im Zimmer breitete sich ein befremdliches Schweigen aus. Und in diesem Augenblick hörte man vom Flur gehetzte Schritte widerhallen. Als ich mich fragte, was da los war, kamen die Schritte schnell immer näher. Und dann, als ich schon aufs Schlimmste gefasst war, wurde die Tür mit Gewalt aufgerissen.

»T… Tasuku! K… k… keine Sorge! I… ich bin auf deiner Seite, a… a… also b… beruhig dich bitte wieder …!«

Vor uns erschien ein Schüler, der so stark stotterte, dass es unangenehm wurde. Es war die Bohnenstange, die gestern auf die gleiche Weise verschwitzt vor uns stand. Mit anderen Worten …

»K… Keita?«

»Tasuku! Ich weiß zwar nicht, um was es geht, aber du sollst wissen, dass ich dein Freund …! Hä? Aguri und Karen … und sogar Chiaki …? Warum?«

Während er sich den Schweiß abwischte, der von seinem Kinn tropfte, betrat Keita den Klubraum. Wie zu erwarten war, wurde ihm da bewusst, wie sehr die Situation der gestrigen ähnelte, und starrte Aguri keuchend an. Sie jedoch legte sofort die Hände zusammen, kniff ein Auge zusammen und entschuldigte sich bei Keita.

»Tut mir leid! Tut mir leid! Aber es ist dies und das passiert!«

»Das gibt's doch nicht …«

»Jawohl, sie haben richtig geraten! Es handelt sich um Aguris neues Hobby ... ›Keita umsonst herbestellen‹! Hi hi hi!«

»Was soll das heißen, Hobby? War das mit dem vorrätigen Spiel und dass Tasuku deprimiert ist, etwa gelo...«

»Diese Nachrichten sind ein Werk der Fiktion. Sie haben keinen Bezug zu realen Personen oder Organisationen.«

»Wie kannst du nur so grausam sein?«

In dem Moment, in dem Keita nach der Wahrheit fragte, wirkte er irgendwie kraftlos und enttäuscht. Aguri faltete sofort einen herumstehenden Klappstuhl auseinander und stellte ihn für Keita neben sich.

»...«

Während wir beobachteten, was sich da vor uns abspielte, wurden wir drei in den Strudel der nun neuen Gefühle hineingezogen und standen nun dort mit geöffneten Mündern. Mein Herz begann zu rasen. Genau wie gestern ... Aber es fühlte sich entschieden anders an. Eifersucht und Misstrauen fühlten sich anders an.

»Hust ... Hust.« Der schwer atmende Keita fing wie verrückt zu husten an, wohl weil er sich so sehr beeilt hatte herzukommen.

Dass wir uns instinktiv Sorgen machten, wiegelte er irgendwie unbehaglich mit den Händen ab und sprang mit einem »T... tut mir leid. Ich brauche nur einen Schluck Wasser!« eilig von seinem Stuhl auf und rannte zur Toilette.

»...«

Wir drei, Karen, Chiaki und ich, starrten mit einem Gesicht, aus dem jegliche gesunde Farbe entwichen war, die Tür an, durch die Keita eben hinausgeeilt war. In diesem Moment begannen auch wir zu begreifen, was los war. Wie hatten wir Aguri heute nur so wütend gemacht? Sie starrte uns nach wie vor angewidert an. Dann wanderte ihr Blick zur Tür, durch die Keita rausgerannt war, und sie murmelte leise vor sich hin, so als wollte sie jemanden quälen: »Also, worum ging's noch mal? Irgendjemand war abtrünnig geworden? Macht ruhig weiter mit dem Thema, ihr drei.«

»...«

Ohne es zu wollen, ließen wir die Köpfe hängen. So, wie die Situation jetzt war, hatte es uns vor wahnsinniger Scham und Reue die Kehle zugeschnürt. Als Aguri uns so sah, atmete sie leise aus und lockerte ihre Miene etwas.

»Es mag vielleicht so ausgesehen haben, als ob Keitachi und ich was miteinander hätten, und daran bin ich wohl auch nicht ganz unschuldig, aber ... jetzt, wo ihr das gesehen habt, ist die Sache klar, oder?«

Auf diese Worte von Aguri antwortete ich grummelnd: »Ja.«

»Das hier ist zufällig mir zuzuschreiben ... Aber auch, wenn man Karen und Chiaki als die Geschädigten sieht, so ist die Situation ja wohl die gleiche ...«

»Hm, ich verstehe.«

Aguri grinste mich breit an und wandte sich dann an Karen, so als wollte sie sie zurechtweisen.

»Bleibt noch die Sache, dass Keitachi deine Klubeinladung abgelehnt hat, Karen. Der Grund ist ...«

Als Aguri gerade fortfahren wollte, stieß Keita plötzlich die Tür auf.

»...!«

Weil wir drei uns schuldig fühlten, vermieden wir instinktiv Blickkontakt mit ihm und ließen unsere Köpfe hängen.

»?«

Angesichts dieser merkwürdigen Atmosphäre im Klubraum war Keita ganz verblüfft. Während er sich schüchtern auf seinen Platz setzte, wandte sich Aguri mit dem stets gleichen Lächeln eines kleinen Teufels auf den Lippen an Keita.

»Sag, sag, Keitachi!«

»W… was ist denn, Aguri?«

»Also, du hast Karens Einladung dazu, im Game-Klub deine Jugend voller Spaß zu vollbringen, abgelehnt. Und das nur, weil du einen anderen Spielstil hast? Bist du ein Idiot?«

»Äh, was? Was soll das auf einmal? Oder besser gesagt, warum seid ihr überhaupt hier …«

»Ist doch egal. Keitachi, antworte. Bist du ein Idiot?«

Aguri starrte Keita mit ernsthaft nach oben verdrehten Augen an. Keita, der die Situation überhaupt nicht verstand, schreckte für einen Moment zurück und antwortete dann, ohne sie anzuschauen:

»Na ja … Du hast recht. Ich bin ein Idiot. Tut mir leid.«

»Hmpf. Aber Keita, gestern und heute hast du doch für mich und Tasuku deine Games einfach Games sein lassen, oder? Warum denn? Tust du jetzt komplett so, als wärst du ein Normalo? Hast du dein Gamer-Dasein an den Nagel gehängt?«

Aguri stellte unentwegt Fragen, die den Kern des Problems trafen. Mit einem Mal waren wir nervös. Und doch legte Keita selbst den Kopf schief, weil er die Tragweite dieser Fragen überhaupt nicht verstand.

»Na, es stimmt, ich bin echt ein ›Game-Trottel‹, der seine Jugend mit Games verkorkst …«

Und dann fuhr er fort, als ob das eine ganz natürliche Sache wäre: »Aber ich will kein Abschaum sein, der seine Freunde in Not für Games ignoriert.«

»...«

»Hör bitte auf, so auf Gamer herabzusehen, Aguri.«

»S... sorry, sorry, Keitachi.«

Bei diesem Wortwechsel wurde Keita für uns wirklich immer unsichtbarer ... Für Menschen wie ihn musste es unglaublich peinlich sein, wenn eine ungerechtfertigte niedrige Bewertung einfach so auf sie einprasselte. Aber Keita selbst, der die Stimmung im Raum überhaupt nicht bemerkte, starrte Aguri an, als wollte er sie zur Rechenschaft ziehen.

»Warum gibst du dich eigentlich seit vorhin so wichtigtuerisch?«

Bei Keita, der unseren Gesprächsverlauf ja überhaupt nicht kannte, kam diese Frage nicht überraschend. Aguri jedoch hatte keine gute Antwort parat und wich Keitas Blick aus.

»Äh ... ähm, also m... machst du dir doch Gedanken?«

»Ja, natürlich mache ich mir Gedanken! Erst führst du mich nach Herzenslust an der Nase herum und dann stellst du mir mit so einem merkwürdig arroganten Blick ständig die gleichen Fragen, so als wäre ich dein Versuchskaninchen. Sogar jemand wie ich kann sich da nur aufregen!«

»Ah, Keitachi! Die Hand gegenüber einem Mädchen zu erheben, da bist du wirklich nichts weiter als Abschaum!«

»Beruhig dich wieder, ich werde dich nicht schlagen! Aber ... deine Sachen müssen jetzt dran glauben, und von diesen vor Schweiß triefenden Händen betatscht werden!«

»Wahh, Finger weg von meinem Handy! Du Perverser!«

Und so fingen die beiden plötzlich an, sich in diesem engen Klubraum zu verfolgen. Und während wir sie so anstarrten, dachten wir über unseren so erbärmlichen Verdacht nach.

»…«

Nachdem wir uns innerlich unzählige Male bei Keita entschuldigt hatten, beschlossen wir, dies später ihm gegenüber auch richtig in Worte zu fassen. Währenddessen machten die zwei immer noch weiter.

»Mach dich gefasst. Du kannst machen, was du willst, mir und meinen Schweißhänden entkommst du nicht! Her mit deinen Sachen! Deine Schuluniform gehört mir!«

»Hmpf … seit wann bist du Lappen so voller Energie, Keitachi? Freut mich, dass aus dir ja doch noch was werden kann.!«

»Das kann ich mir ja auch nur jetzt erlauben. Bodycheck!«

»Wahh?! Dann nimm das!«

»H… hey, zappel nicht so komisch rum! Fast hätte ich deine Brust berührt!«

»Hi hi, hast du sie gesehen? Meine ›Keitachi-Abwehrtaktik‹! Ich nenne sie ›Erzittere! Zwangsbelästigung!‹! Wenn sie trifft, ist der Gegner in der Öffentlichkeit unten durch!«

»Was ist das denn für 'ne Möchtegerntechnik …? Aber trotzdem werd ich heute alles …«

»Hi hi. Ich wusste gleich, dass du als schwächliche Jungfrau bei der Technik schlotternde Knie bekommst. Hier, fass schon meine Brust an, na los!«

»Wa…?! tu mal nicht so! Du findest das doch selbst eklig, wenn ich drankomme!«

»Nö, überhaupt nicht. Ist mir total schnuppe, wenn du drankommst, Keitachi!«

»M... mir auch! Bei anderen Frauen nicht, aber deine Brust kann ich ohne Probleme berühren! Von wegen schlotternde Knie!«

»Ganz schön mutig, Keitachi. Dann sollte ich wohl auch meine ultimative Geheimwaffe auspacken ...«

»Eine Waffe, noch stärker als dein Brustpanzer? W... was kann denn da noch kommen ...«

»Das ist meine Chance! Wegrennen natürlich!«

»Ah, warte, Aguri! Ähm, entschuldigt, ich mach mich dann auch auf den Weg!«

Keita schnappte sich seine Tasche und während er sich noch vor uns verbeugte, begann er der eben aus dem Raum geflüchteten Aguri hinterherzulaufen. Inmitten dieser laut aus dem Flur widerhallenden Fußschritte brachten wir drei zunächst unsere aufrichtige Entschuldigung an Keita zum Ausdruck. Weil dieser aber nicht da war, nur in Form andächtigen Schweigens.

Und deshalb.

Ganz klar.

Trotzdem.

Es ging nicht anders. Wir mussten es einfach mit ganzer Kraft hinausschreien.

»Aber verstehen die sich nicht zu guuuuuuuuuuuuuuuuut?!«

Keita Amano und Aguri.

Der Tag, an dem sich auch die letzten Zweifel ihres Umfelds in Luft auflösten, sollte noch weit in der Ferne liegen.

Konoha Hoshinomori und die Deregulierung

»Du willst von mir also Empfehlungen für Games, die keine Ero-Games* sind, Konoha?«

»Genau. Gibt's dabei ein Problem?«, nickte die schwarzhaarige Schönheit bekräftigend, während ihre zwei seitlich gebundenen Zöpfe wippten und die Abendsonne durch das Fenster hinter ihr hineinströmte.

»Nein, an sich gibt's da ü… überhaupt kein Problem …«, sagte ich und ließ meinen Blick nervös im Raum umherwandern.

Es war nach dem Unterricht und wir befanden uns im Raum der Schülerversammlung. Zu zweit in diesem abgeschiedenen Raum, der durch die hereinströmende Abendsonne eine irgendwie angenehme Atmosphäre besaß. Um unter diesen Umständen durchdacht und geschickt handeln zu können, musste man schon ein Protagonist einer Light Novel sein. Jemand wie ich, ein einsamer Mob-Charakter und Oberschüler namens Keita Amano, konnte dem bloß mit heftigen Schweißausbrüchen und Stottern begegnen. Bei diesem Anblick stieß die besagte Schönheit, Konoha Hoshinomori, einen genervten Seufzer aus und verschränkte die Arme unter ihrer üppigen Oberweite.

»Bei deinem komischen Verhalten kommst du echt voll wie der einsame Stubenhocker-Nerd rüber.«

»Weil ich ja auch voll der einsame Stubenhocker-Nerd bin!«

Obwohl mir die erbärmliche Situation, von diesem jüngeren Mädchen so heruntergemacht zu werden, unbewusst Tränen in die Augen trieb, musste ich trotzdem etwas sagen, während ich mich

* Erotik-Games.

im Raum umschaute. Genau, das hier … war gar nicht der Raum der Schülerversammlung an meiner Schule, der Otobuki.

»A… Außerdem würde sich doch wohl jeder so verhalten, wenn er nach dem Unterricht in eine völlig andere Schule und dann auch noch in den wichtigen Raum der Schülerversammlung gerufen würde.«

Ich befand mich an der benachbarten Hekiyo, die eher von Musterschülern besucht wurde. Wer hätte sich denn wohl in diesem Setting entspannen können?

»Da hast du recht«, schien Konoha mir im ersten Moment zuzustimmen und fügte dann hinzu: »Wäre das eine normale Schülerversammlung, okay … aber Keita, du bist doch immer noch ein Mann, oder?«

»Hä? Du willst über Männer reden?«

»Genau. Ich erklär's dir. Warte. Also Männer …«, beschwerte sich Konoha mir gegenüber in einem leicht verärgerten Ton, während sie mit knallroten Wangen die Augenbrauen hochzog. »… egal wie schüchtern und zurückhaltend sie auf den ersten Blick wirken, sind sie doch, wenn es um versaute Ab-18-Sachen geht, sofort voll dabei. Ob jetzt im Freien oder Dirty Talk!«

»Auf der Basis von Protagonisten aus Ero-Games sollten wir echt keine Männerdiskussion führen, Konoha! In Wahrheit sind nicht alle so drauf!«

»Wirklich? Aber gerade solche schwächlichen Softies wie du sehen immer so aus, als wollten sie losbrüllen: ›Na los! Zeig mir, wie du's haben willst!‹, wenn sie stattdessen mal dominiert werden.«

»Ich versteh so ungefähr, was du meinst! Aber du redest hier immer noch von Ero-Games! In der Realität gibt's so was nicht! Wer schüchtern und zurückhaltend ist, bleibt auch so!«

W… Wahrscheinlich. Ich konnte hier ja nicht aus eigener Erfahrung sprechen und daher nur Vermutungen anstellen.

Konoha riss die Augen weit auf und murmelte unerwartet aufrichtig:»W… wirklich? Dann tut es mir leid. Ich werde mein Urteil noch mal überdenken.«

»Dafür wäre ich dir sehr dankbar.«

»Hm, Keita, verglichen mit einer Hauptfigur eines Ero-Games bist du gleich in ›vielerlei Hinsicht‹ klein …«

»Ich will gar nicht wissen, was du damit genau meinst, also lassen wir das Thema.«

»Eine wirklich weise Entscheidung«, antwortete die am Kopfende des Tisches sitzende Konoha lächelnd. Obwohl ich angesichts ihrer unveränderten Ero-Game-Besessenheit, die auf den ersten Blick total unverständlich war, seufzen musste, starrte ich sie doch wieder an.

Konoha Hoshinomori. Bei den Wahlen zur Schülerversammlung an der Privaten Hekiyo Oberschule, die eher so was wie eine Miss-Wahl darstellten, hatte die unglaublich hübsche Zehntklässlerin den Thron der Schülersprecherin mit Leichtigkeit erklommen. Außerdem waren ihre Noten nicht von dieser Welt und wegen ihrer Einstellung, fleißig und hart zu arbeiten, erfreute sie sich sowohl bei den Schülern als auch Lehrern großer Beliebtheit. Von Natur aus sollte so ein einsamer langweiliger Mob-Charakter wie ich, Keita Amano, der noch dazu auf eine andere Oberschule ging, eigentlich keinerlei Berührungspunkte mit so einem respektierten Mädchen haben … Na ja, aber so, wie es jetzt aussah, hatte ich mich schließlich sogar ein bisschen mit ihr angefreundet. Übrigens steckten hinter diesem »schließlich« wirklich zu viele Gründe, als dass ich sie hier aufzählen könnte, aber kurz gesagt: Sie war eigentlich die kleine Schwester meiner Bekannten, Chiaki Hoshinomori. Na ja, wenn es nur das gewesen wäre, hätte ich sie einfach als die »kleine Schwester einer Bekannten« abgestempelt, aber seit ich (und nur ich) sie als besessene Ero-Gamerin enttarnte, hatte sich unsere Beziehung stark gewandelt. Und auch danach kam es noch zu einigen Verwicklungen. Jetzt waren wir eher zu so etwas wie »Kameraden mit dem gleichen Hobby« oder »Geheimnisträgern« geworden. Wir waren noch nicht so weit, uns ungezwungen als »Freunde« zu bezeichnen, aber für bloße »Bekannte« teilten wir eigentlich zu komplexe Dinge miteinander. Unsere Beziehung war eigentlich kaum zu greifen.

Auf jeden Fall war diese Situation, mit ihr allein in einem Zimmer einer anderen Schule zu sein, etwas, was mich verständlicherweise total aus der Bahn warf. Konoha, die sah, was mit mir los war, redete schließlich ein klein wenig entschuldigend los: »Na ja, dass ich dich so plötzlich hierher gerufen hab, wo du doch sonst immer allein abhängst, tut mir schon leid.«

»Das hört sich zwar nicht so an, als würdest du dich wirklich entschuldigen wollen, aber ist auch egal. In letzter Zeit bin ich es gewohnt, plötzlich irgendwohin gerufen zu werden.«

Von einer gewissen Freundin eines Klassenkameraden. Dass Konoha mich nicht dazu antrieb, sie auf etwas einzuladen, war aber zumindest schon mal eine Verbesserung. Das Problem war allerdings …

»Aber warum im Raum der Schülerversammlung? Wir hätten uns doch auch einfach ganz normal draußen treffen können?!«, fragte ich, im Raum umherblickend, und Konoha lief aus irgendeinem Grund knallrot an.

»D... draußen? Also ich stehe nun wirklich nicht auf so was wie Sahnespielchen im Familienrestaurant, Exhibitionismus im Park oder Sex im Stillen in der Bib...«

»Ich rede doch gar nicht von Ero-Games!«

»Das weiß ich doch ...«

»Das kam unerwartet ...«

Ihr ernsthaftes Nachfragen ließ mich wie den letzten Idioten aussehen.

»Scherz beiseite, ich hätte für unser Geheimtreffen doch gar keinen anderen Ort wählen können.«

»Hä ...? Und warum das jetzt schon wieder?«, fragte ich hektisch nach.

Konoha antwortete seelenruhig, so als würde sie etwas völlig Offensichtliches aussprechen: »Hä? Aber wenn wir zwei alleine irgendwo gesehen werden, bricht doch die Hölle los!«

»Schlimmer als die Hölle in meinem Kopf kann's nicht werden!«

Und so was musste ich mir von einem jüngeren Mädchen anhören. Das auszuhalten, dafür war ich leider nicht abgeklärt genug. Was sollte das? Ich wollte heulen und sofort heim. Als ich so vor mich hin wimmernd meine Tasche schnappte und aufstehen wollte, griff Konoha völlig aufgebracht ein.

»N... Nein, das mein ich gar nicht negativ! Sieh mal, du hast doch immerhin 'ne Freundin! Und ich bin halt auch voll beliebt! Komische Gerüchte können wir beide jetzt nicht gebrauchen!«

»Hm, da hast du wohl recht ...«

»Nicht wahr? Das wäre voll der Albtraum ... Da ist es doch immer noch besser, nach dem Unterricht in diesem abgeschiedenen Zimmer heimlich schmutzige Sexgeschichten auszutauschen!«

»Jetzt reicht's mir! Ich bin raus! Deine heimlichen Sexgeschichten sind schlimmer als jeder Seitensprung! I... Ich will Karen nicht verletzen. Das war's also für mich ...«

»W... Wa... Warte doch mal!«

Als ich gerade gehen wollte, legte Konoha mir die Hände auf die Schultern und drückte mich mit ganzer Kraft wieder auf meinen Stuhl. Hier nach dem Unterricht – im Raum der Schülerversammlung einer anderen Schule – wurde ich also von einem hübschen Mädchen aus nächster Nähe vom Gehen abgehalten. Das konnte ich mir wohl abschreiben. Selbst wenn Konoha keinen Funken Wohlwollen mir gegenüber hätte, könnte man mir doch schon rein physisch das Seitensprungurteil verpassen. Um sie mit meinem ganzen Körpergewicht zurückzustoßen, zwang ich mich dazu, aufzustehen. Konoha schob Panik und schrie plötzlich aus Leibeskräften: »I... Ich will doch nur hören, welche Games du mir empfiehlst!«

»Hmpf.«

In diesem Moment plumpste ich, der Game-Trottel, kraftlos auf meinen Stuhl. Konoha blickte mich für einige Sekunden einfach nur an und wir schwiegen ... Dann räusperte ich mich und antwortete, ohne sie anzuschauen: »Na ja, wenn wir nur über Games reden, will ich mal nicht so sein ...«

»Wow, du Game-Nerd bist ja voll leicht zu knacken!«

»So, das war's.«

»Ah, warte, warte! Ich will heute wirklich nur über Games mit dir reden!«

Ich blickte sie finster an, während sie versuchte, überstürzt die Wogen zu glätten.

»A... Also du lenkst das Thema nicht wieder auf du-weißt-schon-was?«

»Na hör mal! Ich bin doch keine Katze, die das ganze Jahr über rollig ist! ... Na ja, dass ich rollig bin, kann ich nicht abstreiten ...«

»Mach es bitte trotzdem nicht! Und hör auf damit, dich mit Tieren zu vergleichen!«

»A... Auf jeden Fall steht unser Gespräch über Konsolengames im Mittelpunkt! Also los, Keita! Bitte! Bitte!«

»Na ja, wenn du meinst ...«

Gerade als ich endlich mein Misstrauen ablegte und mich wieder hinsetzte, atmete Konoha erleichtert aus und murmelte leise: »Mann, dich kann man echt genauso leicht nach meiner Pfeife tanzen lassen wie Chiaki ...«

»Ah, ich hab keine Lust, auf die gleiche Stufe gestellt zu werden wie Chiaki. Ich hau ab.«

»Du hörst aber auch jedes einzelne Wort! D... Das war ein Witz, Mann! Ein Witz! Du bist nicht genau wie Chiaki, nein!«, stritt Konoha energisch ab. Was blieb mir anderes übrig ...

Als ich mich wieder richtig auf den Stuhl rechts von ihr gesetzt hatte (da, wo normalerweise ihre Vertreterin saß), so als ob ich mich auf eine bevorstehende Sitzung vorbereiten würde, griff ich das Thema wieder auf: »Also, warum willst du eigentlich extra mit mir über Games reden? Es wäre doch viel leichter, deine Schwester nach ihrer Meinung zu fragen.«

Auch wenn es mir nicht recht war, ihre Schwester – Chiaki Hoshinomori – war fast so etwas wie meine Seelenverwandte, wenn es um die Einstellung zu Games und das Wissen darüber ging. Und so wäre es doch überwältigend leicht gewesen, sich Empfehlungen bei ihr abzuholen, statt extra einen Jungen von einer anderen Schule heimlich herzubestellen. Aber Konoha schüttelte nur energisch den Kopf.

»Es stimmt, dass ihr euch sehr ähnlich seid, aber nur in einem Punkt geht eure Meinung superweit auseinander, nämlich ob Moe zulässig ist oder nicht.«

»Na ja …«

Das war nun mal wirklich der Punkt, wieso Chiaki und ich uns als Feinde betrachteten. Im Grunde waren wir fast wie Doppelgänger mit unserer Einstellung zu Games, doch dieser eine Punkt reichte aus, um alles zunichtezumachen.

»Und für mich ist das jetzt nun mal auch eine ziemlich große Sache …«

»Und das heißt?«

»Bitte empfiehl mir Ero-Gamerin auch ein paar Konsolenspiele*!«

»Verstehe.«

Chiaki, die »Moe« hasste, war dem tatsächlich nicht gewachsen. Insofern konnte ich akzeptieren, dass der Ball zu mir gespielt wurde. Als ich in Gedanken schon eine Liste empfehlenswerter Games zusammenzustellen begann, tat sich ein großes »Aber« auf.

»Aber wenn du online suchst, hast du doch gleich unzählige Tipps.«

»Natürlich schaue ich auch online, aber so was direkt von jemandem zu hören, ist mir eben viel wert.«

»Ah, das verstehe ich.«

»Genau! Direkt ist toll. Auch in Ero-Szenen. Wenn er direkt loslegt, kommt er gleich viel besser in Fahrt. So was liebe ich!«

»Das versteh ich jetzt nicht mehr und will es auch gar nicht! Wenn du noch weitermachst, bin ich echt raus hier!«

* Ero-Games erscheinen in Japan in ihrer unzensierten Fassung ausschließlich auf dem PC.

»Ah, natürlich meine ich das nur auf Games bezogen. In Wirklichkeit sollte man vorsichtiger an die Sache rangehen. Dem reinen Vergnügen darf man nie die eigene Sicherheit opfern! Niemals!«

»Das ist eine hervorragende Einstellung und ich stimme dir da vollkommen zu, aber warum ist jemand mit so einer edlen Einstellung wie du kein Stück zurückhaltend, wenn es um explizite Darstellungen in Ero-Games geht?«

»Also von Ero-Game-Reviews, die die eigenen Vorlieben gar nicht erwähnen, nehme ich Abstand.«

»Was ist eigentlich dein Problem?«

»Ach so, eine Frage noch, warum wollen Männer eigentlich immer in der Frau k...«

»Hör doch bitte endlich auf, Männer nur mit dieser Ero-Game-Brille zu sehen! Außerdem ist das in diesem abgeschiedenen Raum noch unpassender!«

Als ich so mit hochrotem Kopf protestierte, legte Konoha verwundert den Kopf schief.

»Nein, sich über so was in aller Öffentlichkeit zu unterhalten, wäre doch noch viel schlimmer ...!«

»Das hat gesessen! Wie mich das aufregt! A... Auf jeden Fall ist mir das total unangenehm, mich mit einem Mädchen allein zu zweit an so unanständigen Themen festzubeißen, also lass das bitte!«

»Okay ...«

»Lass diesen Blick, als hättest du irgendein neues Spielzeug entdeckt! Ich geh sonst!«

»Tut mir leid. Okay, dann hör ich jetzt mehr oder weniger mit den Anspielungen auf.«

»War das gerade das lächerlich schlechteste Versprechen in der Geschichte der Menschheit oder was? Was soll überhaupt diese Einschränkung? Nicht ›mehr oder weniger‹, lass das Sexthema bitte ganz weg!«

Als ich das von ihr verlangte, legte Konoha einen Finger ans Kinn und verfiel für eine Weile in Schweigen.

»...«

»...«

»Ähm ... K... Keita, das Wetter heute war echt toll, oder?«

»Wie? Bist du noch die gleiche Konoha?! Nur weil ich dir die Ero-Storys verboten habe, bist du wie ausgewechselt?!«

»N... Na ja ... ich habe halt nur über die Sexschiene einen Draht zu dir ...«

»Moment! Wir haben zwar beide Ero-Games als Hobby, aber das Ausmaß ist doch unterschiedlich!«

»Na ja, das bezweifle ich jetzt aber doch ...«

»Das ist die Wahrheit!«

Konoha brach in schallendes Gelächter aus, als sie sah, wie ich vor lauter Erschöpfung stöhnend ausatmete. Dieses Mädchen ist doch nicht mehr zu retten. Der macht das Mobben auch noch Spaß. Ihre Augen waren die eines wilden Raubtiers. Sie strotzte nur so vor Vitalität und ließ dabei sogar Aguri verblassen. Todmüde legte ich die Arme auf den Tisch.

»Echt mal ... Mag ja sein, dass ich dir als seltener Ero-Game-Gesprächspartner gefalle, aber können wir jetzt mal auf ein zurückhaltenderes Thema kommen?«

»Verstehe ... das heißt, am Abend ist also alles bis zum Vorspiel erlaubt?

»Nein, ist es nicht! Treib's mal nicht zu weit hier! Sonst schaffst du es doch auch, deinen wahren Charakter zu unterdrücken und dich zu benehmen?!«

»Ja, klar. Nur wenn sich mal so eine Gelegenheit wie jetzt bietet, leg ich den Schalter um und dann kommt alles wie aus der Pistole geschossen!«

»Das leuchtet mir irgendwo ein! Aber kannst du nicht auch ein bisschen mehr Rücksicht auf mich nehmen?!«

»Ähm ... Äh, Keita, also ... brauchst du Infos darüber, wo es günstig Taschentücher gibt?«

»Was soll das bitte für 'ne Rücksichtnahme sein?«

Dass Konoha, die kleine Schwester einer Bekannten, einen solch gefährlichen Charakter besitzen würde, wer hätte das gedacht? Dementsprechend wurde mein Vorstoß auch immer wilder. Abgesehen von meiner Familie und Chiaki gegenüber hatte ich noch nie so heftig auf etwas reagiert. Ohne es zu wollen, drückte ich mir auf die Schläfen und murmelte: »Mann ... bist du denn wirklich von Natur aus eine Perverse, die nichts als versaute Gedanken hat?«

Angesichts meiner Frage sah Konoha verdammt verärgert aus und machte eingeschnappt einen Schmollmund.

»Wie respektlos. Natürlich nicht. Ich bin immer noch die Schülersprecherin! Ist doch klar, dass ich dem Wesen nach eine aufrichtige Musterschülerin bin. Also mach mich bitte nicht lächerlich.«

In dem Moment, als sie mit entschlossenem Gesichtsausdruck diese Widerworte von sich gab, dachte ich über mich selbst nach.

»T... Tut mir leid. Ich bin vielleicht etwas übers Ziel hinausgeschossen. Verzeih mir ...«

Vielleicht war ich bei ihr, die ich ja noch nicht allzu gut kannte, doch etwas zu übermütig geworden …

»Aber echt. Nur dass du es weißt, normalerweise konzentrier ich mich voll auf die Suche nach dem Wissen dieser Welt – meine zwei Lieblingswörter sind daher auch ›Erziehung‹ und ›Unterweisung‹!«

»Schon klar. Und das hat jetzt nichts mit SM zu tun, stimmt's?«

Wie konnte ich überhaupt Selbstzweifel haben? Ich war so doof.

»Huch, na, das ist jetzt aber ein Zufall.«

»Dann benimm dich hier nicht wie die Königin der Perversen!«

»Nein, nein, auch wenn du mich so sehr lobst … bei mir kommt da kein Geld raus. Wenn's hoch kommt nur literweise Muttermilch.«

»Was soll diese Ero-Game-Überreaktion! Und hör auf, hier rumzulügen!«

Ich war es verdammt noch mal leid und konnte nicht mehr! Plötzlich murmelte ich schnaufend: »Jetzt mach mal endlich halblang hier!«

»Was denn? Mann, du gibst aber schnell auf, Keita. Voll erbärmlich!«, sagte Konoha mit einem Grinsen im Gesicht. Sie machte das offensichtlich extra. Dass sie von Ero-Games besessen war und von Vitalität nur so strotzte, konnte man zwar nicht leugnen, aber dass sie sich so sehr im Perversenmodus befinden würde wie heute, da stimmte doch was nicht. Ganz klar wollte sie mich heute zu ihrem Spielzeug machen. Wir mussten jetzt echt mal mit dem Hauptthema weitermachen … Während ich mit den Fingerspitzen leicht auf dem Tisch trommelte, lenkte ich das Gespräch wieder auf die richtige Bahn.

»Also, die Empfehlungen, die du haben wolltest, meintest du da Dating-Sims, die es so nur auf der Konsole gibt?«

Meine Frage führte dazu, dass Konoha endlich mit ihren Neckereien aufhörte und ein ernstes Gesicht machte.

»Nein, damit kenne ich mich schon gut genug aus. Ich wollte dich zu Genres befragen, die ich selbst nicht so auf dem Schirm habe … wie RPGs oder Actiongames, also alles außer Visual Novels.«

»Ah, ich verstehe … Hätte ich nicht gedacht. Sorry, wenn ich das so sage, aber ich dachte eher, dass du in letzter Zeit voll auf denen hängengeblieben bist.

»Das ist echt gemein. Ich spiele auch Games, die viel klassischeres Gameplay haben.«

»Okay, dann tut es mir leid …«

Andere Leute einfach so in Schubladen zu stecken, war echt der Gipfel der Dummheit. Ich wollte im Boden versinken …

»Sowas wie *Sengoku Rance**, *Baldr Sky*** oder *Kamidori Alchemy Meister**** …«

»Ja, bei denen ist der interaktive Part auf jeden Fall viel größer, nur wirst du bei dem Line-up deinen Ruf als Ero-Gamerin bei mir nie los!«

»Hm … ich glaub ja kaum, dass es in der Welt der Konsolengames welche gibt, die diese Meisterwerke der Ero-Game-Kunst übertreffen!«

»Kein Grund, deshalb gleich 'nen Streit anzufangen! W… Willst du jetzt Empfehlungen von mir oder nicht?«

»Ja, will ich. Also, dann leg mal los. Ich bin gespannt.«

»Je länger ich hier bin, desto mehr merke ich, dass du Chiakis Schwester bist.«

»Uwahh, das klang gerade echt irgendwie unanständig, Keita.«

»Warum das denn?! Ach, egal, also zu meinen Empfehlungen …«

* Ein Ero-Game aus der »Rance-Reihe« von Alicesoft.
** Ein Ero-Game aus der »Baldr-Reihe« von Giga.
*** Ein Ero-Game von Eushully.

Ich dachte kurz nach und zählte ein paar sichere Titel auf: »Also, erst mal empfehle ich die *Atelier*-Spiele* …«

»Ha!«

Diese junge Schülerin blickte mich mit einem unübersehbar enttäuschten Gesichtsausdruck von oben herab an.

»Einer Ero-Gamerin als Allererstes die *Atelier*-Reihe ans Herz zu legen, ist eine so felsenfest offensichtliche Wahl, dass ich kotzen möchte!«

»Also, dass du dich bei einer zu hundert Prozent gut gemeinten Antwort auskotzen musst …«

»Wenn ich ehrlich sein soll, gefallen mir die *Atelier*-Spiele ja auch supergut. Bei jedem einzelnen Titel der Trilogien ist das Artwork einfach zu fantastisch und herzzerreißend, das Gameplay ist supergemütlich und sie besitzen alle Anzeichen für einen hohen Wiederspielwert. All diese Punkte sind ein Treffer ins Schwarze. Aber so was von. Perfekter auf mich zugeschnittene Spiele kann es gar nicht geben! Aber gerade deshalb will ich solche Empfehlungen nicht mehr von dir hören! Wie kann man nur so doof sein, solche perfekten Spiele zu nennen! Schämst du dich denn gar nicht?«

»Ich treffe genau deinen Geschmack und werde hier so beschimpft? Das hätte ich nie gedacht.«

»Die Empfehlung war einfach zu perfekt! Das wär ungefähr so, als würdest du jemandem, der Ghibli-Filme mag, *Ni no Kuni*** aufs Auge drücken! Als ob der das nicht selbst wüsste!«

»Ugh, ich hasse es irgendwie, dir Recht geben zu müssen!«

So gesehen konnte ich ihre Kritik, die Empfehlung wäre zu perfekt gewesen, auch ein Stück weit nachvollziehen.

Konoha seufzte genervt und drängte mich dazu, weiterzumachen.

* Eine RPG-Reihe von Gust.
** RPG entwickelt von Level-5 mit Artwork vom Studio Ghibli.

»Also, fangen wir noch mal von vorne an. Bitte berücksichtige diesen Punkt bei deinen nächsten Empfehlungen. Schieß los ...«

Was war das denn? Plötzlich fühlte ich mich wie in einem Bewerbungsgespräch mit der Pistole auf der Brust.

Mit einem hübschen Mädchen über die eigenen Lieblingsspiele zu reden ... Diese Situation ist doch normalerweise der Wunschtraum eines jeden männlichen Nerds. Ich hatte jetzt total heftige Bauchschmerzen. Der Druck, bloß keine falsche Antwort zu geben, war unglaublich hoch. Was war denn los? Ich wollte nur weg hier.

Für etwa eine Minute ging ich in mich, um zu überlegen ... und antwortete dann ängstlich: »Ähm, also, wie wäre es mit der *Fallout*-Reihe* ...?«

»Und warum?«

»Warum?! Äh, ähm, also, du meintest ja, du magst es nicht, wenn ich mich so seltsam an die Ero-Game-Thematik ranschleiche und da dachte ich, ich empfehle dir ein Spiel, das mit seiner Hardcore-Weltsicht und Grafik was komplett anderes und noch dazu verdammt interessant ist ... Spiele aus solchen Genres kommen in deiner Ero-Game-Blase doch sonst gar nicht vor.«

»Verstehe. Das leuchtet mir ein.

»Ha ...«

»Aber weil du diesmal meine waschechte Ero-Game-Besessenheit viel zu wenig berücksichtigt hast, lehne ich den Vorschlag ab.«

»Was geht denn jetzt ab?«

Wie unvernünftig konnte man sein? Erst überlegte ich mir Spiele mit einer möglichst geringen Einstiegshürde für Ero-Gamer, dann ließ ich das komplett außer Acht und beides wollte sie nicht haben?

* Spielereihe von Bethesda.

Konoha jedoch zuckte mit den Achseln, so als würde ich immer noch einen Fehler nach dem anderen machen.

»Na ja, dass *Fallout* interessant aussieht, da muss ich dir recht geben. Letztens habe ich Chiaki dabei beobachtet, wie sie es gespielt hat, aber auch bei diesem echt tollen Game dachte ich nur, dass es den Unterhaltungsfaktor von Ero-Games noch lange nicht erreicht. Das heißt also, ich will Titel von dir, die es auch wirklich wert sind, dass ich mich mit ihnen abgebe.«

»A... aber ...«

»Es geht nun mal nicht anders ... ich brauche Games, die mich geil machen. Wenn auch nur ein bisschen.«

»Was redest du denn da plötzlich?«

Wegen meiner erschrockenen Reaktion schien Konoha nun auch selbst ein bisschen peinlich berührt zu sein und ruderte zurück: »Tut mir leid, lass mich das umformulieren ... ich will nur ein bisschen quieken.«

»So weit wollte ich nicht in die Hölle blicken!«

»Na ja, Fakt ist, auch wenn mich Fallout sofort abholt, bin ich doch in Schwierigkeiten.«

»Aber dann bist du ...«

Als ich mich gerade beschweren wollte, stieß Konoha einen auffällig lauten Seufzer aus und grummelte dabei: »Keita, nur weil dein Vorschlag in einer Konferenz abgelehnt wurde, ist es total unausgereift, jetzt auf einmal einen völlig gegensätzlichen Vorschlag zu machen.«

»Ugh ...!«

Mit dieser vernünftigen Argumentation versetzte mir die aktive Schülersprecherin einen Critical Hit. Konoha fuhr fort: »Warum kannst du nicht mal ausgeglichener sein? Was ist dein Problem, Keita?«

»T… Tut mir leid.«

Es stimmte, dass ich in letzter Zeit absolut extreme Sachen von mir gab. Ich musste besser aufpassen.

»Echt mal … Wenn du mit deiner Freundin Karen und meiner Schwester in der Schule über ›1‹ plauderst, dann redest du mit mir über ›3‹. Dieses Gleichgewicht aufrecht zu erhalten, solltest du üben, Keita.«

»Okay, ich werde es mir merken …? Hä …?«

Hm, hatte sie beim Gleichgewicht der Zahlen da nicht was durcheinandergebracht …? Bevor ich allerdings meine Zweifel anbringen konnte, räusperte sich Konoha leise und redete auf mich ein: »Lass uns darum noch mal neu starten. Lass uns brainstormen!«

»Hng …«

Ich wurde mehr und mehr in die Ecke gedrängt. Normalerweise war ich eher nicht für ausschweifende Gedankengänge bekannt und so funktionierte mein Kopf auch überhaupt nicht richtig, als ich die Sache einmal ernsthaft durchdenken wollte. Etwas, was ich einfach nur liebte, jetzt auf einmal theoretisch zu betrachten, war echt schwierig.

Und obwohl ich für eine Weile in mich ging und genauestens hin- und herüberlegte, kam ich zu der Überzeugung, dass ein endlos langes Rumgrübeln über eine klar gefasste Antwort ein Fass ohne Boden wäre, und entschied mich deshalb am Ende einfach dafür, bloß die interessanten Games aufzuzählen, die ich in letzter Zeit gezockt hatte.

»Ähm, also, was hältst du von *Mugen Kidan Aigis**?

Bei meinem Vorschlag machte Konoha diesmal ein ungewöhnlich verlegenes Gesicht.

* Wörtlich Aigis: Illusion einer fantastischen Geschichte.

»Tut mir leid, das sagen zu müssen, aber das hab ich noch nie gehört … Würdest du mir zumindest sagen, welche Sexstellungen darin vorkommen?«

»Schon allein das Wort ›Sexstellung‹ kommt da nicht vor! Das ist ein Konsolen-Game! Außerdem, wer recherchiert denn bitte die vorhandenen Stellungen, bevor er das Game kauft?«

»Wenn du dir Ero-Games anschaust, die überraschenderweise immer wieder ähnliche Sexszenen zeigen, sitzt du da nicht auch manchmal grinsend davor und fragst dich, ob das eher der Fetisch des Skriptautors oder des Illustrators ist?«

»Nein, tu ich nicht!«

»Hä? Machst du dir dann etwa auch keine Exceltabelle mit den Stellungen und vergleichst die Ero-Games untereinander?«

»Warum sollte man so was machen? Aber ist immerhin bewundernswert, wie enthusiastisch du bist … nur bitte nicht hier, sondern bei unserem eigentlichen Thema!«

»Ah, wie hieß das doch gleich? *Musei Waidan Awahime**, oder?«

»Nein! Es heißt *Mugen Kidan Aigis*! Versuchst du schon wieder, deine wahren Absichten zu verschleiern?«

»Meine Gedanken drehen sich so schnell im Kreis, dass ich manchmal echt Schiss vor mir selbst bekomme.«

»Das kann ich gut verstehen. Vor deinen Gedanken kann man ja nur Angst bekommen! Reden wir endlich wieder über Games!«

»Sehr gern … also wie ich eben schon sagte, hab ich von dem Titel noch nie was gehört.«

»Ah, das ist auch nicht weiter verwunderlich. Das Game ist im hart umkämpften Weihnachtsgeschäft letztes Jahr rausgekommen und komplett untergegangen. Inhaltlich ist es aber total gut

---

* Wörtlich übersetzt: Feuchte Träume der Seifenprinzessin.

bewertet worden … Aber auch durch Mundpropaganda erreicht man halt nicht jeden.«

»Verstehe. Ähm, also, was war das noch mal …«

Während sie so vor sich hin murmelte, holte sie ihr Handy raus. Sie suchte nach dem Titel, den ich ihr nannte, und als sie auf der offiziellen Homepage war und das Key-Artwork betrachtete, war von ihr nur ein »Hmmm …« zu hören.

»Ahh, ein RPG mit Abenteuerelementen, das in der Neuzeit spielt. Das Artwork ist auch genau mein Fall.«

»Das freut mich. Die Story spielt in einem Schulumfeld, also gibt es natürlich auch viele Elemente einer romantischen Komödie und die Kämpfe sind weder zu schwer noch zu leicht, sodass sich da alles gut die Waage hält.«

»Verstehe …«

Konoha klebte förmlich an der offiziellen Homepage und anderen Artikeln, so als wollte sie sie aufsaugen. Aus irgendeinem Grund begann sie, ernsthaft zu recherchieren. Es sah nicht so aus, als würde sie auch das sofort ablehnen.

Jetzt, da ich ein wenig Selbstvertrauen neugefasst hatte, ergänzte ich mit einem gezwungenen Lächeln: »Na ja, keine Ahnung, ob das jetzt irgendwie zu dir passt, aber mir selbst hat es jedenfalls total Spaß gemacht.«

Als sie das hörte, löste sie ihren Blick vom Handy und starrte mich an.

»Ein Game, das dir unglaublich viel Spaß gemacht hat …? Hm, also das … da bekomme ich irgendwie Lust, es hier und gleich abzulehnen …«

»Was?!«

Und wie es bei mir immer der Fall war, wenn ich so was an den Kopf geworfen bekam, trieb es mir sofort Tränen in die Augen. Aber diesmal wurde irgendwie auch Konoha ganz hektisch.

»Äh, nein, also das … war jetzt nicht böse gemeint!«

»Hach egal, ist schon gut. Also … das ist wohl auch bei dir durchgefallen, was?«

»Hä? Äh, nein …«

Konoha starrte wieder ihr Handy an und nach einer erneuten kurzen Recherche hob sie den Kopf und fragte mich etwas irgendwie Seltsames: »Keita … wenn ich mir dieses Artwork so anschaue und deinen Geschmack, was Storys angeht … dann hast du vielleicht doch ganz andere Vorlieben als Chiaki.«

»Hä? Ah …«

Jetzt fing sie schon wieder mit Chiaki an. Ich dachte darüber nach, wie deren Geschmack so aussah. Obwohl wir im Grunde zwei Seelenverwandte waren, konnte sie Moe-Elemente in Games auf den Tod nicht ausstehen. Von ihrem Standpunkt aus gesehen war *Mugen Kidan Aigis* wirklich schon hart an der Grenze. Chiaki konnte zwar, wenn sie das Game interessant fand, mehr oder weniger über den Moe-Teil hinwegsehen, aber zur Zeit der Veröffentlichung kamen noch ganz andere Toptitel raus. Daher war die Wahrscheinlichkeit also relativ gering, dass sie extra dieses gespielt haben könnte. Als ich Konoha meine Vermutung mitteilte, nickte diese nur zustimmend.

»Wenn man es so betrachtet … dann ist das Game vielleicht wirklich nicht so geeignet.«

»…?«

Was sollte das heißen? Ich sollte ihr doch nur Empfehlungen nennen, wieso brachte sie also auf einmal die Vorlieben ihrer

Schwester ins Spiel? Ich legte den Kopf schief, aber von Konoha kam nur ein leises »Okay …«, während sie ein Gesicht machte, als hätte sie irgendeine Entscheidung getroffen. Dann sprang sie plötzlich auf.

»Okay, damit wäre unsere heutige Versammlung aufgelöst! Vielen Dank, Keita!«

»Hä?! Äh, ah, nein, ich freue mich, dass ich dir helfen konnte …«

Ehrlich gesagt, war das Ganze total unbefriedigend. Ich sollte mich zwar echt freuen, dass jemand mit meiner Empfehlung etwas anfangen konnte, aber dieses Gefühl stellte sich bei mir überhaupt nicht ein. Kein Stück war ich damit einverstanden. Allerdings konnte ich ja wohl kaum ewig hier sitzenbleiben, während sich Konoha schon zum Gehen bereitmachte.

Als ich mir meine Tasche schnappte und aufstand, sagte sie: »Ah, wenn wir zusammen gesehen werden, wäre das gar nicht gut, also geh bitte schon mal vor.« … Ich war schon wieder echt depri drauf, hatte aber wohl keine Wahl und verließ den Raum.

»Okay, dann bis bald …«, murmelte ich, als ich vom Flur aus gerade die Tür zum Raum der Schülerversammlung schließen wollte.

Konoha stand hinten im Raum und verschränkte die Arme hinter dem Rücken … Irgendwie wirkte sie merkwürdig schüchtern und starrte mich an.

»Irgendwann werde ich mich dafür auf meine Weise bei dir bedanken! So schmutzig wie möglich, natürlich!«

»Nein, lass mal.«

Während ich ihr noch leicht gereizt antwortete, knallte ich die Tür zu, wie um ihr schallendes Gelächter auszublenden.

»Wie ist die denn drauf … Echt mal …«

Ich war zwar ein ängstlicher Kerl, aber ehrlich gesagt hatte ich mich diesmal zu übertrieben aufgeregt. Außerdem war da dieses leicht stechende Schuldgefühl, dass ich mir hinter dem Rücken meiner Freundin die Sexgeschichten eines anderen Mädchens anhören musste ... Doch da steckte ich jetzt halt drin.

In Richtung der Tür der Schülerversammlung stieß ich einen lauten Seufzer aus.

»Aber dass sich Konoha so heftig als Perverse gibt ... Echt mal ...«

Ich dachte, dass sie ein bisschen ernsthafter ... und jemand wäre, den ich besonders in einem Gebiet respektieren könnte, aber ehrlich gesagt wurden meine Erwartungen heute enttäuscht. Selbst wenn ich nicht so weit gehen würde, dann hatte sie mich doch mit ihren Sexgeschichten ziemlich verschreckt.

»Nichts wie heim ...«, murmelte ich, auf einmal irgendwie müde, und machte mich auf den Rückweg, raus aus dieser unangenehmen fremden Schule.

*

Bis sich die Verwirrung in mir aufklarte, sollte noch eine Woche vergehen.

»Hä? Chiaki? Was ist denn los? Du wirkst irgendwie so glücklich ...«

Im Flur traf ich während der Pause zufällig auf Konohas Schwester, Chiaki Hoshinomori. Sie schien merkwürdig gut gelaunt, also überwand ich mich dazu, sie anzusprechen.

»Hääää? Was ist denn mit dir los, Keita? Seit wann interessierst du dich denn für mich? Das ist ja ganz was Neues ...«

Als mir die Frau mit den Algenhaaren das mit einem Grinsen im Gesicht an den Kopf warf, wurde ich sofort wütend. Mir wurde schlagartig bewusst, dass beide Schwestern ihren Spaß daran hatten, andere Leute aufzuziehen.

Obwohl ich für einen Moment große Lust hatte, sie auch jetzt wieder zu ignorieren, hatte ich sie ja schließlich von mir aus angesprochen. Erzfeindin hin oder her, da ging das natürlich nicht. Also riss ich mich zusammen und antwortete ihr: »Na ja, das mit dem Interesse sei mal dahingestellt. Ich bekomm dich sonst nur nie so lächelnd zu Gesicht.«

»Hä?! Aber, also, also ... A... Ach so ...«

»?«

Chiakis Stimme wurde zum Ende hin leiser. Irgendwie ließ sie den Kopf hängen und wurde ganz verlegen ... War meine Reaktion so ungewöhnlich, dass Chiaki verwirrt zurückblieb? So betrachtet war mir das auch total peinlich.

Als ich mich ganz verlegen am Kopf kratzte, begann Chiaki bruchstückhaft zu erzählen, während sie immer noch zu Boden blickte: »A... Also ich hatte vor Kurzem Geburtstag.«

»Was? Ach, echt? D... Dann Glückwunsch, Chiaki! Jetzt hatte ich gar kein Geschenk für dich.«

Ich war selbst ein wenig aufgeregt, als ich ihr gratulierte. Das wusste ich überhaupt nicht ... Auch wenn ich nicht so weit gehen würde, ihr etwas zu schenken, so hätte ich ihr wenigstens an ihrem Geburtstag gratulieren wollen ... Aber Feinde waren wir ja auch ...

So als hätte sie mir meine Hin- und Hergerissenheit angesehen, begann Chiaki hektisch loszuplappern, war dabei aber überhaupt nicht böswillig, sondern eher rücksichtsvoll.

»Ah, nein, also, das ist … Meine Schwester hat mir schon was geschenkt!«

»Konoha? Ach so. Ein echtes Schwesterherz, was?«

Ich hatte zwar auch einen kleinen Bruder, aber wir tauschten untereinander gar keine Geschenke aus. Obwohl wir uns ziemlich gut verstanden … Lag wohl daran, dass wir Jungs waren. Da schenkte man sich eben nichts.

Konoha hatte mich in der Hinsicht wirklich überrascht. Ich fragte weiter: »Ah, also bist du vielleicht deshalb so gut gelaunt?«

»Genau. Ich freu mich ja schon total, dass sie mir überhaupt was schenkt, und dann war es auch noch ein perfekt auf mich zugeschnittenes Game … Gut, dass ich es mir noch nicht selbst gekauft hatte!«

»Okay.«

In dem Moment, wo ich das so hörte, erinnerte ich mich wieder an die Szene vor einer Woche nach dem Unterricht.

Das war doch nicht etwa …

Mein Herz schlug etwas schneller, als ich Chiaki fragte: »Ähm, wie heißt dieses Spiel denn …?«

Meine Frage beantwortete sie mit einem unbekümmerten Lächeln.

»Es heißt *Mugen Kidan Aigis*! Und macht sooo viel Spaß!«

»…«

Unbewusst starrte ich aus dem Fenster des Korridors nach draußen … Dorthin, wo die Hekiyo war. Chiaki bemerkte nicht, wie gedankenverloren ich war, und begann sofort damit, die Vorzüge dieses Games für mich aufzuzählen.

»Also, also, als ich mir damals so die grobe Story durchlas, da wirkte der Stil schon ein bisschen von Moe durchzogen, weshalb ich es bisher auch umgangen hatte! Aber, aber ... als ich es dann von Konoha als Geschenk bekommen und ich es wirklich einmal gespielt habe, dann hat es sich echt als supergut gemacht rausgestellt! Die romantischen Teile fühlen sich auch voll frisch an, alles ist im Toleranzbereich und auf jeden Fall sind das Kampfsystem und die Charakterentwicklung super!«

»...«

Während ich mir so anhörte, wie enthusiastisch und voller Inbrunst sie davon erzählte, erinnerte ich mich an Konohas Worte von vor einer Woche.

Daran, dass ich ihr keine Spiele empfehlen soll, die zu perfekt auf sie als Ero-Gamerin zugeschnitten waren.

Mein Gefühl, dass Verschiedenes nicht stimmte, begann sich allmählich aufzulösen. Die perfekte Empfehlung durfte natürlich keine ausgeprägten Moe-Elemente haben. Aber ein ultraschwieriges Hardcore-Game ... eines, das Chiaki schon gespielt hatte, ging natürlich auch nicht. Allerdings funktionierte ein Game, das ich nur nach meinem persönlichen Geschmack ausgewählt hatte und das Chiakis Geschmack ja ebenfalls entsprechen würde ... erstaunlicherweise ohne Murren. Normalerweise sollte einem auffallen, dass da etwas nicht stimmte. Aber damals ... gerade deshalb ...

Deshalb hat sie mir also eine unnötige Sexgeschichte nach der anderen erzählt. Um mich von der Hauptsache abzulenken, jammerte ich in Gedanken. Und dann ärgerte ich mich über mich selbst. Es war schon eine ganze Woche vergangen und erst jetzt war mir die Sache aufgefallen. Ich war echt erbärmlich.

Aber sie hätte mir doch auch einfach von Anfang an sagen können, dass es um ein Geschenk für ihre Schwester ging ...

Nein, das ging nicht ... Chiaki und ich hatten ja vor aller Welt erklärt, dass wir Erzfeinde waren ... Wäre sie wirklich mit diesem Thema zu mir gekommen ... ich hätte ihr wohl nicht einfach eins meiner Lieblingsspiele empfohlen, sondern irgendein passables, das auf Chiaki abgestimmt war ...

Ich war echt ein armes Würstchen. Instinktiv ballte ich eine Faust, doch Chiaki fuhr mit einem unbekümmerten Lächeln auf den Lippen fort.

»Aber was mich am meisten glücklich macht ... ist, wie perfekt Konoha meinen Geschmack getroffen hat. Sie ist unglaublich aufmerksam! Ich bin so über-, überglücklich!«

»Verstehe ...«

Ich lächelte sanft, wie ich es ihr gegenüber sonst nicht machte. Auch Chiaki hielt sich auffällig stark damit zurück, mir Gemeinheiten an den Kopf zu werfen, und sagte ganz aufgeweckt: »Ah, ach ja, kanntest du das Game *Mugen Kidan Aigis*?

»Hm ...«

Nachdem ich kurz nachgedacht hatte, schüttelte ich energisch den Kopf.

»Nein, kenn ich nicht. Klingt aber total interessant.«

»Genau! Ich kann dir das nur empfehlen!«

»Aha. Dann musst du Konoha aber noch für dieses tolle Geschenk danken.«

»Natürlich! Ich bin voll stolz auf meine kleine Schwester!«

»Ah, ja …«

Ich stimmte ihr da vollkommen zu. Wo gab es schon jemanden, der sich so für seine große Schwester aufopferte?

Und … auch Chiaki, die Konoha hier in großen Tönen lobte, war – es schmerzte mich zwar, das zuzugeben – sicher eine wunderbare große Schwester. Als ich Chiakis stolzes Gesicht so ansah, bekam ich auch irgendwie gute Laune. Doch andererseits …

Verdammt … So würde mein Ich, das Konoha als Perverse abgestempelt hatte und echt wütend geworden war, rasant ins Elend stürzen …

Was erlaubte sich diese bekloppte Kuh letzte Woche an der Hekiyo eigentlich? Nur weil sie sich jetzt vielleicht ein Stück weit normal mit anderen unterhalten konnte, wurde sie gleich übermütig. Für sie war es noch 300 Millionen Jahre zu früh, auf andere herabzusehen! Aber echt!

Als ich mich gerade wieder beruhigte, entwich Chiaki ein lautes »Ah«, so als hätte sie sich an irgendetwas erinnert, und dann lief sie los.

»Ich war gerade auf dem Weg zum Klassenzimmer. Also Keita, wir sehen uns nach dem Unterricht im Game-Verein!«

»Äh … ah, ja. Bis dann!«

Ich sah Chiaki nach, als sie mit baumelnden Armen und kleinen Schritten davonlief. Nachdem sie schließlich um die Ecke gebogen und nicht mehr zu sehen war, stieß ich einen lauten Seufzer aus.

»Okay …«

Ich zögerte eine Weile, aber entschied mich dann dafür, mich mit ein paar Worten bei Konoha zu entschuldigen. Nicht unbedingt, weil ich ihr Beleidigungen an den Kopf geworfen hatte, aber dass ich sie als »Perverse« hingestellt hatte, das konnte ich mir nicht verzeihen. Schließlich war sie ... war sie in Wirklichkeit eine fabelhafte kleine Schwester. Obwohl ich etwas zögerte, griff ich nicht auf eine Messenger-App zurück, sondern schrieb ihr eine Mail, in die ich alle meine aufrichtigen Gedanken einfließen ließ.

<Betreff: Es tut mir leid>

<Haupttext: Konoha, ich möchte mich von ganzem Herzen dafür entschuldigen, dass ich letzte Woche so komisch zu dir war. Seit heute weiß ich, dass du eigentlich meinen ehrlichen Respekt verdient gehabt hättest ...>

Noch während ich das eintippte, bekam ich selbst eine Mail. Und der Absender war tatsächlich Konoha.

Ich unterbrach kurz meine eigene Mail, um vorher ihre zu checken.

<Betreff: Das ist sexy>

<Haupttext: Das hab ich hinter dem Schulgebäude gefunden. Wie findest du das, Keita?>

Als ich so durch den Haupttext scrollte, offenbarte sich mir ein an die Mail angehängtes Foto ...

<Dateianhang: Ein hochauflösendes Foto, auf dem ein dicker Ast eines Baumes in die Baumhöhle eines anderen eindringt.>

»...«

Gleichgültig löschte ich ihre Mail und auch das, was ich zuvor geschrieben hatte. Stattdessen setzte ich eine neue Mail auf, in der ich ihr meine Meinung geigte.

<Betreff: Klappe>

<Haupttext: Perverse>

»Hm …«

Ich blickte durch das Fenster hoch zum Herbsthimmel und seufzte. Sie mochte noch so eine tolle Schwester und Schönheit sein, noch so erstklassige Noten haben, ein kreatives Genie oder eine superbeliebte und ausgezeichnete Schülersprecherin sein … Das war ja alles schön und gut. Aber es mochte – wenn auch selten – Fälle geben, in denen es okay war, nur ein gewisses Element darunter zu verachten. Diesmal hatte ich etwas über äußerst unnütze »menschliche Vielfalt« gelernt … Ich, Keita Amano (17 Jahre), war im Umgang mit anderen Menschen ein blutiger Anfänger.

Keita Amano und die neutrale Route*

Es kommt vor, dass man im Leben eine Entscheidung treffen muss, bei der es keine richtigen Optionen gibt. Eine unbarmherzige, unumkehrbare Entscheidung, bei der es keine Möglichkeit gibt, jeden glücklich zu machen. Dabei stehen die eigenen Wertvorstellungen brutal auf dem Prüfstand. Es trifft einen immer plötzlich und da spielt es keine Rolle, ob man darauf überhaupt seelisch vorbereitet ist.

Es war ein Tag im September: Nach dem Unterricht schauten sich ein Junge und ein Mädchen in einem abgelegenen Winkel eines Schnellrestaurants mit ernsthaftem Blick an.

»So einfach klappt es nicht ... Ich kann mich noch nicht entscheiden ...«

Instinktiv wandte ich den Blick von dieser viel zu grausamen Entscheidung ab, mit der ich konfrontiert wurde. Ich, Keita Amano. Das Mädchen, das mir gegenübersaß, Chiaki Hoshinomori, nahm meine Hände jedoch in ihre, so als wollte sie verhindern, dass ich jemals wieder davonlief, und sagte mit ernsthaftem Blick: »Entscheide dich, Keita. Ich ... Ich kann nicht länger warten!«

»Chiaki ... Aber ich ... ich ...«

Ihre Bitte kam schon einem Flehen gleich. Weil ich jedoch nicht die Großzügigkeit hatte, darauf so direkt eingehen zu können ... blickte ich einfach zu Boden. So kamen wir keinen Schritt weiter ... Ich wusste sehr wohl, dass es so keinem weiterhalf, aber ich konnte mich einfach nicht entscheiden. Ich hasste meine Unentschlossenheit so sehr. Chiaki umfasste meine Hände noch stärker als zuvor. Ihre Hände waren schon ziemlich feucht geworden.

* Anlehnung an Visual Novels, in denen man mehrere Enden, auch Routen genannt, freispielen kann.

»Ich verstehe, dass du dich zu einer schwierigen Entscheidung gezwungen fühlst. Und dass ich mich dir quasi aufdränge … Aber ich … ich weiß einfach nicht mehr, was ich tun soll …«

»Aber mir … geht es auch so.«

»Tut mir leid. Aber ich denke … dass ich deine Antwort ohne Murren akzeptieren kann. Egal, was es auch sein mag … Also, Keita …«

»Chiaki …«

Unsere Blicke verhakten sich heftig ineinander und es schnürte uns gegenseitig die Luft ab. Ich schloss für einen Moment fest die Augen … und griff dann von mir aus fest entschlossen nach Chiakis Händen. Und so … teilte ich ihr endlich meine Antwort mit … eine Antwort, die das Ergebnis einer grausamen Wahl ohne Lösung war: »Ich werde wohl im neusten Ableger der *Shin-Megami-Tensei-*Reihe* doch die neutrale (mittlere) Route nehmen …« Ich lächelte vage.

In diesem Moment zog Chiaki ihre Hände ruckartig von mir weg und schimpfte energisch los, so als würde sie jeden Moment spucken: »Alle mal hergehört! Hier kommt die langweiligste Antwort aller Zeiten! Neutral! Es ist so weit, Keita hat neutral gewählt! Dein nicht vorhandener Abenteuergeist ist wirklich erbärmlich!«

»W… Warum denn? Du hast doch selbst gesagt, du willst meine Meinung berücksichtigen und dann selbst eine Route auswählen. Bisher hab ich ja nur den Prolog gespielt und weil du mich zwingst, mich jetzt zu entscheiden, hab ich dir halt meinen weiteren Plan genannt! W… Was soll daran bi… bitte langweilig sein …?!«

Sie wollte schließlich etwas von mir und verhielt sich total egoistisch. Ich war wütend und meine Stimme bebte. Chiaki kippte den Rest ihrer Calpis Soda** in einem Schluck hinunter und starrte mich

* Videospielreihe von Atlus.
** Japanischer Softdrink auf Molkebasis.

fragend an, genau wie ein Betrunkener, der kurz davor war, loszupöbeln. »Mir doch egal, gegen die neutrale Route an sich hab ich ja überhaupt nichts. Ich hab ja selbst vor, die auszuwählen.«

»Also sind wir uns doch einig!«

»Und darum ist es langweilig. Wenn du mir jetzt noch die Vorzüge der neutralen Route erklären willst, krieg ich gleich das Kotzen.«

»Danke, ich verzichte! Keinen Bock, von dir angekotzt zu werden! Aber echt, was ist eigentlich mit dir los?«

»Dass ich kotzen muss, liegt absolut nur an dir.«

»Vielen Dank für die Sonderbehandlung. Und tschüss!«

»Hey, hey, sag das nicht, Keita! Bleib noch ein bisschen mein *Gesprächspartner!*«

»Hey, was soll das?!«, regte ich mich auf. »Du magst zwar Gesprächspartner gesagt haben, aber im tiefsten Inneren hast du auf jeden Fall etwas anderes gemeint! Ach, lass mich doch einfach gehen!«

»Daheim zockst du doch eh nur die ganze Zeit!«

»Das ist immer noch zehntausendmal besser, als von dir hier als Sandsack missbraucht zu werden!«

Obwohl ich ihr hier mit ganzer Kraft Kontra gab, schlauchte mich das tatsächlich so sehr, dass ich mich total erschöpft aufs Sofa fallen ließ. Chiaki hingegen hatte irgendwie Spaß daran und nippte am Strohhalm ihres Getränks.

Tatsächlich war es unvorstellbar, dass ich mich hier in einem Schnellrestaurant mit meiner Erzfeindin Chiaki traf, um eine gute Zeit zu haben. Und doch war allein sie der Grund, dass ich jetzt hier war, weil sie mir in ernstem Ton gesagt hatte, sie brauche dringend meinen Rat. Es war nicht so, dass ich Chiaki von ganzem Herzen hasste. Na ja, ausstehen konnte ich sie zwar nicht, aber … wie soll ich das sagen? Genau! Es ist einfacher, wenn man sich die Beziehung zwischen Nobita und Gian* aus *Doraemon* vorstellt oder die zwischen Ash und Team Rocket aus *Pokémon*.

Wir verhielten uns zwar wie Feinde, aber im Notfall waren wir dazu bereit, einander auszuhelfen. Und ich Game-Suchti hatte sogar wertvolle Zeit zum Zocken geopfert, um meiner Erzfeindin Chiaki hier zu Hilfe zu eilen. Und als ich dann da war, ging es darum, beim neuesten Teil der *Shin-Megami-Tensei*-Reihe eine Entscheidung zu treffen. Ehrlich gesagt fragte ich mich im ersten Moment schon, was das sollte … Aber als ich darüber nachdachte, wurde es mir klar. Für uns, die wir Games liebten, war das eine ziemlich wichtige Sache.

An dieser Stelle möchte ich einen kurzen Abriss über die *Shin-Megami-Tensei*-Reihe geben. Die Reihe wird allgemein als RPG bezeichnet. Wer sich nicht gut mit Games auskennt, mag sich jetzt ungefähr den Inhalt von *Dragon Quest* oder *Final Fantasy* vorstellen und mag damit im Allgemeinen gut fahren. Nur grenzt sich *Shin Megami Tensei* scharf von anderen RPGs ab und besitzt einige Besonderheiten. Darunter stechen seine Weltsicht und das Skript wohl besonders hervor. Viele herkömmliche RPGs spielen hauptsächlich in einer Fantasy-Parallelwelt, angelehnt an das europäische Mittelalter, und handeln vom Kampf Gut gegen Böse.

Viele der Spiele aus der *Shin-Megami-Tensei*-Reihe haben ihren Ausgangspunkt im heutigen Japan (Tokio). Sie handeln häufig davon, dass die Hauptfigur verzweifelt versucht, in einer apokalyptischen Welt zu überleben, in der sich Dämonen genannte übernatürliche Wesen ausbreiten und diese Welt mit Füßen treten. In

* Nobita ist die Hauptfigur in Doraemon. Gian, eigentlich Takeshi Goda, stichelt Nobita gern, gehört aber trotzdem zu seiner Gruppe.

diesen Spielen gibt es natürlich auch auf der Skript-Ebene keine klare Vormachtstellung der Guten gegenüber den Bösen. So ist die Kraft, die der Protagonist bekommt, nicht dazu da, um heldenhaft Licht in die Dunkelheit zu bringen. Vielmehr kann man auf herrlich gestörte Weise Dämonen in seinen Dienst stellen. Gerade um in dieser von Dämonen überlaufenen Welt zu überleben, kann man sich dann ihrer Fähigkeiten bedienen. Was für ein Dilemma ... Genau genommen müsste ich über *Pokémon* oder *Yokai Watch* das Gleiche sagen, und auf Ebene der Game-Mechanik fühlen sie sich im Großen und Ganzen auch so an ... na ja, Shin *Megami Tensei* ist schon dunkler und schwerer. Auf alle Fälle führt man die Dämonen an, und während man so unzählige Abenteuer und Kämpfe erlebt, wird der Held – so wie es auch in vielen anderen RPGs der Fall ist – immer mächtiger und kann sich in der Welt einen Namen machen. Wenn das erreicht ist, liegt das Augenmerk auf den verschiedenen Mächten: auf den »Engeln«, der »Menschheitsarmee« oder »hochrangigen Dämonen«, die in der ins Chaos gestürzten Menschenwelt einen Kampf um ihr Territorium führen, und es entbrennt eine heftige Propagandaschlacht um ihre eigenen Lager.

Übrigens, wenn man normalerweise an »Engel« denkt, hat man ja dieses gütige Bild vor Augen, dass sie eben die Ideale der Gerechtigkeit hochhalten. Allerdings sieht die Gerechtigkeit, von der die Engel in dieser Serie reden, ein wenig anders aus: Die Engel führen die Menschheit in edler und gerechter Weise an, indem sie sie vollständig kontrollieren. Es ist also Vorsicht angebracht, weil man ihnen sonst auf den Leim geht.

Auch das menschliche Lager ist nicht zu unterschätzen, da sie offen planen, die Macht der Dämonen und Engel für ihre Kriegszwecke zu missbrauchen, um gegenüber anderen Ländern einen Vorteil zu haben. Das Lager der Dämonen wiederum will gerade seine individuellen Fähigkeiten der Welt zur Verfügung stellen. Diese simple, aber auch heftige Einstellung lässt sie einerseits mysteriös, aber auch irgendwie etwas niedlich und cool erscheinen.

Im Großen und Ganzen ziehen sich diese grundsätzlichen Ansichten und Themen durch die ganze Spielereihe, auch wenn die jeweiligen Bezeichnungen und Standpunkte der Lager sich je nach Spiel etwas unterscheiden.

Gut und Böse. Ordnung und Chaos.

Die Hauptfigur wird dazu gedrängt zu entscheiden, welche Ideologie sie unterstützt. Genau das ist der inhaltliche Kern der *Shin-Megami-Tensei*-Reihe.

Okay, ich denke, allmählich dürfte der Groschen gefallen sein. Um die Wahrheit zu sagen: Genau das war der Punkt, über den sich Chiaki unterhalten wollte.

Na ja, dieser Aspekt von Shin Megami Tensei stellte einen Gamer immer vor eine qualvolle Entscheidung …

Wäre das eine Entscheidung in einem simplen Text-Adventure, könnte man seinen Spielstand neu laden, nachdem man die Auswirkungen gesehen hat und so auch die anderen Entwicklungen verfolgen. Aber wie ich schon sagte, war *Shin Megami Tensei* aber ein ziemliches Hardcore-RPG. Es ging nicht nur darum, die Story zu lesen. Nein, dieser Aspekt war begleitet von Kampf- und Abenteuerelementen. Mit anderen Worten, auch ein neuer Versuch kostete beträchtliche Mühe und Zeit. Und gerade deshalb war diese Entscheidung für den Spieler so »schwerwiegend«. Man konnte zwar nicht mehr ohne Weiteres zurück, aber der Entschluss führte letztendlich zu geteilten Routen. Darum konnte auch ich Chiakis merkwürdig ernsten Ton verstehen, wenn es um dieses eine Spiel ging. Aber es gab ja wohl keinen Grund, mich so niederzumachen, nur weil ich unter dem Druck, mich entscheiden zu müssen, die »neutrale Route« gewählt hab.

Die Abendsonne strahlte in das Schnellrestaurant. Ich kippte meinen Milchkaffee in einem Schluck hinunter, knallte den Becher fest auf den Tisch und sagte: »Die neutrale Route ist halt weder Ordnung noch Chaos, sondern ein dritter ... ein Weg zwischen diesen Idealen. Das ist ja wohl genauso eine lobenswerte Entscheidung!«

»Natürlich. Dagegen habe ich ja auch gar nichts.«

»Und wogegen dann?«

»Dass so ein Durchschnittstyp wie du, Keita, wie erwartet ›neutral‹ wählt, ist ja wohl der Gipfel der Mobhaftigkeit*!«

»Dann kannst du mich wohl einfach nicht ausstehen!«

»Das stimmt nicht! Hättest du dich klipp und klar für eines ... für die Ordnung oder das Chaos entschieden, hätte ich dich 10 Prozent weniger beschimpft!«

»Das ist immer noch ein ganzer Batzen Beleidigungen! Bei diesem Gesprächsereignis lauern einfach zu viele Fallen auf mich!«

»Hmmm, selbst wenn das Ereignis für dich nur ungünstig ist – hat es Vorteile für mich, ist alles gut! Egal ob ›Win-win‹ oder ›Win-lose‹, die Hauptsache ist ein ›Win‹ für mich und die Welt ist in Ordnung!«

»Du bist echt richtiger Abschaum!«

War die jetzt nicht mehr nur meine Feindin, sondern stand mit der ganzen Welt auf Kriegsfuß? So als hätte sie selbst gemerkt, wie

---

* Der Begriff Mob bezeichnet computergesteuerte Charaktere (NPCs), die unwichtig sind.

krass ihre Äußerungen mir gegenüber waren, räusperte sich Chiaki und nahm wieder ihre Kampfhaltung ein.

»A… Auf jeden Fall wollte ich dir nur eines sagen. Dass du total langweilig bist!«

»Tolle Zusammenfassung! Oh, Mann, ich geh echt jetzt!«

Es gab für mich keinen Grund, noch länger Chiakis nerviges Erzfeindinnengehabe zu ertragen. Ich schnappte mir meine Tasche, sprang energisch von meinem Platz auf …

»Ah … äh … Nein … also … ähm … Keita … ähm … ich …«

In diesem Augenblick waren Chiakis Augen von Unruhe und Reue erfüllt.

»…«

Als ich das sah, setzte ich mich doch noch mal aufs Sofa. Ich stützte das Kinn in eine Hand und blieb dort unbeweglich sitzen. Chiaki fragte verblüfft nach: »Ähm … also, Keita?«

»Es ist nichts. Mach weiter, Chiaki.«

»Hä? Ah, j… ja, okay, na dann …«

Obwohl sie etwas ängstlich wirkte, lächelte Chiaki erleichtert. *Echt mal …*

Ohne es zu wollen, stieß ich einen lauten Seufzer aus.

Wie könnte ich jemanden, der bis zuletzt so miese Kommunikations-Skills hat … denn jemals hier sitzen lassen …? Ich, der sich in persönlichen Gesprächen genauso ungeschickt anstellt …

Und darum machte mich Chiaki Hoshinomori als Mensch total wütend. Ich konnte sie aus verschiedenen Gründen nicht ignorieren. Deshalb ärgerte ich mich, stritt mich mit ihr und … verstand sie besser als jeder andere. Als ich so vor mich hin schwieg und auch Chiaki innerlich vielleicht ein bisschen Reue zeigte, wurde ihre

Einstellung etwas versöhnlicher und sie sagte: »Äh, ähm, also ich, gerade weil ich relativ passiv die neutrale Route wählen wollte, wollte ich von anderen wohl so was hören wie ›Aus diesem Grund gibt es für mich nur eine Wahl!‹, also eine starke, voreingenommene Meinung ...«

»Ah ... das kann ich dann irgendwie verstehen. Bei Game-, Film- oder Buchreviews ist es ja auch so, dass gerade die interessanter sind, die vom Durchschnitt abweichen, also entweder in den Himmel loben oder total niedermachen.«

»Genau, genau!«

»Aber so jemand wie ich, der von Natur aus ein übelster Mob-Charakter ist, ist so einer Aufgabe nicht gewachsen.«

»Na ja ... ehrlich gesagt hatte ich mir bei dir schon zu 90 Prozent gedacht, dass du ›neutral‹ wählst.«

»Oh ...«

Ich ächzte geistesabwesend. Normalerweise könnte man wohl echt davon ausgehen. Aber diesmal ...

Ah, stimmt. Auch wenn es mir wehtut, sie hat diesmal recht. Ich habe vielleicht auch deshalb »neutral« gewählt, weil ich mehr Wert auf Sicherheit gelegt habe ...

Ich war ja auch noch immer am Anfang des Games, von daher blieb mir nicht viel anderes übrig. Das Problem war, dass ich den Unterschied zwischen einer »neutralen Wahl aus Überzeugung« und einer »neutralen Wahl aus einem Sicherheitsbedürfnis heraus« nicht erkannt hatte.

Dass ich meine eigenen Überzeugungen nicht kenne ... Seit damals, als ich die Einladung in den Game-Klub so grob abgelehnt habe, hat sich überhaupt nichts verändert. Ich bin echt armselig ...

Unwillkürlich seufzte ich erneut. Als Chiaki mich so fassungslos sah, ergänzte sie: »A... Auf jeden Fall, wollte ich, nicht irgendeine Meinung, sondern deine, Loser-Keitas, Meinung hören! Genau ...! Oje, was ... rede ich denn da ...?!«

Irgendwie verlegen blickte Chiaki zu Boden. Auf den ersten Blick wirkte sie so, als schämte sie sich vor einem Jungen, den sie mochte ... Na ja, aber realistisch betrachtet konnte sie es wohl nur nicht ertragen, auf ihren Erzfeind zuzugehen.

Mit einem Lächeln auf den Lippen sagte ich zu ihr: »Ich freue mich, dass du mir das gesagt hast, Chiaki.«

»D... Du freust dich?! Keita!«

»Woah ...«

Chiaki legte plötzlich ihre Hände auf den Tisch und stand vornübergebeugt auf. K... Keine Ahnung, was das sollte. Als ich so verwirrt und mit offenem Mund dasaß, bemerkte Chiaki, was los war, lief im Gesicht rot an und setzte sich geschwind wieder auf ihren Platz.

»T... Tut mir leid. I... Ich w... wollte nicht rot wie 'ne Tomate werden ...«

»Ist das so 'ne Art Lieblingssatz unter euch Schwestern? ›Rot wie 'ne Tomate werden‹?«

Ich erinnerte mich, dass Konoha das auch schon mal gesagt hatte. Überraschenderweise schüttelte Chiaki nur erstaunt den Kopf.

»Hä? Nein? Das ist es nicht ... Ähm, ist Konoha vor dir etwa auch zur Tomate geworden?«

»Hm? Äh, ja, ich hab zwar nicht verstanden, warum, aber das war so, ja.«

Und danach hatte sie mir damals eine verpasst. Und ihre große Schwester trommelte jetzt leicht drohend auf dem Tisch herum ... Warum die Schwestern überhaupt rot anliefen, das war zu hoch für mich.

Chiaki machte irgendwie einen leichten Schollmund.

»Hmpf ... Ach so ist das. Konoha ist wegen dir rot geworden ...«

»?«

Was war denn mit der los? Plötzlich bekam die schlechte Laune. Normalerweise hätte ich gesagt, dass sie eifersüchtig ist, weil ich Konoha in Verlegenheit gebracht hatte ...

Aber nein, diese Schwestern sind alles, nur nicht normal ...

Stopp! Ich hörte sofort auf mit meiner schlechten Angewohnheit, den »superbeliebten Light-Novel-Protagonisten« zu spielen. So ein übertriebenes Selbstbewusstsein war echt nicht gut! Darum war ich ja ein Nerd, verdammt!

Konnte es sein, dass bei den beiden auch die Nuance »Wut« mitschwang, wenn sie von »rot werden« sprachen? Das hieß dann also ... Chiaki ging davon aus, dass ich Konoha wütend gemacht hatte und tickte nun selbst aus. Ja, so musste es sein.

Aber echt ... Die ging mir volle Kanne auf die Nerven ... einfach so mit merkwürdigen Vorurteilen anderer Leute Gefühle zu interpretieren!

Wenn ich von mir ausging, der in der Lage war, die Gefühle anderer Leute richtig zu deuten, war Chiakis Gefühllosigkeit schon ekelhaft, aber na ja, da sah ich diesmal noch drüber hinweg. Ja, genau. Ich hatte mich weiterentwickelt. Ich hatte ein großes Herz und drückte bei Chiakis Frechheit ein Auge zu. Ich wechselte das Thema.

»Ich frage mich das schon die ganze Zeit. Ist ja okay, wenn wir uns über *Shin Megami Tensei* unterhalten, aber trotzdem, war es jetzt nötig, dass wir beide uns dafür extra im Schnellrestaurant treffen?«

»W… Was meinst du damit?«

»Na ja, über Games zu quatschen, geht doch auch in der Schule oder per Mail …«

Als Reaktion auf meine äußerst verständlichen Zweifel blies Chiaki unwillkürlich ihre Backen auf, so als wäre sie richtig angefressen.

»Mit Aguri kommst du doch auch ständig hierher …«

»Mit Aguri? Aber bei ihr ist es doch etwas andere…«

»Und was?«

»…«

Bei Chiakis Frage fühlte ich mich zu meinem Erstaunen merkwürdig in die Ecke gedrängt.

Hä? Was war denn mit Aguri? Mich mit Aguri im Schnellrestaurant zu treffen … das war für mich was vollkommen Normales, was Selbstverständliches …

Obwohl es das war, was ich dachte … versuchte ich noch nach einem konkreten Grund zu suchen, doch ich fand einfach nicht die passenden Worte. Seltsam. Das war wirklich seltsam …

»…«

Es ging nicht … Ich konnte meine Gedanken nicht zu Ende bringen. Ich musste sie erst mal zurückstellen. Das Problem war Chiaki hier. Es stimmte schon. Wenn es für mich natürlich war, mich hier mit Aguri zum Quatschen zu treffen, obwohl sie doch gar nicht im Game-Verein war, dann sollte doch eigentlich gar nichts Seltsames dabei sein, mich mit meiner Game-Verein-Kollegin Chiaki zu treffen. Nein. Auch wenn ich das leichte Gefühl hatte, dass etwas nicht stimmte, beschloss ich zögernd, der Vernunft zu folgen und die Situation zu akzeptieren.

»Na ja ... ist schon okay so, dass du mich hierher bestellt hast.«

»W... Wirklich? D... Das freut mich.«

»?«

Obwohl das aus ihrem Mund kam, wirkte Chiaki irgendwie verlegen und steif. Was war denn mit der los? Ich atmete tief aus und sagte dann: »Und, was wirst du jetzt machen, Chiaki? Bei *Shin Megami Tensei*.«

»Hmm ... D... Da muss ich noch mal nachdenken. Bis zur endgültigen Entscheidung hab ich ja noch etwas Zeit.«

»Du bist genauso unentschlossen wie ich, Chiaki.«

»Klappe! I... Ist doch voll okay, bei einem Game mal hin und her zu überlegen! Als ob das irgendjemanden stören würde!«

»Ja, schon ... Ah, wo ich gerade dran denke, wolltest du nicht Tasuku deine Liebe gestehen?

»Hä? Ah, a... also ... das ...«

Chiaki vermied offensichtlich den Blickkontakt mit mir. Es war also noch nichts passiert ... Ich seufzte überrascht.

»Ich bin jetzt nicht gerade der, der sich in die Liebesgeschichten anderer Leute einmischt ... aber na ja, du solltest das zumindest nicht komplett auf Eis legen.«

»D... Das weiß ich doch! Ich weiß es, aber ...«

Chiaki war sofort depri drauf. Na ja ... Selbst ich konnte verstehen, wie sie sich fühlte.

»Ich war auch mal in deiner Lage und konnte genauso wenig aus mir raus wie du.«

»D... Du warst mal in meiner Lage? Echt? Hm ... Du ... und Tasuku, ihr ...«

»Hey! Was hattest du da gerade für schmutzige Vorstellungen von Tasuku und mir?«

»Wo... Woher weißt du das? Kannst du Gedanken lesen?!«

»Wohl kaum! Man merkt einfach, dass ihr Schwestern seid ...«

Als ich so seufzend vor mich hin flüsterte, antwortete Chiaki verblüfft: »Was meinst du damit? Mit Konoha hat das ja wohl gar nichts zu tun!«

»Hä? Äh, nein, also ...«

Ich bekam Panik und führte instinktiv den Becher an meinen Mund, aber weil ich vorhin schon alles ausgetrunken hatte, war er leer. Chiaki starrte mich misstrauisch an. Ugh ...

Ach ja. Chiaki weiß ja gar nichts davon, dass Konoha so ein wahnsinniger Ero-Game-Suchti ist ...

Ich war unaufmerksam. In letzter Zeit änderten sich die Informationen über mich und mein Umfeld so rasant, dass mein Kopf gar nicht mehr richtig hinterherkam. Mit dem Becher in der Hand stand ich auf und sagte zu Chiaki, um sie von meiner Äußerung eben abzulenken: »Ähm, ich hol mir ein neues Getränk.«

»Ah, dann hol ich mir auch noch einen Saft ...«

Chiaki wollte gerade aufstehen, doch ich hielt sie zurück und nahm mir ihren Becher, so als wäre es das Normalste auf der Welt.

»Ah, schon okay, Chiaki. Ich bring dir einen mit.«

»Hä? Geht's dir nicht gut, Keita?«

»Äh …«

Mist, das war mir schon so in Fleisch und Blut übergegangen, dass ich mich verhielt, als wäre Aguri hier bei mir.

Mit einem gezwungenen Lächeln klärte ich die Situation auf.

»Sorry, Chiaki, ich muss dich wohl aus Versehen kurz für Aguri gehalten haben …«

»A… Ach so, für Aguri machst du das also immer … Na ja, ist mir auch egal …«

Chiaki machte einen leichten Schmollmund und wollte schon wieder aufstehen … Doch weil ich dann sah, wie sie sich ihr Knie an der Tischplatte anschlug, ließ ich alles stehen und liegen und eilte ihr sofort zur Hilfe.

»Alles okay, Chiaki? Hast du dich auch nicht am Bein verletzt?!«

»Was ist los mit dir, Keita?!«

»Hä?! Mist, da hab ich schon wieder aus Gewohnheit meine Aguri-Behandlung ausgepackt …!«

»Und gerade die ist total creepy! Da frag ich mich echt, in was für 'ner Beziehung ihr steht.«

»Ähm … Sie ist so was wie mein Guru.«

»Aha. Und das ist auch die passende creepy Antwort auf meine Frage …«

Während sich Chiakis Stimmung verschlechterte, stand ich wieder auf.

»Hm. Hätte ich mir also auch sparen können, auf die Knie zu gehen.«

»Red keinen Mist! Ich bin überhaupt nicht verletzt …«

Diese Worte ließen mich sofort losschimpfen: »Also echt mal, du Algengewächs hast dein Bein sicher gar nicht am Tisch gestoßen, was? Was machst du hier dann für 'nen Krach? Außerdem, wenn dein Getränk leer ist, dann trink doch einfach Salzwasser, so wie es sich für Seetang gehört!«

»Und mir gegenüber bist du gleich das genaue Gegenteil! Wie gemein! Ich hab schon Tränen in den Augen!«

»Tut mir leid, Chiaki. Aber sieh mal, ich muss doch das Gleichgewicht wahren.«

»Wenn es dir ums Gleichgewicht geht, solltest du vielleicht aufhören, Aguri von vorn bis hinten zu bedienen! Warum bist du eigentlich nur mir gegenüber so verbittert?«

»Hm … weil du 'ne Alge bist?«

»Hey, irgendwie hatte ich gerade zum ersten Mal das Bedürfnis, jemanden abzustechen.«

So realistisch das gerade klang, kaufte ich ihr das sofort ab. Das war schon beängstigend …

Ich atmete aus und hatte mich wieder gefasst.

»Lass gut sein, Chiaki, und setz dich wieder. Ich bring dir den Saft mit. Welchen willst du?«

»Äh? Ähm, also, dann O-Saft …«

»Alles klar.«

Sagte ich und ging dann zur Getränkestation – ein Gang, an den ich schon vollkommen gewöhnt war – holte das gewünschte Getränk und kehrte dann an meinen Platz zurück. Als ich wieder da war, nahm Chiaki ihren Saft mit zwei Händen entgegen und verbeugte sich ganz leicht.

»D… Danke …«

»Nichts zu danken.«

So saßen wir also da und tranken uns gegenseitig etwas vor.

Es war so schön entspannt und ruhig. Doch ehe ich mich's versah ... begannen wir beide unwillkürlich loszukichern.

»Voll seltsam, mit dir mal ganz normal zu reden, ohne dass wir uns an die Gurgel gehen.«

»Genau, genau! A... Aber, also, also ...«

»Ja ... Gar nicht schlecht, oder?«

»N... Nein, ist echt nicht schlecht!«

Plötzlich trafen sich unsere Blicke, doch gleich darauf blickten wir wieder irgendwie peinlich berührt zu Boden. Ich räusperte mich und brach das Schweigen: »Ü... Übrigens Chiaki, nochmal zurück zu *Shin Megami Tensei* ...«

»J... Ja, Keita?«

Und so hatten wir unsere über eine Stunde dauernde Game-Unterhaltung zu einem krönenden Abschluss gebracht. Es hatte wahren Seltenheitswert, dass wir uns nun gegenseitig mit einem Lächeln auf den Lippen zum Abschied zuwinkten.

*

»Keita, willst du nicht doch dem Game-Klub beitreten?«

»Was ...?«

Es war ein Tag nach meinem Treffen mit Chiaki im Schnellrestaurant, als mich meine Freundin nach dem Unterricht mit dieser Frage konfrontierte. Wir waren im Klassenzimmer der 11-F und die Klassenlehrerstunde war vorbei. Weil sich der Game-Verein heute nicht traf, machte ich mich in Ruhe fertig für den Heimweg, doch dann erschien plötzlich diese blonde Schönheit vor mir. In diesem Moment hielten vor Überraschung alle die Luft an ... Auch jetzt

noch, wo Karen und ich ein Paar waren, spürte man diese merkwürdige Anspannung. Karen Tendos überwältigendes Charisma passte
einfach nicht in die alltägliche Atmosphäre der F.

Doch sie schien das überhaupt nicht zu kümmern, denn sie fuhr
lächelnd fort: »Heute ist ja kein Treffen des Game-Vereins, also
hast du Zeit, oder, Keita?«

»Hä? Äh, ja … Zeit schon …«, stammelte ich schüchtern und
wusste nicht recht, was ich sagen sollte. Allmählich verkrampfte
sich mein Magen und mir lief der Angstschweiß übers Gesicht.

Ugh …?

Instinktiv wich ich ihrem Blick aus.

In letzter Zeit war ich etwas übermütig geworden und hatte es
deshalb vergessen, aber obwohl ich jetzt so eine hübsche Freundin
hatte, war ich letztendlich immer noch der gleiche ängstliche und
schüchterne Keita Amano.

Die Einladung kam so plötzlich und wirkte wie nicht von dieser
Welt, dass ich mich nicht beherrschen konnte und auffallend zu zit-
tern anfing. Das war jetzt pure Vermutung, aber ungefähr so musste
es sich anfühlen, wenn man von seinem Chef zum Trinken eingeladen wird und schlecht absagen kann. Ich wusste zwar, dass sie
es nur gut meinte, aber ich hatte überhaupt nicht das Gefühl, dabei
ungezwungen Spaß haben zu können. Nein sagen konnte ich aber
auch nicht so einfach.

Als mein Hirn also auf Hochtouren lief, um doch noch eine Lösung zu finden, wie ich hier irgendwie wieder rauskam, tauchte aus
einer Gruppe Normalos in der Mitte des Klassenzimmers Tasuku
Uehara auf, ganz so als könnte er mein erbärmliches Dasein nicht
länger ertragen.

»Was geht, Karen? Ist irgendwas los?«

»Hallo Tasuku. Dass du überrascht bist, hätte ich nicht gedacht. Zumindest müsste ich dir doch früher schon davon erzählt haben, dass ich Keita noch mal einladen wollte ...«

»Was? Echt?« Das war mir neu.

Ich sah Tasuku an, der sich am Kopf kratzte und schließlich antwortete: »Ah, na ja, stimmt. Das hast du mir gesagt. Aber ich bin noch nicht dazu ...« Tasuku hörte mitten im Satz auf und murmelte plötzlich, so als hätte er etwas bemerkt: »Ach echt ...?«

Während ich nur Bahnhof verstand, antwortete Karen mit einem Lächeln: »Ja, echt!«.

»...«

Hä? Was war denn mit den beiden los? Ich fühlte mich echt ausgeschlossen. Und warum schnürte es mir meine Brust so heftig zusammen? War ich etwa eifersüchtig? Ich, Keita Amano?

In mir vermischten sich verschiedene Gefühle, und während ich hier als Einziger gerade seine Depri-Phase durchmachte, redete Karen weiter: »Dieser Vorfall zwischen Aguri und Keita ist jetzt zwar vorläufig geklärt, aber gleichzeitig muss ich innerlich auch meine Einladung an ihn erst mal zurückgestellt haben. Da fragte mich Nina gestern, ob ich Keita schon zu uns eingeladen hätte, und da hab mich endlich wieder erinnert.«

»Okay, also Keita hat von der Sache noch gar nichts mitbekommen ...«

»Nein. Das war unaufmerksam von mir.«

»...«

Die zwei plauderten irgendwie vergnügt vor sich hin und zwischen ihnen stand ein kleiner Bengel, der sie frustriert beobachtete.

Dieser Bengel war ich. Karen schaute dann endlich wieder zu mir rüber und wiederholte ihre Einladung: »Also, du weißt Bescheid, Keita ... Willst du dir nicht noch mal den Game-Klub ansehen kommen?«

»Jetzt weiß ich Bescheid? Was soll ich denn wissen ...?«, entgegnete ich etwas angefressen.

Karen murmelte nur etwas vor sich hin, so als wäre sie leicht durcheinander, dann lief sie rot an und sagte, während sie die Augen leicht nach oben verdrehte: »Also ... ich ... wollte einfach mehr Zeit mit dir ... verbringen ...«

»Okay, wollen wir dann, Karen?«, entschied ich mutig, griff nach meiner Tasche und sprang auf.

Als mich Tasuku so sah, grummelte er nur genervt: »Ab und zu frag ich mich ja schon, ob du in Wirklichkeit nicht doch der übelste Stecher bist ...«

»Oh, da ist er ja wieder, mein schwächlicher Game-Vereinskollege.«

»Ich nehm es zurück. Du bist der Abschaum der Menschheit.«

»Ich finde Karen echt niedlich. Was könnte es denn auch Wichtigeres auf der Welt geben?«

»Du bist echt der schlechteste Schauspieler, den ich kenne! Das, worüber wir letztes Mal nachgegrübelt haben, kommt mir jetzt total dämlich vor!«

»Nachgegrübelt?«

Keine Ahnung, wovon der redete, aber das war mir in diesem Moment auch egal.

Ich drehte mich zu Karen um und antwortete noch mal anständig auf ihre Einladung: »Ich freue mich wirklich, dass du mich gefragt hast, Karen. Und ich will es sehr gern noch mal versuchen.«

»Wirklich? Super! Dann lass uns schnell gehen, Keita!«

Karen strahlte überglücklich, als sie loslief. Als ich ihr hinterhereilen wollte, schnappte mich Tasuku abrupt an den Schultern, so als wollte er nur mich aufhalten. Als ich mich fragend zu ihm umschaute, hatte er seine genervte Art von vorhin komplett abgelegt und sagte nur in sanftem und ruhigem Ton: »Du übernimmst dich nur, Junge …«

»…«

Ich blieb unwillkürlich stehen. Tasuku schaute mich an, so als würde er sich von ganzem Herzen Sorgen um mich machen.

»Es ist verdammt offensichtlich, dass du hier irgendwas überspielen willst. Hör mal, wenn du willst, rede ich mit …«

Er konnte seinen Satz nicht beenden, weil ich schon energisch den Kopf schüttelte.

»Du bist echt nett, Tasuku. Aber es ist okay. Ich will es zumindest versuchen, weil ich immerhin … ihr Freund bin.«

Als ich das losgeworden war und ihn anlächelte, stieß Tasuku nur genervt einen lauten Seufzer aus.

»Echt mal. Du spielst hier völlig umsonst den starken Mann.«

»U… Umsonst würde ich zwar nicht gerade sagen, aber … Ja, danke Tasuku! Dann bin ich mal weg!«

»Okay, bis dann, Keita.«

Tasuku klopfte mir zum Abschied kräftig auf den Rücken. Das gab mir noch mal eine ordentliche Portion Mumm mit auf den Weg und ich beeilte mich, Karen einzuholen. Ohne dass ich es gemerkt hatte, waren meine Magenschmerzen vollkommen verschwunden.

*

Der Game-Klub befand sich im zweiten Stock des renovierten Altbaus der Schule, der durch einen Gang mit dem Hauptgebäude verbunden war. Dort waren auch die Räume anderer Klubs untergebracht. Während ich hinter Karen die Treppe hinaufstieg, drückte ich meine Uniform fest über der Brust zusammen.

Alles okay, beruhig dich, beruhig dich ... Es gibt keinen Grund, Panik zu schieben ...

Mit Karen und Eichi war ich ja gut befreundet und so sollte mir eine gewisse Willkommensstimmung garantiert sein. Und wenn Gakuto und Nina mich wirklich hassen sollten, hätten sie Karen bestimmt aufgehalten. Ich wusste also selbst, dass ich den Teufel an die Wand malte und mir zu viele Gedanken machte ... Aber machen konnte ich dagegen auch nichts.

»Keita.«

»?«

Als Karen mich plötzlich ansprach, blickte ich nach oben. Weil ich ihr so unter ihren kurzen Rock gucken konnte, wandte ich meinen Blick in Panik ab.

Das ist nicht das erste Mal und damals habe ich genauso reagiert ...

Aber anders als früher war ich jetzt Karens Freund. War da so eine Reaktion überhaupt noch angebracht? Wäre es nicht männlicher, gerade von hier unten mit festem Blick den kurzen Rock meiner Freundin anzusehen?

»Du musst wirklich nicht zurückhaltend sein.«

»Wenn du mir das sagst, bin ich's erst recht!«

Mir sogar die Erlaubnis zu geben, führte nur dazu, dass ich gar nicht mehr hinschauen konnte.

»Also das war jetzt gerade noch viel weniger jugendfrei als alles, was Konoha so von sich gibt, Karen.«

»Tut mir leid, Keita, ich versteh kein Wort, nur dass du aufgeregt bist, ist ziemlich offensichtlich. Aber im Game-Klub ist Zurückhaltung echt nicht nötig.«

»W… Was? Du willst, dass ich auch vor allen Klubmitgliedern dein Höschen bewundere?!«

»Was redest du da eigentlich wieder für einen Quatsch, Keita?«

Irgendwie redeten wir aneinander vorbei, was sich bei uns in gewisser Weise nie geändert hatte. Mit einem leichten Lächeln auf den Lippen betraten wir den Flur im zweiten Stock. Und dann standen wir auch schon vor der Tür des Game-Klubs. Da drehte sich Karen zu mir um und fragte mich mit einem strahlenden Gesicht: »Also dann, bist du bereit, Keita?«

»J… J… J… J… Jaaa … S… S… So … b… b… bereit … wie n… n… nie …«

»Also das, was du sagst und wie du es sagst, passt kein Stück zusammen. A… Alles okay bei dir, Keita?«

Karen sah mich besorgt an. Ehrlich gesagt war überhaupt nichts okay. Obwohl meine Magenschmerzen weg waren, konnte ich meine Nervosität nicht unterdrücken. Wie viel besser wäre es wohl gewesen, wie beim letzten Mal gar nichts zu wissen und bloß gespannt zu sein …

Allerdings …

»Ja … alles okay, Karen.«

Irgendwie schaffte ich es, mein schwächliches Ich im Zaum zu halten, und lächelte Karen an. Nachdem die mich einige Zeit überrascht angestarrt hatte, griff sie sachte nach meiner Hand.

»…«

Wäre es mein früheres Ich gewesen, wäre die jetzt in Angstschweiß getränkt. Aber seltsamerweise fühlte ich mich, ohne zu
wissen warum, von einer sicheren Aura umgeben. Wie lang es wohl
schon so gewesen war?

Ich nickte ihr zu und war inzwischen wieder komplett zu meinem
üblichen Selbst geworden. Karen nickte mir ebenfalls zu und ließ
unauffällig meine Hand los.

»Also, gehen wir rein, Keita?«

»Ja, Karen.«

Als sie meine Antwort hörte, öffnete Karen die Tür zum Klubraum. Dann lachte sie frech los und rief, so als wollte sie meine
frühere Kluberfahrung übermalen: »Willkommen im Game-Klub!«

Genau wie beim letzten Mal konnte ich durch das Gegenlicht
kaum etwas erkennen … Aber anders als beim letzten Mal betrat
ich diesmal mit festen Schritten den Raum.

Als Karen die Tür zumachte, hatten sich meine Augen an das
Licht gewöhnt und ich blickte mich im Raum um. Die Anzahl der
Konsolen und Monitore, die sie hier angehäuft hatten, war beeindruckend, und doch war alles fein säuberlich geordnet. Von Kabel-
salat keine Spur. Nach wie vor war es ein himmelweiter Unterschied
zum Zimmer von jemandem wie mir, der einfach so Games aus der
Konsole rausnahm und sie in bereitliegende Hüllen anderer Spiele
packte. Diese Haltung, sich Games mit vollster Konzentration zu
widmen, spiegelte sich im ganzen Zimmer wider.

Im Raum hielten sich schon Gakuto Kase, Nina Oiso und Eichi
Misumi bereit. Ich erinnerte mich an letztes Mal, als ich vor Aufregung hatte schlucken müssen. In puncto Enthusiasmus konnte

selbst der Leichtathletik-Klub hier nicht mithalten. Die drei, die dort ihre Jugend auskosteten, hatten es ja wohl kaum nötig, sich mit so einem Stümper-Gamer wie mir zu beschäftigen, zumal ich die Einladung in den Klub ja auch schon einmal abgelehnt hatte. Aber wenn ich vor Karen wirklich Entschlossenheit zeigen wollte, durfte ich es mir nicht zu Herzen nehmen, dass sie mich ignorierten …

»Willkommen im Game-Klub!«

»Hä …?!«

Weil ich mit so einer freundlichen Begrüßung nicht gerechnet hatte, brachte ich selbst nur ein dünnes Stimmchen heraus. Doch wenn ich es mir genau überlegte … jedes einzelne Klubmitglied schaute mich mit einem herzlichen Gesichtsausdruck an, ganz im Gegensatz zu dem, was ich erwartet hatte.

Äh … hä?

Ganz anders als letztes Mal zitterte ich nun am ganzen Leib. Nein, es war nicht einmal nur mein Freund Eichi … sogar Gakuto und Nina unterbrachen ihre Spielsessions, um mich lächelnd zu begrüßen. Ich musste träumen. Karen bemerkte, dass ich völlig durch den Wind war, und klärte die Situation mit einem leicht gezwungenen Lächeln auf: »Du musst dich echt nicht schlecht fühlen, Keita. Nina und Gakuto reißen sich ja auch irgendwie zusammen.«

»Hey, Karen!«

Gakuto und Nina starrten Karen finster an. Sie zuckte nur mit den Achseln, und jetzt war es Eichi, der mich grinsend ansprach.

»Karen hat vollkommen recht, Keita. Die zwei haben halt ihre eigenen Marotten. Mach dir nichts draus. Hier, setz dich erst mal.«

»Ah, okay. Danke, Eichi.«

Ich setzte mich auf den Stuhl nahe am Eingang, auf den Eichi gezeigt hatte. Und Karen setzte sich neben mich. Links von mir saß also Eichi, rechts von mir Karen … Auf einmal beruhigte ich mich wieder. Ich war echt simpel veranlagt. Ich fühlte mich so geborgen, dass ich unwillkürlich in eine Plauderei mit den beiden verfiel. Als sich Gakuto dann aber räusperte, fuhr Karen, so als wäre das ihr Zeichen gewesen, mit ihrer Erklärung fort: »Ich hatte es ja schon angedeutet, aber ich habe dich heute nicht nur mitgebracht, weil ich mit dir noch mehr Zeit verbringen wollte. Also, natürlich will ich das auch, aber ich bin jetzt einfach so überglücklich …«

»Aber mir geht es doch auch so, Karen. Die gemeinsame Zeit mit dir nach dem Unterricht ist für mich total kostbar!«

»Keita …«

»Karen …«

»Hüstel.«

Als ich mit Karen intensive Blicke austauschte, fingen die anderen drei irgendwie gekünstelt an, sich zu räuspern. Obwohl uns die Zeit zusammen echt wichtig war, kehrte Karen wieder zum Thema zurück.

»Auf jeden Fall kannst du dir das heute wie letztes Mal auch als Probestunde vorstellen.«

»Ähm … heißt das dann also, ich schaue mir noch einmal an, was ihr so macht und entscheide danach, ob ich beitreten will?«

»Genau so ist es.«

»Ich glaub, ich hab verstanden. Aber …«

Als ich weiterreden wollte, fiel mir Eichi ins Wort, so als hätte or irgendeine Vorahnung: »Hey, jetzt bist du extra hergekommen. Lass dir ruhig Zeit mit deiner Antwort, Keita.«

»Aber …«

Seit damals hatte sich meine Einstellung nicht wirklich geändert. Es gab somit keinen Grund, eine andere Antwort zu geben. Als ich auf diese unangenehme Situation mit einem gezwungenen Lächeln reagierte, versuchte Eichi auf Teufel komm raus wieder aufs Thema zurückzukommen: »Lass uns für heute erst mal was zusammen zocken! Ha, es sind nicht einmal ein paar Monate vergangen und schon werde ich ganz nostalgisch hier. Jetzt, da wir alle fünf versammelt sind!«

Eichi drehte das Gespräch schon etwas gezwungen um 180 Grad. Doch überraschenderweise sprang auch Nina darauf an.

»Stimmt. Seit damals ist hier so viel passiert. Konkret gesagt, Eichi hatte seine ›Weltmeisterschafts-Phase‹ begonnen, Gakuto seine ›Kriegsspiel-Phase‹, bei der er einen echten Krieg beendete, und ich meine ›Ragnarok-Phase‹*, bei der ein guter Freund von mir der Dunkelheit zum Opfer fiel und aus Versehen fast die Erde vernichtet hätte … Du siehst, es war echt viel los …«

»Nein, hier ist schon zu viel los! Wenn du mich schon verarschst, dann mach es wenigstens realistisch!«

»Na ja, stimmt schon. Um so ungefähr 20 Prozent hab ich zu dick aufgetragen.«

»Nur 20 Prozent sind erfunden?! W… Was geht hier bei euch eigentlich ab? Als ich zum ersten Mal vorbeigekommen bin, da hatte ich ja schon gehört, dass ihr alle so eine merkwürdige Vergangenheit habt … W… War das etwa kein Witz damals?!«

»Hm, nun ja …«

Nina lachte dreckig. Ich konnte sie immer noch nicht richtig einschätzen. Machte sie Witze oder war das ihr voller Ernst …? Es blieb mir also nichts anderes übrig, als bei Eichi nachzufragen.

»Sag mal, Eichi. Das mit deiner Weltmeisterschaft muss ja außerhalb des Klubs passiert sein ... Wie viel davon ist denn wahr?«

Bei meiner Frage lachte Eichi seltsam laut auf.

»Ha ha ha, du bist viel zu naiv, Keita. Glaub nicht einfach alles, was wir erzählen.«

»D... Du hast recht. Ist wirklich besser, nicht sofort alles für bare Münze zu nehmen.«

»Klar. Aber die Wahrheit ist ... Die zwei mysteriösen Zehntklässler hier aus dem Klub sind als Team in eine andere Welt gereist, haben dort in einem Game-Turnier gegen ein anderes Volk fett abkassiert und bei ihrer Rückkehr ordentlich Party gemacht! Gegen ihre *No-Game-No-Life**-Story sind die Geschichten von Nina und Gakuto ja noch bescheiden.«

»Ich hab genug Geschichten gehört ...«

Bisher war ich ja immer der Meinung, dass ein Mob-Charakter auch das Leben eines Mob-Charakters führen sollte, aber je länger ich hier bin, desto mehr zweifle ich an meiner Identität. In Folge war ich auffällig zurückhaltend. Vielleicht sollte ich mich als Maschine bewerben, die nur so was sagt wie »Willkommen an der Otobuki Oberschule!« ... Ich verfiel also in meine Depressionen, aber Eichi war gleich zur Stelle.

»Auch wenn wir hier viele seltsame Sachen anstellen, sind das letztendlich nur kleine Abstecher und von der echten E-Sport-Welt sind wir noch weit entfernt! Ich möchte mich aber auch in Zukunft voll und ganz auf den Game-Klub konzentrieren!«

»V... Verstehe ...«

Am Ende waren die regulären Treffen des Game-Klubs also doch nur dazu da, die eigenen Zock-Skills zu trainieren. Diese Tatsache

---

* Light Novel von Yuu Kamiya.

ließ mich erleichtert aufatmen. Plötzlich bemerkte ich, wie Gakuto sich hinten im Raum unruhig hin- und herbewegte. Irgendwie kam mir das Ganze sehr bekannt vor …

Stimmt. Hieß das etwa …

Als ich auf einmal immer nervöser wurde, hatte Gakuto seine Vorbereitungen schnell abgeschlossen, schaute zu mir und ließ über den langen Tisch eine Handheld-Konsole zu mir schlittern.

»Los geht's Keita! Jetzt wird gezockt!«

Na also …!

An Karen und Eichi verteilte er auch jeweils eine Konsole. Ängstlich nahm ich die Konsole vor mir in die Hand und schaute auf den Bildschirm. Gakuto hatte bereits das Spiel gestartet. Es hieß …

Ah, wie erwartet das Gleiche wie letztes Mal …!

Es war der Egoshooter, den wir auch bei meinem ersten Mal hier gezockt hatten. Schon wieder krampfte sich mein Magen zusammen. N… Nein, es war nicht so, dass ich das Game an sich gehasst hätte. Ganz im Gegenteil, es machte superviel Spaß und war gut gemacht. Und trotz des Handhelds waren die Bewegungen auf dem Schlachtfeld echt realistisch, die Steuerung und die Grafik … all das war verdammt hochwertig. Jetzt, da einige Monate vergangen waren, musste man die Perfektion dieses Spiels umso mehr anerkennen, auch weil ihm als »Complete Edition« unter den Handheld-Egoshootern kein anderer Titel die Spitzenposition streitig gemacht hatte. Darum freute ich mich als Game-Liebhaber einfach, es mit mehreren zusammen zocken zu können. Nur gab es einen Haken …

Was mach ich nur? Die denken doch bestimmt, dass ich seit letztem Mal besser geworden bin … Aber Pustekuchen!

Findet in Romanen oder Mangas so ein Ereignis nicht immer statt, nachdem die Hauptfigur über sich hinausgewachsen ist? Normalerweise fühlt man sich doch gut, wenn die Charaktere, die einen am Anfang noch belächelt haben, einem Honig ums Maul schmieren und so was sagen wie »Du hast dich ja ganz schön gemacht, Kleiner!« ...

Aber wenn man mich fragte, was ich die letzten Monate so getan hätte ...

Lustlos irgendwas nebenbei gezockt, gepennt, Social Games gezockt, gepennt, mit Tasuku aneinandergeraten, gepennt, in eine komplizierte Beziehung reingezogen worden, gepennt, einen Vorgeschmack auf ein Leben als Normalo bekommen, gepennt, mich mit der Alge gestritten, gepennt, mich mit Aguri getroffen, gepennt, mich weiter in Karen vernarrt, gepennt, mich daran ab und zu erinnert und wieder was nebenbei gezockt und wieder gepennt ...

Im Großen und Ganzen wiederholte sich das ständig. Wenn das hier eine Light Novel mit Games als Thema wäre, hätte ganz bestimmt jemand als Review geschrieben: »Jetzt zock endlich mal was, Hauptfigur!«

Das Ereignis, das du hier erschaffst, ist zwar die gleiche Kraftprobe wie letztes Mal, aber gerade darum solltest du sie doch einem anderen Keita präsentieren ... Bist du so nicht zu grausam zu mir, lieber Gott? Als Karen sah, dass ich mit dem Handheld wie ein Kleintier am ganzen Leib zitterte, lächelte sie mich an, um mich aufzumuntern.

»Bleib ruhig, Keita. Es wird anders laufen als letztes Mal.«

»N... Nein, nein, nein! Da ich weder trainiert noch irgendwelche heldenhaften Erfahrungen an der Kriegsfront angesammelt hab, bin ich noch dieselbe Lusche wie letztes Mal! Nein, in letzter Zeit bin ich so sehr auf Tapping und Clicker Games hängengeblieben, dass meine Skills garantiert noch schlechter geworden sind!«

Als ich so aus Leibeskräften rumschrie, schauten sich alle anderen irgendwie belustigt an.

»?«

Ich verstand nur Bahnhof und neigte verblüfft den Kopf zur Seite. Im nächsten Augenblick startete Gakuto seinen Überraschungsangriff und brüllte: »Los Leute, das Match beginnt! Eichi ist mit mir im Team und du mit Keita, Karen. Das wird ein Team-Deathmatch 6 gegen 6. KI-Gegner sind auch dabei! Los!«

»Hä? W… Wahhh!«

Das Match startete ohne große Diskussion. Verwirrt, wie ich war, wurde ich sofort aufs Schlachtfeld befördert. Auf dem Bildschirm entfaltete sich eine völlig verwüstete Stadt. Neben nackten Betonwänden sah man zerbrochene Glasfenster und Trümmerberge. An sich war das eine der Standardkarten in Ego-Shootern … aber ich war einfach verdammt aufgeregt.

Der Countdown, der den Beginn des Matches ankündigte, war im Nu vorbei und jetzt ging es also wirklich los. Die verbündeten KI-Soldaten rannten energisch vorwärts. Doch ich stand nur da und starrte ihnen geistesabwesend hinterher. Da drehte sich plötzlich einer der Soldaten zu mir um. Über seinem Kopf wurde »Player 3« angezeigt. Das musste Karens Charakter sein. Im ersten Moment dachte ich, sie würde mich zum Gehen auffordern, doch obwohl wir es eilig hatten, legte Karens Charakter im nächsten Moment plötzlich eine Breakdance-Einlage aufs Parkett.

»Hä …?«

Unwillkürlich blickte ich von meinem Bildschirm hoch und zu Karen hinüber. Sie löste den Blick von ihrem Screen und lächelte mich an, nahm dann aber sogar den Finger vom Knopf und zeigte mir einen Daumen nach oben.

»Äh, wa…«

Die Schlacht war doch schon in vollem Gange … wie konnte sie als echte Gamerin da nur so unaufmerksam sein?

Mir gingen noch Sorgen durch den Kopf, da hörte ich schon wie befürchtet Gewehrschüsse von der Map widerhallen. Zwei Signale unserer Verbündeten verschwanden vom Radar. Zwei unserer KI-Charaktere waren auf einen Schlag ausgeschaltet worden. Das war ja klar … Schließlich hatte das stärkste Teammitglied lieber in der Spawn-Zone Faxen gemacht.

Ich geriet in Panik und rief Karen zu, während ich mit meinem eigenen Charakter nach vorne stürmte: »W… Wir müssen weiter, Karen! Sonst verlieren wir!«

»Äh, ja, kann sein.«

»Wie ›kann sein‹? Ohne dich ist unser Team verloren! Nimm es bitte ein bisschen ernster …«

Während ich mich so beschwerte, näherte ich mich mit meinem Charakter dem Eingang einer Ruine. Und dann …

<Bamm!>

»Uwahh?!«

Zusammen mit einer kleinen Explosion stieg weißer Rauch auf und über den Bildschirm lief eine rote Schadensanzeige.

»*Ah, mir ging's an den Kragen!*«

In diesem Spiel waren die Lebenspunkte der Charaktere von vornherein niedrig angelegt. Leicht angeschossen zu werden, hätte man noch weggesteckt. Aber es brauchte nur einen direkten Treffer durch auf der Map angebrachten Sprengstoff und das war's – eigentlich …

»Hä?«

Seltsamerweise war mein Charakter noch am Leben. Für einen Moment war ich wie gelähmt, doch dann kam ich wieder zu mir, versteckte mich und checkte meinen Zustand …

»War das eine Rauchgranate …?«

Da, wo ich in die Sprengstofffalle getappt war, stieg weißer Rauch auf. Ah, das war also alles … Na ja, Rauchgranaten kann man in Ego-Shootern auch sinnvoll nutzen. Zum Beispiel kann man sich als Scharfschütze einhüllen, wenn man den Ort wechselt, oder den Gegner ablenken.

Nur – das versteht sich von selbst – jemanden töten kann man damit nicht. Das höchste der Gefühle ist ein Alibischaden bei der Explosion, aber das war es dann auch. Eine Rauchgranate, die man auf der Map anbringt und die bei Feindkontakt hochgeht, erfüllt nun wirklich keinen Zweck … anders gesagt: Sie ist eine »Spaßwaffe«. Natürlich wird sie in Online-Matches so gut wie nie benutzt. In Matches gegen Familie und Freunde jedoch schon, und in diesem Moment ging mir ein Licht auf. Ich blickte zu Eichi hoch, der mich grinsend ansah.

»Ha ha ha, hat's dir gefallen, Keita? Kleine Überraschung, was?«

»Eichi …!«

Wer hätte gedacht, dass jemand so Ernstes wie er so kämpfen würde … Das war zwar schön und gut, aber viel mehr interessierte es mich, wie der verbissenste Spieler aller Zeiten, Gakuto, darauf reagieren würde. Die Hälfte von uns blödelte rum, anstatt zu kämpfen … Da musste er ja fast am Austicken sein. Ich machte mich schon auf seine Reaktion gefasst, doch er ... flüsterte nur, während er den Blick starr auf seinen Bildschirm gerichtet ließ:»Ha ... jetzt hab ich sie.«

»Ah ...« Karen stieß einen kurzen Schrei aus. Gakuto hatte sie wohl erwischt. Auch wenn Karen echt gut war, gegen Gakuto hatte niemand eine Chance, wenn es um Ego-Shooter gi...

»Mann, die Maus wollte ich mir schnappen!«

»Sorry Karen, der Schnellste gewinnt. Dann lass uns mal in der nächsten Küche treffen!«

»M... Mo... Moment mal! Was für ein Match ist das hier eigentlich?!«

Ich hatte keinen Schimmer, worum es ging und musste nachfragen. Karen, die weiterhin entschlossen auf ihren Bildschirm starrte, antwortete:»Gakuto und ich jagen Mäuse, die von Zeit zu Zeit am Rand der Map herumrascheln!«

»Ähm, ›Mäuse‹ ist doch bestimmt irgendein Fachausdruck für feindliche Soldaten, oder?«

»Nein! Mäuse sind Mäuse, was denn sonst?«

»Echte Mäuse?«

Von so einem Spielmodus hörte ich das erste Mal.

Karen konzentrierte sich immer noch auf den Bildschirm, als sie hinzufügte:»Also Keita, sei jetzt bitte still und stör nicht! Hm, der verbündete KI-Soldat da ist mir im Weg ... Okay, Friendly Fire! Und weg damit!«

Und so bekam das gegnerische Team einen Punkt mehr. Stopp! Stopp! Stopp!

»Was machst du denn da, Karen? Auch wenn es süß ist! Total süß! Aber du bist diejenige, die das Match stört!«

Als ich so mit ganzer Kraft protestierte, blickte diesmal Gakuto von seinem Bildschirm hoch und sah mich an. Er wirkte ruhig, als er sagte: »Keine Sorge, Keita.«

»G... Gakuto?«

Während er seine Brille abnahm und polierte, verkündete er dreist: »Ich hab in diesem Match ... die verbündeten KI-Soldaten schon achtmal erledigt!«

»Ich mach mir eher Sorgen um dein Oberstübchen! Wie kann man wegen 'ner Mäusejagd seine Teamkameraden hinmetzeln?«

Als ich protestierte, ächzte Karen plötzlich und grummelte in ernstem Ton: »Keita, sieh mal. Ich ... Ich gehe auch über Leichen, um zu gewinnen!«

»Was spielt ihr hier eigentlich?«

Weil ich mit meinen Einwänden auf taube Ohren stieß, seufzte ich nur ... und bemerkte dann, dass meine Bewegungen nachlässig geworden waren.

In diesem wehrlosen Zustand war ich sogar für die KI-Gegner leichte Beute. Als ich wieder auf den Bildschirm blickte, bot sich mir allerdings eine ganz andere Szene ...

»Ich halte dir den Rücken frei, Keita!«

Es war Eichi, der seine verbündeten KI-Soldaten hinmetzelte, um mich zu beschützen!

»Warum beschützt du mich? Ich bin doch dein Feind, Eichi!«

»Hm ... Warum nur ... Auch wenn du mein Feind bist ... du bist auch mein Freund ...«

Wie herzzerreißend! Du wärst die geborene Hauptfigur! Aber wenn du deine übertrieben herzliche Freundschaft sogar ins Game mitnimmst, wo bleibt dann für uns noch der Spaß am Match?!«

»Keita … D… Du … Ab und zu musst du eben über deinen eigenen Schatten springen und auch mal gegen einen Freund kämpfen … Und in so einer Situation … Deshalb …«

»Das macht man doch generell bei jedem Match!«

»Hört, hört … Okay, na komm nur, Keita! Wir werfen die Waffen weg … nein, besser die Handhelds! Das wird ein Kampf im Real Life!«

»Das ist doch nichts als ein dummer Streit! Lass uns das Duell im Game austragen!«

»Du … Du … Du willst also so sehr gegen einen Freund Krieg führen, was?«

»Ja klar! Ist doch tausendmal besser, dich in 'nem Game abzuziehen, als sich hier rumzustreiten?!«

»Dann muss ich wohl … Okay, los geht's … Auf in ›unseren und Karens Game-Krieg!‹«

»Ja, aber pass auf, was du da sagst! Na ja, auf die Situation passt das zwar schon wie die Faust aufs Auge, aber … wie soll ich nur sagen … wenn du so redest, fällt mir einiges dazu ein! Es gibt vielleicht eine Grenze, inwieweit man sich inhaltlich ausrichten kann, nur schwingt da ein leicht heikles Gefühl mit, wenn das Genre, das wir gerade behandeln, im Großen und Ganzen das Gleiche ist!«

»Manchmal hab ich echt keinen Schimmer, wovon du redest.«

»Das musst du gerade sagen!«

Während wir uns so dies und das an den Kopf warfen, setzten wir unser chaotisches Match fort. Und dann waren etwa zehn Minuten vergangen.

»D… Das war's …«

Das Match endete mit einem Sieg für Karens und mein Team ... Aber ehrlich gesagt fühlte sich das kein Stück nach einem vollwertigen Sieg an. Karen nahm in Wirklichkeit keinerlei Notiz vom Matchergebnis und murmelte nur völlig ausgezehrt: »Ich brauche ... noch mehr Mäuse ...«

Würde uns jetzt jemand Fremdes beobachten, er hätte sie für komplett durchgeknallt erklärt. Und selbst ich als ihr Freund wollte am liebsten etwas Abstand halten. Das war echt gruselig. Und Eichi Misumi auf der anderen Seite? Na ja, er war eben Eichi Misumi, hatte seine Kameraden erbarmungslos niedergemetzelt und sagte nur lachend: »Ich ... Ich bereue nichts, Keita!« Oh Gott, er machte mir Angst.

Im Großen und Ganzen war Gakuto der Einzige, der immer noch Ruhe bewahrte, murmelte dann aber: »Hm, Mission Mäusejagd abgeschlossen ...«, was irgendwie gekünstelt wirkte und ihn in gewisser Weise so aussehen ließ, als wäre er gerade hinter einem Stern hervorgekrochen. Und inmitten dieses Chaos hatte Nina hinten im Raum einen riesigen Monitor vorbereitet. Und aufs Neue kamen in mir die Erinnerungen an letztes Mal wieder hoch ...

... die unglaublich beschämende Erinnerung daran ... dass ich als Einziger in dem Fighting Game versagt habe ...!

Auf meiner Stirn bildeten sich mehr und mehr Schweißperlen. Genau wie in Ego-Shootern hatten sich meine Skills in Fighting Games auch kein Stück verbessert. Und nicht nur das: Jedes Mal, wenn ich mich mit Tasuku duellierte, wurde mir mein fehlendes Verständnis für das Genre schmerzlich bewusst. Weil mein Selbstbewusstsein flöten ging, konnte es gut sein, dass ich jetzt sogar noch schlechter war als zuvor.

Während ich so in Angstschweiß ausbrach, waren die Vorbereitungen abgeschlossen. Ehe ich mich's versah, drückte Nina Karen, Eichi und mir einen kabellosen Controller in die Hand. Auf dem riesigen Monitor hinten im Raum flimmerte wie erwartet der Startbildschirm des gleichen Multiplayer-Fighters wie letztes Mal. Nina beeilte sich mit der Menüauswahl. Als Regel legte sie ein Battle Royale fest, jeder gegen jeden. So würde ich mich, anders als bei dem Ego-Shooter eben, auf niemanden verlassen können (na ja, auf Karen war vorhin ja auch wirklich kein Verlass gewesen). Dann ging es zur Charakterauswahl. Wir bewegten unsere Cursor über den Bildschirm, und die Erste, die sich entschieden hatte, war Nina.

»Okay, also als Handicap und zum Üben nehme ich den Charakter, mit dem ich am schlechtesten bin.«

Sie brachte das gleiche Argument wie letztes Mal. Ihr Gamer-Hirn war wohl auch noch das Gleiche. Als Nächstes waren Karen und Eichi so weit. Im Gegensatz zu Nina wählten sie ihre sogenannten Standardcharaktere. Auch das war wieder keine Überraschung. Und ich, also …

»Okay … Ich … lasse dann den Zufall entscheiden.«

Ich hatte ja weder einen Charakter, mit dem ich besonders schlecht, noch einen, mit dem ich besonders gut war. Ich war eine Dauerlusche und daher unentschlossen. Ein beliebtes Mittel, wenn ich gegen meinen kleinen Bruder antrat, war somit auch die Zufallsauswahl. Das war mir schon in Fleisch und Blut übergegangen. Doch dann stockte mir der Atem …

Oh nein! Dafür werden mich jetzt alle hassen!

Lustloser und mit weniger Hingabe und Eifer konnte man seinen Charakter nicht auswählen. Für Menschen, die Games ernst nahmen, musste das wie ein Schlag ins Gesicht sein. Es könnte durchaus auch sein, dass sie das als Trolling* auffassten. So hatte ich das zwar auf keinen Fall gedacht, aber wenn man mir darum nun vorwarf, dass ich Games nicht ernst nahm, könnte ich wohl schwer dagegen argumentieren.

Ich schaute ängstlich zu Nina hinüber. Und wie ich es mir dachte … sah sie ziemlich verärgert aus. Doch das war nur für einen Augenblick, denn im nächsten Moment seufzte sie laut und lächelte mich an, so als hätte sie einen Schalter im Kopf umgelegt.

»Verstehe. Dein Standardcharakter ist also der ›Zufall‹, was?«

Was für eine coole Reaktion war das denn? Ich winkte verschwitzt ab.

»N… Nein, also so 'ne große Sache ist das jetzt nicht! Ähm, aber, also …«

»Aufgepasst Keita, jetzt geht's los!«

»Äh? Ah, j… ja!«

Als Nina das sagte, wanderte mein Blick hastig zum Monitor und ich konzentrierte mich wieder auf das Spiel.

Und so ging die erste Runde zu Ende … Zu meiner Überraschung landete ich nicht auf dem letzten Platz.

Karen kratzte sich am Kopf und sagte mit einem gezwungenen Lächeln zu Nina: »Ha ha ha … ich wollte es so machen wie du, Nina, und an meinem Schwachpunkt, den Wurftechniken, arbeiten … Das hab ich nun davon.«

»Na ja, das liegt nicht an dir. Mit dem Charakter kann man Würfe generell vergessen. Das ist witzlos.«

»J… Ja, stimmt …«

---

* Als Trolling wird provokatives und störendes Verhalten, das andere Spieler nerven soll, bezeichnet.

Karen sah, wie ihr erbärmliches Kampfergebnis auf dem Monitor erschien und seufzte nur. Als sie bemerkte, dass ich sie geistesabwesend anstarrte, streckte sie mir frech die Zunge heraus. Wie süß. Meine Freundin war einfach zuckersüß.

In der Zwischenzeit war die Charakterauswahl für die zweite Runde schon in vollem Gange. Ich blickte wieder auf den Bildschirm und als ich gerade dabei war, mich festzulegen, weil ich mich diesmal ernsthaft entscheiden wollte …

»Hä?«

… da bemerkte ich, dass Nina ihren Cursor über die Zufallsauswahl gesetzt hatte. Ich schaute sie überrascht an. Sie hatte, von mir unbemerkt, angefangen, einen Kaugummi zu kauen, denn jetzt machte sie eine Blase, schaute mich ganz kurz an … und drückte dann ohne ein Wort auf den Knopf. Und um noch einen draufzusetzen … entschied sich sogar Eichi für die Zufallsauswahl. Er sah mich mit einem Grinsen an.

»Ab und zu ist die Idee ja gar nicht schlecht.«

»Eichi …«

»Ah, okay, ich auch …«

Schließlich machte es ihnen sogar Karen nach. Jetzt war es für mich quasi unmöglich geworden, auf die klassische Art zu wählen. Unter ihrem wartenden Blick kratzte ich mich peinlich berührt an der Backe und ließ dann auch den Zufall entscheiden. Und so führten wir alle das Spiel mit der Zufallsauswahl auch in der dritten Runde fort. Bei Nina ging es ja noch, aber bei Eichi und Karen waren, von ihren Standardcharakteren mal abgesehen, Hopfen und Malz verloren. Das war auch der Grund, wieso jemand ohne jegliches Talent wie ich, der seinen Charakter von vornherein nicht selbst wählte und auch keine wirklichen Skills besaß, einen ordentlichen Kampf bestreiten konnte. Na ja, trotzdem landete ich in zwei von drei Runden auf dem letzten Platz. Eine vernichtende Niederlage, könnte man sagen.

Dann waren wir bei der fünften Runde angelangt. Schließlich begriffen Karen und Eichi, dass sie nicht die Zeit hatten, um ihren Charakter kennenzulernen, und sie fingen aktiv damit an, beim Angriff gewisse Items zu verwenden. Etwas, was unter echten Gamern eigentlich verpönt ist. Der Matchverlauf wandelte sich daraufhin zum puren Chaos und auch für jemanden wie Nina wurde es immer schwieriger, das allein mit Technik zu kontern. Für mich war das klasse, denn so konnte ich ein wenig Abstand zu den Streithähnen gewinnen, und nach einigen weiteren Attacken …

»Wahh, ich bin auf dem ersten Platz!«

Auf wundersame Weise hatte ich mit knappem Abstand zu Nina den ersten Platz gemacht.

Karen war ganz aus dem Häuschen und gratulierte mir klatschend.

»Wahh, das ist ja super, Keita! Selbst ich habe noch nie gegen Nina gewonnen!«

Und sogar Eichi sprang mit auf.

»Das war ja zu erwarten, Keita. Nicht umsonst hast du mich ja damals direkt nach meinem großen Turniersieg abgezogen.«

»Nein, nein, nein, das eben war doch nur Glück!«

Ich versuchte, auf dem Teppich zu bleiben, doch am Ende lächelte mich sogar Nina an.

»Keita, ob es jetzt Glück war oder nicht. Ein Sieg bleibt ein Sieg. Zeig ein wenig Stolz!«

»Nina … Ja, ich war eben einfach zu beeindruckt, aber ich glaube trotzdem, dass es Glück war. Ich freue mich, doch es gibt jetzt nichts, worauf ich stolz sei…«

»Wenn du meinst …«

»Oh, darauf kannst du dich also einlassen!«

Ich konnte sie immer noch nicht wirklich einschätzen. Aber warum nur? Obwohl sie mir weiterhin ein Rätsel war, verspürte ich nicht diese Kälte wie letztes Mal, sondern fühlte mich viel eher ein Stück weit vertraut. Nein, das betraf nicht nur Nina allein …

»Hey, es wird langsam Zeit!«

Gakuto sah auf die Uhr und gab uns Bescheid. Nina erwiderte nur ein knappes »Okay!«, schaltete die Konsole aus und begann damit, aufzuräumen.

»Ah, ich helfe dir.«

Noch während ich das sagte und aufstehen wollte, wiegelte Nina ab: »Schon gut, du weißt ja noch gar nicht, wohin alles kommt«, und signalisierte den anderen, ihr zu helfen. Während sie mit dem Aufräumen beschäftigt waren, sah ich ihnen nur tatenlos zu. Ich spürte eine »Wärme«, die letztes Mal noch nicht da gewesen war …

Verstehe … Darum wollte Karen unbedingt, dass ich herkomme … Um diese Erfahrung zu machen …

Und im Vergleich zum letzten Mal lief es ja auch komplett anders ab. Sie hatten einer Gamer-Vollkatastrophe wie mir von ganzem Herzen Verständnis entgegengebracht und mich so bereitwillig und bestens vorbereitet in ihren Reihen willkommen geheißen.

Während ich die Mitglieder des Game-Klubs bei ihrer eifrigen Arbeit beobachtete, war ich aufs Neue von ihrer Aufmerksamkeit tief beeindruckt und verdrückte sogar ein paar Tränen.

Das Zimmer war in Windeseile aufgeräumt und ehe ich mich's versah, schauten mich die Vier mit einem herzlichen Gesichtsausdruck an, während hinter ihnen die Abendsonne durchs Fenster hineinschien.

Ich musste erst mal mit dieser neuen Situation klarkommen … doch da trat Karen als Vertreterin des Klubs einen Schritt vor und fragte mich: »Und … w… was meinst du, Keita? Wie hat es dir gefallen?«

Karen wirkte etwas nervös, als ich ihr umgehend mit einem Lächeln auf den Lippen antwortete: »Es hat mir superviel Spaß gemacht! Vielen Dank für eure Mühe heute …!«

Ich stand energisch auf und bedankte mich bei jedem mit einer tiefen Verbeugung.

»Vielen Dank!«

»Nichts zu danken! Wenn du Spaß hattest, ist das doch Dank genug.«

Als ich wieder hochblickte, lächelte mich Karen … nein, auch alle anderen lächelten mich verlegen an. In diesem Moment spürte ich, wie die leichte »Hemmung«, die seit meinem letzten Besuch hier die ganze Zeit über in mir vorhanden war, von der Abendsonne geschmolzen wurde und verschwand. Es verging eine kurze Zeit, in der ich mir den Nachhall dieses Gefühls noch durch den Kopf gehen ließ.

Dann fragte mich Karen mit ruhiger Stimme: »Also Keita, ich weiß, dass ich aufdringlich bin, aber … Darf ich dich … nur noch einmal etwas fragen?«

»Klar«, sagte ich und lächelte sie dabei an.

Im Raum breitete sich eine irgendwie beschämte Atmosphäre aus.

Karen räusperte sich einmal und stellte dann erneut ihre Frage: »Keita. Willst du nicht beim Game-Klub mitmachen?«

Karen schielte intensiv nach oben und explodierte förmlich ... Das war kaum auszuhalten. Ihr Gesicht war knallrot. Es grenzte schon fast an ein Wunder, dass ich meine Freundin vor mir nicht in den Arm nahm.

Als ich mich umschaute, sah ich, dass auch Eichi ... und Gakuto und Nina mich mit einem Lächeln auf den Lippen beobachteten. Aber echt, wie konnte man so einem wertlosen Typen wie mir ... nur so dankbar sein ...

Ich ließ meinen Blick noch einmal durch den Raum schweifen. Es war der ideale Ort für mich, angefüllt mit Games, die ich so sehr liebte. Karen war das hübscheste Mädchen der Schule und meine Freundin. Eichi, den ich gerade jetzt so sehr liebte, dass sich wohl niemand daran stören würde, wenn ich ihn meinen besten Freund nannte. Nina und Gakuto, die so nett waren, sich Sorgen um mich zu machen, und die beiden Zehntklässlerinnen, die ich bisher noch nie gesehen hatte. Hier versammelte sich auf wunderbare Weise die Gesamtheit meines Normalo-Oberschullebens, wie ich es mir nur erträumen konnte. All das konnte mir gehören, wenn ich nur das eine Wörtchen »Ja« sagte. Das musste wirklich das Paradies sein.

Hier waren die Leute, die mich verstanden. Hier gab es Games, die mir Spaß machten ... Für mich, Keita Amano, könnte es keinen idealeren Ort geben. Und genau deshalb ...

... würde ich den Menschen hier vor mir, die ich so sehr liebte, meiner Freundin, die ich mehr verehrte als jeden sonst ...

... stolz und von ganzem Herzen ...

... mit Entschiedenheit ...

… meine Antwort präsentieren.

»Nein, ich verzichte. Der Game-Klub hier ist nicht so, wie ich ihn mir vorgestellt habe.«

*

»Bist du komplett bekloppt? Du bist ein Vollidiot, Keita!«

»Halt die Klappe, Alge!«

Seit meinem Besuch im Game-Klub war etwa eine Stunde vergangen und die Abenddämmerung hatte eingesetzt. Genau wie letztes Mal saß ich in einem Schnellrestaurant einem Mädchen gegenüber.

Wir beide bekriegten uns eine Weile mit Blicken, so wie wir es immer taten … doch diesmal sollte dieser Streit ungewöhnlich schnell beendet sein. Denn ich warf frühzeitig das Handtuch. Ich klappte kraftlos zusammen und legte meine Stirn auf den Tisch. Während ich mir den Kopf hielt, stöhnte ich: »Uhh … Uhh … du denkst bestimmt auch, dass ich die falsche Auswahlmöglichkeit genommen habe!«

Durch eine Lücke in meinem Pony sah ich Chiaki verstohlen an.

Sie schaute mit einem überraschend kalten Blick auf mich herab.

»Nein, nein, das war nicht mehr nur ein Fehler. Wenn ich die Entwicklerin dieser Dating Sim wäre, dann hätte ich hinter dieser Auswahl die direkte Route zum Bad End verbaut. Wie kann man mit einem grinsenden Gesicht zum zweiten Mal die Einladung seiner Freundin in den Game-Klub ausschlagen? Du hast vielleicht Nerven …«

»D… Du spuckst hier ganz schön große Töne … Dabei hast du selbst einmal die Einladung ausgeschlagen!«

Als ich ihr so widersprach, knallte Chiaki, so als wollte sie mir drohen, ihren Schwarztee direkt vor meinem Gesicht auf die Untertasse. Mir rutschte ein klein wenig das Herz in die Hose …

»Ich glaube, Sie wissen sehr wohl, dass es einen gewaltigen Unterschied zwischen letztem und diesem Mal gibt, Herr Amano!«

»Herr Amano …?«

Okay, jetzt war sie komplett im Standpaukenmodus. Ich hob meinen Kopf vom Tisch und setzte mich wieder gerade hin. Chiaki atmete erleichtert auf und fuhr fort: »Letztes Mal, als das hübscheste Mädchen an der Schule versucht hat, dich Nerd für sich zu gewinnen, obwohl sie dich doch gar nicht wirklich kannte, na ja, da kann man deine Absage ja noch irgendwie als Versehen im Eifer des Gefechts abtun.«

»Klingt, als würdest du es schönreden …«

»Aber die Situation jetzt … Als deine süße Freundin, die du so sehr liebst, ihren ganzen Mut zusammennahm, um dich nur noch einmal zu fragen, hast du sie vollkommen vernichtet … Mit anderen Worten: Nur ein totaler Psychopath würde so was tun!«

»Ein Psychopath? Hm, na ja, es stimmt schon, dass ich Karen damit verletzt habe …«

Darauf hingewiesen zu werden, tat weh. Aber eine Sache wollte ich auf jeden Fall noch klarstellen: »Natürlich hab ich gleich danach Karen die Situation erklärt und mich entschuldigt, sie hat es auch nachvollziehen können!«

»Auch wenn du gern hättest, dass Karen deine ›verständnisvolle Freundin‹ ist … in Wirklichkeit ist sie am Boden zerstört und hat nur nachgegeben, damit du zufrieden bist!«

»Ugh … was soll ich dagegen jetzt sagen …«

So hatte ich das noch gar nicht gesehen … Dass eine andere Wahrheit dahintersteckte, gegen diese Logik konnte ich mich nicht wehren. Ehrlich gesagt war ich ja selbst ziemlich unsicher, was das anging, und hatte deshalb Chiaki um Rat gebeten. Allerdings konnte ich ihr nicht in allen Punkten zustimmen.

»Ähm, deine Theorie ist schon plausibel …«

»Nicht wahr? Schließlich bin ich praktisch Karens Seelenverwandte!«

Irgendwie redete die Alge ziemlich arrogant daher … Wo sah diese Tussi bitte Gemeinsamkeiten mit Karen? Das war mir schleierhaft. Diesen Punkt hatte ich im Hinterkopf, als ich erneut meine Zweifel anbrachte.

»Ähm, also … Warum wirst du bei diesem Thema eigentlich gleich so emotional? Warst du mit Karen so gut befreundet?«

»Äh, na … na ja, das …« Chiaki wich meinem Blick aus und murmelte kleinlich: »Also ehrlich gesagt habe ich Karen zu der zweiten Einladung an dich überredet …«

»Was? Du hast den Vorschlag gemacht?«

»Mann, wieso hörst du immer das, was andere Leute zu sich selbst sagen? Das eben war doch so leise, das konnte man doch gar nicht hören!«

»Ehrlich gesagt, hab ich in letzter Zeit mit dem Lippenlesen angefangen.«

»Wo will dieser Protagonist denn noch hin?«

Nach diesem unklaren Einwurf räusperte sich Chiaki und setzte erneut an: »Na ja, ich hab ihr das nicht direkt vorgeschlagen … aber ähm, man könnte sagen, ich habe ihr einen kleinen Schubser in die richtige Richtung gegeben, als sie sich unsicher war. So nach dem Motto: ›Auch wenn er ablehnt, mach dir nichts draus, so ist Keita nun mal!‹«

Bei diesen Worten riss ich die Augen weit auf.

»Was? Dann versteht ihr also beide, was ich wirklich fühle?«

»Äh, a… aber damit meinte ich, dass du aus dem gleichen Grund ablehnst wie letztes Mal. Dass man halt nichts machen kann, wenn du ablehnst, weil du eine andere Einstellung gegenüber Games hast. Aber …«

Chiaki sah mich daraufhin mürrisch an.

»Dass du wegen deiner Einstellung den ganzen Klub fallen lässt, obwohl die dir so weit entgegengekommen sind, ist was völlig anderes!«

»Na ja, schon. Stimmt … Das ist was ganz anderes.«

Das musste ich mir selbst eingestehen. Ich nahm den lauwarm gewordenen Kaffee neben mir in die Hand und ließ mir Zeit dabei, ihn zu meinem Mund zu befördern. Währenddessen starrte mich Chiaki unverändert finster an. Sie schien sich wohl wirklich Sorgen um Karen zu machen.

Ich freu mich so …

Obwohl ich derjenige war, der ihren ganzen Zorn abbekam, war ich trotzdem merkwürdig froh darüber, dass sich Chiaki für Karen so ins Zeug legte. Aber gerade deshalb … ging es nicht an, sie mit so einer lahmen Geschichte zu täuschen. Während ich meinen Kaffee trank und meine Gedanken etwas geordnet hatte, sah ich Chiaki wieder an.

»Es ist so, wie du sagst, Chiaki. Der Grund, wieso ich abgesagt habe, ist diesmal ein ganz anderer. Aber auf der anderen Seite ist mein Beweggrund dahinter immer noch derselbe.«

»Was meinst du damit?«

»Letztes Mal habe ich abgelehnt, weil ich meine Einstellung zu Games bewahren wollte.«

»Ja, bei mir das Gleiche.«

Chiaki nickte. In dem Punkt schien sie mir also zuzustimmen.

Aber dann müsste sie doch bestimmt auch das hier verstehen …

Mit stolz geschwellter Brust brachte ich meine Logik an: »Dieses Mal habe ich abgelehnt, weil ich die Haltung des Game-Klubs zu Games respektiere.«

»…«

Wortlos blickte Chiaki mich an. Sie hatte zwar meine Meinung nicht sofort akzeptiert, aber eine ausdrückliche Feindseligkeit wie bis vorhin konnte ich auch nicht spüren. In diesem merkwürdigen Schwebezustand fuhr ich fort.

»Na ja, dass alle aus dem Game-Klub sich so um mich bemüht haben, das hat mich fast zu Tränen gerührt, so glücklich war ich. Wirklich. Wäre das kein Klub-Treffen, sondern ein reines Treffen zwischen Freunden gewesen, hätte ich nur zu gerne akzeptiert. Aber so … war es nun mal nicht …«

Ich stellte meine Kaffeetasse langsam und vorsichtig auf der Untertasse ab und nahm mir etwas Zeit, um die passenden Worte zu finden.

»Wie sag ich das jetzt … Mal sehen … Ja. Mein Besuch heute hat mir superviel Spaß gemacht und ich hab mich echt wohlgefühlt. Besonders das gemeinsame Zocken mit Karen war für mich das Paradies. Außerdem haben sich Gakuto und Nina voll ins Zeug gelegt, um sich mir irgendwie anzupassen. Das war echt klasse. Ja … es stimmt … egal, wie ich's auch betrachte, die Erfahrung war was komplett anderes ... alle waren so nett, ich hatte so viel Spaß und hab mich dort einfach total wohlgefühlt.«

»A... Aber warum ...«

Verwundert legte Chiaki den Kopf schief. Aber ich sagte nur ...

»Aber ich hatte keine Wahl. Denn ich wollte keinen Klub, der sich für mich so halbherzig verdrehte ...«

Ich lächelte.

»Tief in mir drin wollte ich sehen, wie sich Karen und die anderen ohne Zurückhaltung und mit voller Hingabe ihrem Hobby hingaben, sie sollten sich für immer ihr Strahlen bewahren – und das ging eben nur ohne Keita Amano.«

»Keita ...«

In diesem Augenblick schlug ihre Miene vollständig um, und Chiaki zeigte so etwas wie Mitgefühl.

Das machte mich schon etwas verlegen und so fügte ich noch schnell an: »N... Natürlich wollte ich damit jetzt nicht unseren Game-Verein kritisieren oder so?! Wie sag ich das jetzt ... Genau, es ist so wie mit Kaffee und Milch.«

Ich hob meine Kaffeetasse hoch und erklärte: »Wenn man die beiden mischt, bekommt man diesen leckeren Michkaffee. Trotzdem heißt das nicht, dass Milch und schwarzer Kaffee immer aufwärtskompatibel sein müssen.«

»Aha. Das heißt also, der Game-Klub ist der Kaffee und der Game-Verein die Milch und es ist in Ordnung, wenn jeder für sich besteht, ohne sie zwingend mischen zu müssen?«

»G... Genau!«

Ich fühlte mich total stolz, dass mein Beispiel so gut angekommen war, doch da sagte Chiaki etwas Unnützes hinterher:

»Aber wenn ich mich entscheiden müsste, dann immer für den Milchkaffee.«

»Äh, na ja, geht mir auch so. Von den dreien ist mir eigentlich auch der Milchkaffee am liebsten.«

»…«

»…«

Chiaki glotzte mich finster an. Auf meiner Stirn bildeten sich Schweißperlen …

»Chi… Chiaki … wie weit bist du bei *Shin Megami Tensei*?«

»Netter Fluchtversuch, Keita! Hah. Aber wie auch immer … Dass du so merkwürdig hin- und herspringst, passt zu dir.« Plötzlich fügte Chiaki irgendwie freudig und verschämt zugleich hinzu: »Jetzt bin ich etwas beruhigt. Ha ha.«

»…«

Sie so zu sehen, war für mich, mit dem sie sich sonst ständig stritt, ein ungewöhnlicher Anblick …

Oh Gott … habe ich Chiaki … etwa gerade niedlich gefunden?

Karen war doch meine Freundin … es ging ja mal überhaupt nicht, dass ich mich hier in die Alge verknallte! In Panik schlug ich meine Stirn auf den Tisch, um die bösen Gedanken zu vertreiben. Chiaki und ein vorbeikommender Kellner schauten mich erschrocken an. Mann, war mir das peinlich … Das war die Strafe dafür, dass ein Perverser wie ich meine engelsgleiche Freundin links liegen ließ, um einem Seetang hinterherzuschauen. Ich wollte sie widerstandslos ertragen. Während ich mir die rote Stirn rieb, hob ich den Kopf. Ich hatte Tränen in den Augen. Chiaki lächelte gezwungen, ignorierte mein exzentrisches Verhalten aber komplett und kehrte wieder zum Geplauder von vorhin zurück.

»In *Shin Megami Tensei* bin ich endlich bei der letzten Entscheidungsszene. Die mit dem Beitritt zur Faktion. Du bist doch bestimmt auch da, oder?«

»Äh, ja, ähm …«

»Eigentlich wollte ich mich heute ja mit dir treffen, um darüber zu reden. Aber dann musste ich mir plötzlich alle Details deiner Einladung in den Game-Klub anhören …«

»T… tut mir leid, Chiaki. Dass das so lang gedauert hat. Also du bist dann …«

»Einen Moment noch …«

Chiaki Hoshinomori fiel mir sofort ins Wort, und tat so, als würde sie mir ein Mikrofon vors Gesicht halten und fragte mich dann mit einem frechen Grinsen: »Ich frage dich jetzt schon mal nach deiner ultimativen Antwort, Keita. Die Antwort des Großmeisters Keita Amano, der sowohl Milch als auch Kaffee getrennt voneinander respektiert.«

»Mich? Ha ha, red keinen Quatsch, Chiaki. Meine Antwort … ist doch sonnenklar, dass es da nur eine geben kann.«

»Aha, und die wäre, wenn ich fragen darf?«

Das wusste sie doch selbst ganz genau, hielt mir aber weiter gekünstelt interessiert ihr Luftmikro vor die Nase.

Ich antwortete sofort …

»Neutral.«

Irgendwie gehässig hakte Chiaki nach: »Aha, weil da keine Gefahren lauern, was? Oder bist du voreingenommen und hasst die ›Ordnung‹ und das ›Chaos‹ gleichermaßen?«

»Nein, überhaupt nicht. Es ist eher so …«, erwiderte ich mit einem Lächeln.

Es war mir zwar etwas peinlich … aber anders als früher hatte ich festes Vertrauen in meine Gefühle.

Ich antwortete: »… dass ich beide liebe.«

Gamers und der feindliche Critical Hit

Tasuku Uehara

»Er liebt also beide? Hm, könnte schon sein, dass Keita das auch auf Mädchen bezieht«, murmelte ich, während ich nach dem Unterricht durch ein Luxusviertel schlenderte. Dabei beobachtete ich, wie die Abendsonne die Außenwände der weißen Villen in ein rotes Licht tauchte. In diesem Moment stellte sich Karen Tendo, die neben mir gelaufen war, mir plötzlich in den Weg, sah mich an und sagte hektisch: »A... Also glaubst du Wannabe-Gigolo das auch!«

»Wer ist hier ein Wannabe-Gigolo?«

Auch wenn ich sofort protestierte, das blonde Mädchen hörte mir nicht zu. Plötzlich drehte sie sich um, legte die Faust ans Kinn und begann, ernsthaft nachzudenken.

»Du hast recht. Gerade weil Keita zu nett ist, kann so was echt sein. Wenn das sogar der abartigste Fremdgänger sagt, den ich kenne, besteht kein Zweifel mehr.«

»H... Hey!«, rief ich mit leicht bedrohlicher Stimme, weil ich echt wütend war. Aber Karen Tendo schien davon kein Stück beeindruckt. Im Gegenteil, jetzt hielt sie sich verzweifelt den Kopf.

»Weil er beides liebt, respektiert er auch beides. Hach, er ist so vernünftig! Das mag ich echt an ihm! Wenn ich so daran zurückdenke, hatte ich heute auch wieder ein paar Schmetterlinge im Bauch! Aber wenn er jetzt zu attraktiv für mich wird, wäre das doch auch nicht so gut ...«

»...«

»Hast du gerade versucht, dich unauffällig aus dem Staub zu machen, Tasuku?«

»Ts ...«

Sie bekam den Saum meines Blazers zu fassen. Richtig ekelhaft, wie sie ständig nur von ihrem Freund schwärmte. Sonst behandelte sie mich wie Luft, ihren Kummerkasten oder sie zwang mich dazu, ihr Gepäck zu tragen.

Ah, ja, in früheren Zeiten hätte man hier wohl von Sklavenhaltung gesprochen.

Unbewusst schaute ich hoch zum Himmel. Die Sonne war so rot, als ob sie brennen würde.

Hätte ich nicht einfach allein im Klassenzimmer sitzenbleiben können?

Wenn ich so drüber nachdachte, dann hatte ich bereits eine schlechte Vorahnung, als das Treffen mit meinen Freunden fast zur gleichen Zeit zu Ende ging wie die Aktivitäten des Game-Klubs. Und als ich ängstlich auf den Flur hinaustrat, traf ich, wie hätte es auch anders sein können, zufällig auf Karen, die offensichtlich niedergeschlagen vor sich hin seufzte.

Seit ich beschlossen habe, Chiaki zu unterstützen, wollte ich mich mit ihr eigentlich nicht mehr wirklich abgeben. Mit Karen meine ich.

Wie auch immer, es ging natürlich nicht, sie als Kollegin aus dem Game-Verein, als Freundin oder einfach als offensichtlich deprimierten Menschen zu ignorieren und abzuhauen. Halb aus Pflichtgefühl rief ich dann letztendlich: »He... Hey Karen, auch auf dem Heimweg?«

Bei der Gelegenheit beschlossen wir, ein Stück gemeinsam zu Fuß zu gehen. Unser Gespräch entwickelte sich dabei ohne Unterbrechung vom Verlauf der heutigen Klubeinladung bis hin zu ihrer

Lobhudelei, dass ihr Freund ja doch so toll sei, aber was sie denn tun solle. Bei passender Gelegenheit wollte ich zwar schleunigst das Weite suchen, aber abgesehen von Aguri gab es auf der Erde niemanden, der diesem Weib, Karen Tendo, in puncto Verdorbenheit das Wasser reichen konnte. Sie war niemand, vor dem man so einfach ungestraft davonlief.

Ist sie eine Art Dämonenkönigin, oder was?

Obwohl ich nicht begeistert davon war, begleitete ich Karen jetzt schon zehn Minuten auf ihrem Heimweg. Dass wir durch ein zu dieser Uhrzeit relativ menschenleeres Luxusviertel gingen, war mir nur recht, aber vor einigen Minuten hatten wir noch eine ziemlich belebte Einkaufsstraße durchqueren müssen, was mir ein mehr als ungutes Gefühl beschert hatte.

Verdammt, hoffentlich gibt das hier nicht irgendwelche dummen Gerüchte …

Wenn wir uns wie im Game-Verein in der Gruppe trafen und quatschten, war ja alles super, aber jetzt waren wir eben nur zu zweit. Mann und Frau, die gemeinsam von der Schule nach Hause liefen. Vielleicht ging es nur mir so, aber in so einer Konstellation musste ich einfach sofort an ein Pärchen denken.

Heute nach Unterrichtsschluss hatte ich zum ersten Mal die Erfahrung gemacht, dass sich alle Leute, denen wir begegneten, nach uns umdrehten. In dieser verrückten Welt hätte es mich auch nicht gewundert, wenn plötzlich Tamori* um die Ecke gekommen wäre. Nachdem ihr Blick erst für eine Weile auf Karen verharrte, ließ sie ihn dann natürlich zu dem Kerl neben ihr wandern …

Ich gebe zwar immer so vor Keita an, aber das war jetzt wirklich heftig.

* Tamori ist eine japanische TV-Persönlichkeit.

Der Stress war einfach unvorstellbar. Wer hätte gedacht, dass mir die Bewertung anderer mal so nahegehen würde. Karen wurde ja einfach nur angehimmelt, doch der »Kerl neben ihr« hatte es bei Weitem schlimmer. Währenddessen passierten wir eine Gruppe älterer Damen beim Kaffeeklatsch. Als wir direkt neben ihnen waren, hörte ich eine davon leise sagen: »Der Junge sieht aus wie ein Waschlappen«, was mir echt den Rest gab. Na ja, nicht, dass ich mir das zu Herzen genommen hätte, aber trotzdem streckte ich meinen Rücken durch.

Als Karen das sah, redete sie mit einem total kalten Blick drauflos: »Tasuku, was zappelst du denn heute die ganze Zeit rum? Das ist echt abartig.«

»?!«

Karen war wohl schon komplett angenervt von mir. »Aber …«, stammelte ich nur, während ich mich nervös umsah und Karen demonstrativ so laut seufzte, dass es jeder mitkriegen musste.

»Ich dachte, du wärst an so viel schon gewöhnt.«

»Was soll das heißen, ›gewöhnt‹? Auch wenn ich 'ne Freundin und viele Kumpels hab, so viele Blicke auf einmal halt ich einfach nicht aus!«

»Wirklich? Aber Keita ist in letzter Zeit immer ganz ausgelassen. Auch wenn wir nur zu zweit sind!«

»E… Echt!? Ach so … Ähm, Keita …«

Als ich das hörte, fuhr ein Stechen durch mein Herz.

Keita, der jedes Mal in Schweiß ausbricht, wenn ihn jemand anspricht … der glücklich ist, wenn er in der Schule Social Games zocken kann … Und er soll mit der vom Himmel herabgestiegenen Karen Tendo ausgelassen Spaß haben …?

Oh Gott, so musste es sich anfühlen, wenn der Sohn lernt, auf eigenen Füßen zu stehen. Irgendwie wollte ich jetzt Keita als sein Vater die Hand auf die Schulter legen und ihm sagen: »Gut gemacht.« Aber das war ich ja nicht. Praktisch gesehen war Keitas Entwicklung jedoch beeindruckend. Natürlich hätte ich an seiner Stelle Karen gegenüber mehr Entschlossenheit gezeigt und Gefühle präsentiert. Aber, dass er so schnell gelernt hat, mit anderen reden zu können, ist absolut …

»Das lag an Aguri, oder?«

»…«

Karen sprach mich plötzlich an, sodass ich zusammenzuckte. Während sie neben mir herlief, lächelte sie mich an, als hätte sie sich irgendwo wieder gefasst. Das schien wohl das »Hauptthema« zu sein, über das sie heute reden wollte.

»Ich muss mich bei ihr bedanken. Dank ihr kann ich mit Keita überhaupt erst so eine schöne Zeit verbringen.«

»Ja, vielleicht …«

Ich fühlte mich zwar etwas durcheinander, aber das konnte ich akzeptieren. Nach einer kurzen Denkpause setzte ich bei dem Thema an.

»Na ja, bei Aguri könnte man ja auch sagen, dass sie sich etwas verändert hat.«

»Hm? Wie meinst du das?«

Das hübsche Mädchen trug ihre Tasche mit beiden Händen vor dem Rock und legte den Kopf schief. Es war eine Stimmung wie nicht von dieser Welt, und ich fühlte mich wirklich wie in eine entsprechende Szene aus einer Dating Sim versetzt. Ich räusperte mich und fuhr dann fort: »Also Aguri hat früher, wie soll ich sagen … um mir zu gefallen, sich immer voll tussimäßig aufgeführt.«

»Ah, na dass so was dein Fall ist, das passt echt wie die Faust aufs Auge.«

Dass sie gleich mit so einer Meinung um die Ecke kam, entlockte mir ein gezwungenes Lächeln.

»Hey, was denkt ihr Mädels eigentlich von mir? Was hab ich denn jetzt schon wieder gemacht?«

»Mann … soll ich dir echt noch erzählen, was du gemacht hast? Wann gibst du's endlich auf, du Perverser! Das ist echt das Letzte!«

»…«

Weil mich diese Absurdität vollkommen sprachlos machte, konnte ich die blonde Naturschönheit bloß anstarren. Ohne dass ich wusste warum, reagierte Karen nur mit einem »Ah« und bedeckte ihre Knie und Brust.

»W… Willst du mich jetzt mit deinen Blicken ausziehen?! Wie weit willst du noch sinken, damit du endlich zufrieden bist, Tasuku?«

»Wehren ist zwecklos. Akzeptiere die Verachtung.«*

Jetzt war ich sogar schon so verzweifelt, den Slogan eines gewissen Horrorspiels in abgewandelter Form zu zitieren. Was sollte denn das jetzt? Wenn ich den Mund aufmachte, war ich gleich unten durch, und wenn ich nichts sagte, genauso? Meine Beliebtheitsparameter spielten echt volle Kanne verrückt. Als hätte sie selbst gemerkt, dass sie da etwas übers Ziel hinausgeschossen war, räusperte sich Karen und kehrte zum Thema zurück.

»A… Also worum ging's noch mal? Ach ja, darum, dass du auf Frauen stehst, die sofort mit jedem ins Bett steigen!«

»In letzter Zeit wird irgendwie alles, was ich sage, in diese Richtung verdreht. Da fühl ich mich ja schon fast geehrt!«

»Sorry, mein Fehler. Du selbst steigst mit jeder ins Bett.«

---

* Anspielung auf die Spielereihe Forbidden Siren (PS 2/3) und deren Slogan: »Wehren ist zwecklos. Akzeptiere die Verzweiflung.«

»Immer noch falsch! Dass ich auf girliehafte Tussis stehe, glaubt doch nur Aguri!«

»Ach, und warum fängst du hier dann an, plötzlich deine Sexvorlieben auszupacken, Tasuku?«

»Das fragst du mich?! Ist das dein Ernst jetzt?!«

»Wenn ich mit dir rede, fühl ich mich manchmal, als wär ich in ein Labyrinth geraten.«

»Das glaub ich auch! Aber so was von!«

Wider Erwarten waren wir auf einer Wellenlänge, und so kehrte ich erst mal wieder zum Thema zurück.

»Auf jeden Fall wollte ich dir nur sagen, dass Aguri in letzter Zeit mit dem übertrieben tussihaften Gehabe aufgehört hat. Sie ist wieder etwas wie früher, als sie noch ernsthafter war.«

»Hm, und das hat mit Keita zu tun?«, fragte mich Karen etwas mysteriös. Ich antwortete mit einem gezwungenen Lächeln: »Keita lässt ja wohl das Herz von niemandem unberührt, ob in gutem oder schlechtem Sinn.«

»Stimmt.«

Ihre Antwort kam prompt. Na ja, schließlich gab es ja auch niemanden auf der Welt, der von Keita faszinierter war als sie.

»Und wenn man mit so jemandem über lange Zeit Beratungsgespräche in Liebesdingen führt, liegt jeder irgendwann seine oberflächliche Maske ab. In jedem Fall wird das Gespräch grundehrlich.«

»Ah ... da kannst du recht haben. So gab es für die wahre Aguri mehr Gelegenheiten, zum Vorschein zu kommen, und das wirkt sich gerade aus ...«

Karen legte einen Finger ans Kinn und nickte zustimmend. Anders als Aguri wirkte sie, als hätte sie was im Kopf. Na ja, andererseits reizte mich aber gar nichts an ihr. Eine Weile liefen wir wortlos durch diese menschenverlassene Luxusgegend und gaben uns jeder für sich den eigenen Gedanken hin. Keita war von Aguri stark beeinflusst worden und hatte sich rasch entwickelt. Und Aguri andererseits war durch Keita angeregt, selbst eine weitere Stufe auf der Leiter des Erwachsenwerdens hochgestiegen. Als wir uns objektiv vorstellten, in welcher Beziehung die beiden wohl zueinanderstehen würden, kam uns nur eine einzige Sache in den Sinn.

»…«

Zufällig trafen sich unsere Blicke und wir schrien so perfekt synchron, als hätten wir uns vorher abgestimmt:

»Ein perfekteres Pärchen kann es ja gar nicht geben!«

Ein Verhältnis, bei dem sie sich von Grund auf vertrauten, ab und zu miteinander rumalberten und auch wenn sie sich mal streiten sollten, sich gegenseitig als Menschen weiterentwickelten. Also wenn das nicht das perfekte Pärchen ist, was dann? Dass hier niemand war, nutzten wir als Vorwand, um unsere sonst gespielte ruhige Haltung über Bord zu werfen, und begannen, uns gegenseitig wüst zu beschimpfen.

»All das ist doch nur passiert, weil du deine Freundin nicht im Griff hattest! Du bist hier der Hauptübeltäter!«

»Das kriegst du nicht einfach so … sondern zehnfach zurück! Karen Tendo, dein Freund hat sich verdammt nochmal selbst nicht unter Kontrolle! Das hat man ja erst heute wieder gesehen! Wie war das mit seiner Ablehnung der Klubeinladung?«

»D… Das stimmt vielleicht, aber …! A… Aber seid ihr nicht schon über ein halbes Jahr zusammen?! Und du stehst immer noch nicht zu ihr? Was für ein Waschlappen bist du eigentlich?!«

»Argh … I… Ich wollte eben erst sehen, wie sich die Dinge entwickeln, und dann die Distanz langsam verringern …!«

»Du gibst also zu, dass du ein Weichei bist.«

»Du dumme Kuh! Dann sag mir mal, welchen ›Fortschritt‹ du in der Beziehung zu Keita bitte schon gemacht haben willst, seit ihr zusammen seid!«

»Ugh … W… Wir haben oft zusammen gezockt …«

»Gezockt? Hab ich mit ihm garantiert schon öfter!«

»A… Also stehst du doch selbst auf Keita …!«

»Was soll das heißen ›doch‹? Wer sagt das? Natürlich nicht! Das, was du mit Keita zusammen hast, kann man ja wohl kaum als Beziehung bezeichnen!«

»Okay, dann sag du mir jetzt, was du mit Aguri in dem halben Jahr gemacht hast!«

»D… Du willst doch nur irgendwelche schmutzigen Geschichten von mir! A… Aber schön … was … wir gemacht haben … Ähm … Wir waren zusammen im Game Center und …«

»…«

»Sag nichts … I… Ich weiß, ich weiß. Sorry. Aber ja, du hast recht. Aguri und ich sind wohl immer noch eher Freunde. Verdammt noch mal!«

Ich stampfte heftig mit dem Fuß auf und Karen ließ irgendwie niedergeschlagen die Schultern hängen.

»Streiten bringt doch nichts. Wir liegen auch so schon im Sterben, da können wir uns den zusätzlichen Psychoterror auch sparen.«

»Stimmt …«

Wir sahen uns gegenseitig an und nachdem wir einmal laut ge-seufzt hatten, machten wir uns mit schlurfenden Schritten wieder auf den Heimweg.

Als wir etwa zehn Sekunden schweigend nebeneinander herge-laufen waren, sagte Karen auf ein Neues: »Ehrlich gesagt habe ich nie geglaubt, dass Keita und Aguri uns betrügen.«

»Ja, ich weiß.«

Das war mir klar. Wir wussten beide nur zu gut, dass Keita und Aguri nicht abgebrüht genug wären, um uns fremdzugehen. Allerdings …

Karen fuhr fort: »Aber wenn ich darüber nachdenke, ob dieses gewisse ›etwas‹, das zwischen Keita und Aguri ist, auch zwischen mir und Keita sein könnte …«

»Ja … ich weiß, was du meinst.«

Karen und ich ließen instinktiv die Köpfe hängen. Es brachte ja nichts. Ich musste es deutlich aussprechen.

»Wir hatten keine Angst vor einem ›Seitensprung‹, sondern vor einer ›Niederlage‹. Stimmt's?«

»…«

Karens Gesichtsausdruck verzerrte sich beschämt. Aber trotz-dem nickte sie mir kurz zu. Ihre zarten Hände umfassten fest den Griff ihrer Tasche. Obwohl ich in meiner Brust wieder einen schreck-lichen Druck verspürte, klammerte ich mich an das spärliche Licht und redete weiter: »Aber findest du nicht trotzdem, dass wir alles ein bisschen zu schwarz sehen?«

»Was meinst du damit?«

»Es gibt ja wohl unendlich viele Sachen, die man als Pärchen nicht macht, aber dafür unter Freunden.«

»Ah, in meinem Fall wäre das dann so was wie ein zweistündiges TV-Special über Keitas Vorzüge?«

»Das lass bitte auch unter Freunden sein!«

Ihr Turteltäubchengehabe konnte sie immer noch nicht lassen. Ich fand das zwar abstoßend, machte aber weiter: »Na ja, aber sieh mal. Ihre ›Beratungsgespräche in Liebesdingen‹ sind doch wohl das perfekte Beispiel. Die könnten sie ja wohl schlecht mit ihren Partnern führen.«

»Also mir kann Keita alles erzählen …«

»Das ist ja schön und gut, aber … nimm zum Beispiel die Situation, bei der Keita dir ein Überraschungsgeschenk machen will, aber nicht weiß, was. Soll er dann auch dich fragen?«

»Ah, nein, da hast du wohl recht. Na ja, als Geschenk wünsche ich mir sowieso immer nur Keita selbst.«

»Manchmal möchte ich dich echt zum Mond schießen …«

»?«

Karen Tendo legte den Kopf leicht schief, so als wäre ihr selbst gar nicht bewusst, etwas extra Peinliches gesagt zu haben. I… Ihre Liebe war ja wohl nicht von dieser Welt! Zum ersten Mal machte ich mir Sorgen um Keitas Treue. Ich räusperte mich mit einem Husten und fing noch mal von vorn an.

»Mit anderen Worten, stehen wir und sie uns nicht im gleichen Ring gegenüber? Wir machen es auf unsere Weise und haben unsere eigenen Methoden, den Kampf noch zu wenden.«

»U… Und wie? S… S… S… Sag schon!«

»Ah, also … äh, ist das hier nicht schon dein Haus?«

Auf einmal standen wir vor einem Haus mit dem Namensschild »Tendo«. Das Haus war 'ne richtige Prunkhütte.

Doch Karen schien das nicht groß zu interessieren, denn sie redete weiter vornübergebeugt auf mich ein.

»Das ist doch jetzt egal! Erzähl mir lieber, wie wir die Dinge wenden können! Bitte, bitte! ZZ!«

»Ah, ja …«

Karen schaffte es, mich mit ihrer übermäßigen Energie mitzureißen, sodass ich ganz ruhig wurde und in mich ging.

Hey! Warum soll ich denn jetzt auf einmal Karen Ratschläge geben? Hatte ich nicht beschlossen, Chiakis Verbündeter zu sein?

Doch ehe ich mich versah, war ich versehentlich zu dieser Zeit und an diesem Ort zu Karens verbündetem Gesprächspartner geworden.

War es denn schlecht, es jedem recht machen zu wollen?

Ich kritisierte mich zwar so unbewusst selbst, aber wenn ich andererseits sagte, es wäre richtig, Karen hier die kalte Schulter zu zeigen, fühlte sich das auch falsch an.

Das ist fast wie in einem Fighting Game. Während des Kampfes durfte man absolut nicht schludern, aber sich hinterher Tipps zu den eigenen Stärken und Schwächen in Form eines Analysetreffens zu geben, wäre doch das Gleiche.

Ich hatte nicht im Geringsten Bock drauf, hier und jetzt zu Karens Verbündetem zu werden. Auf meine bedingungslose Unterstützung konnten nur Chiaki und Keita zählen. Aber trotzdem hatte ich keine Lust, die Chance verstreichen zu lassen, uns gegenseitig zu helfen.

Ich bin nicht nur Chiakis Verbündeter ... Zuerst mal bin ich Aguris Freund.

Innerlich setzte ich der Sache so vorläufig ein Ende und ... und drehte mich zu Karen um.

»Wir müssen zwischen ›Partner‹ und ›Freund‹ eine klare Trennlinie ziehen. Und dafür gibt es nur genau eine Methode.«

»U... Und die wäre ...?«

Karen musste kräftig schlucken. Jetzt, da wir schon einmal hier waren, gab es keinen Weg zurück mehr.

Wiiieee? Mir egal!

Auch um mich selbst zu ermutigen, beschloss ich beherzt, diesen Gedanken – den sofortigen Wendepunkt im Kampf von Freund und Freundin - mit einer anderen Person zu teilen.

»Wir müssen für vollendete Tatsachen sorgen.«

Keita Amano

Es war ein Herbstabend und ich kam gerade aufgewärmt aus dem Bad. Doch etwas ließ mich sofort erschaudern.

»Ei... Ein Doppeldate?«, fragte ich verblüfft.

»Ja, was hältst du davon?«

Während ich mir meine noch nicht mal vollständig trockenen Haare mit einem Headset an den Kopf drückte, lächelte mich Karen von meinem Monitor so wie immer engelsgleich an. Ich hatte mir ein Handtuch um den Hals gelegt. Und während ich mir damit sinnlos die Schläfen trockenrubbelte, ließ ich unbewusst meinen Blick schweifen.

»Hm, also das ... Ähm ... Wie soll ich sagen ...«

Weder mein Kopf noch meine Zunge funktionierten richtig und ich brachte kein Wort heraus. Unser Videogespräch heute war ursprünglich gar nicht geplant und so war ich supernervös, als ich Karen in ihrem Schlafanzug sah. Außerdem hätte ich es nie für möglich gehalten, in meinem Leben mal mit dem Wort »Doppeldate« konfrontiert zu werden. Dass so ein einsamer Nerd wie ich da gleich Herzrasen bekommt, war ja klar. Meine Freundin kannte meinen Charakter ja nur allzu gut und erklärte davon unbeeindruckt weiter: »Doppeldate klingt vielleicht ein bisschen zu hochtrabend. Ich meine damit, dass wir noch Tasuku und Aguri einladen und dann was zusammen unternehmen.«

»Wenn du es so sagst, klingt es ja eigentlich wie eine Erweiterung unserer üblichen Game-Vereinstreffen …«

Abgesehen davon, dass Chiaki nicht dabei war, war da kein großer Unterschied zu sonst. Aber irgendwas juckte mich da heftig am Rücken. Nach kurzem Zögern beschloss ich Karen einfach meine Gefühle zu offenbaren.

»A… Aber ein Doppeldate … findest du nicht, Leute, die so was Freches machen, sollte man gleich in 'ne Jauchegrube stecken?«

»Nein, finde ich nicht!«

Gegen meine voreingenommene Einstellung protestierte Karen aufs Heftigste. Na ja, ich konnte sie verstehen. Ich verstand sie schon, aber … Auch ich konnte meine Gefühle nicht einfach so über Bord werfen.

»Kann man eigentlich jemandem, der 'ne Beziehung hat, verzeihen, wenn sie finden, dass andere nervige Normalopärchen explodieren sollten? Na ja, man sollte das abhängig von ihrem Charakter machen, oder?«

»Nein, ich denke ganz und gar nicht so mies über die Pärchen dieser Welt!«

»Aber die Leute, die auf Doppeldates gehen ... das hat doch schon wirklich nichts mehr mit dem Charakter zu tun. Auf die wartet doch nur die Jauchegrube!«

»Ich verstehe kein Wort von dem, was du redest, Keita!«

»Kurz gesagt, für uns ist ein Doppeldate-Ereignis ein Schwerverbrechen sondergleichen!«

»Wen meinst du denn mit ›uns‹? Du hast doch selbst schon eine Freundin!«

»Aber ... Aber ... es gibt trotzdem eine Grenze, die wir nicht überschreiten dürfen!«

»Was soll jetzt dieser eiserne Wille in deinem Blick? Der erinnert mich an deine Absage an meine Klubeinladung! Da bekomm ich total Herzklopfen, obwohl ich das nicht will! Du kannst mich echt um den Finger wickeln, Keita!«

»K... Karen ...«

»Keita ...«

Eine liebliche Stimmung hüllte uns ein. Ich lachte und mit einem knappen »Also dann« wollte ich schon das Gespräch beenden, als ...

»Wann machen wir denn jetzt das Doppeldate?«

»Ts!«

Obwohl ich mit Karen sprach, schnalzte ich instinktiv mit der Zunge. Karen war schon halb genervt.

»B... Bist du etwa so sehr gegen die Vorstellung, Keita?«

»Nein ... Also ... Na ja, Scherz beiseite ... das wär mir einfach unglaublich peinlich.«, sagte ich ehrlich, während ich mich an der Backe kratzte. Karen wurde etwas rot im Gesicht.

»Ich würde auch lügen, wenn ich sagen würde, dass mir das kein Stück peinlich ist. Anders als ein normales Date wirkt ein Doppeldate fast wie aus einer anderen Dimension.«

»G… Genau! Wenn wir es vermasseln, könnte das Doppeldate sogar noch heftiger werden als 'ne Hochzeit oder Geburt!«

»Nein, so weit kommt es bestimmt nicht. Ähm … Aber dann … bleibst du also dabei und lehnst ab?«

»…«

Angesichts ihrer erneuten Frage wich ich instinktiv mit meinem Blick aus. Ich wollte auf ihren Wunsch als Mann antworten. Und doch gab es eben Prinzipien, von denen ich nicht abrücken konnte. Genau wie ich die Einladung in den Game-Klub abgelehnt hatte, musste ich hier standhaft bleiben und meinen eisernen Willen …

Dann sah ich auf dem Bildschirm Karen, wie sie mit nach oben gerichtetem Blick unruhig in meine Richtung schaute.

»Es klappt also … auf keinen Fall?«

Sie war so unfassbar niedlich. Ehe ich mich versah, sprang ich auf und rief: »Natürlich komme ich mit! Doppeldates sind das Beste!«

In diesem Moment kehrte Karens Lächeln wieder in ihr Gesicht zurück und mit einem »Das freut mich« begann sie mir ihren schon vorher ausgearbeiteten Doppeldate-Programmablauf vorzustellen.

»Okay, wir treffen uns am Samstagvormittag gegen 10 vor dem Eingang des ›Spiel-Kingdom‹. Ach ja, die Eintrittskarten haben mir meine Eltern über ihre Kontakte beschafft, also keine Sorge. Ich würde nur jeden bitten, die Bahn- und Essenskosten selbst zu bezahlen. Bist du damit einverstanden, Keita? Irgendwelche Fragen?«

»Hä? Äh, nein, eigentlich nicht …«

»Das ist schön. Ich freu mich auf Samstag. Gute Nacht, Keita.«

»Hä? J… Ja, gute Nacht, Karen …«

In diesem Moment endete das Gespräch plötzlich, ohne irgendeinen besonderen Nachklang zu hinterlassen. Ich starrte noch eine Weile geistesabwesend auf meinen Computermonitor.

Sollte das heißen, dass Tasuku und Karen am Ende doch …

Ich atmete heftig und mein Kopf fing an wehzutun.

Sich zu sehr an diesem Liebesthema festzubeißen, schlauchte mich schon … aber das hier …

Ich griff in aller Ruhe nach meinem Handy, das ich neben mir abgelegt hatte, und in diesem Augenblick … rief mich Aguri an.

*

Es war am frühen Morgen des nächsten Tages und wir trafen uns vor der Schule im Schnellrestaurant.

»Ich weiß echt nicht, was Tasuku im Schilde führt.«

Neben mir stützte Aguri ihren Ellbogen auf den Tisch und hielt sich den Kopf. Anscheinend hatte sie letzte Nacht kaum geschlafen und hatte daher breite Augenringe.

Ich hingegen war zum ersten Mal morgens in einem Schnellrestaurant. Von der Atmosphäre komplett eingenommen, vertiefte ich mich in die morgendliche Speisekarte, die ich ja sonst nie zu Gesicht bekam.

»Aguri, Aguri! Man kann hier morgens an der Getränkestation für eine kleine Gebühr sogar Toast bekommen! Wow, als Erwachsener hat man's echt gut!«

»Du scheinst ja echt die Ruhe weg zu haben, Keitachi …«, sagte Aguri verbittert und mit leblosem Gesicht.

Ich schaute von der Speisekarte auf und antwortete freudestrahlend: »Ja, klar! Aber …«

»Aber?«

»Aber Karen und Tasuku haben vor mir verkündet, dass sie ein ›Date‹ im großen Stil aufziehen wollen! Panik zu schieben, bringt ja auch nichts mehr. Das ist das totale Game Over! Ha ha ha!«

»Ich nehm alles zurück. Dir geht's ja noch dreckiger als mir! K… Kellner! Ein Morgenmenü bitte! Für ihn hier mit ausgezeichnetem Toast und einem kräftigen Kaffee! Bitte so schnell wie möglich!«

Keine Ahnung warum, aber Aguri hatte für mich bestellt. Hach, wie nett sie doch war. Ich war das erste Mal morgens hier und wurde gleich zu einem Morgenmenü eingeladen! Mit einem Lächeln dankte ich Aguri.

»Hach, als Henkersmahlzeit noch mal richtig lecker essen. Wie gut ich es doch habe …«

»Was soll das denn, Keitachi? ›Henkersmahlzeit‹? Reiß dich mal zusammen! We… Wenn du willst, kannst du auch gerne deine Handygames spielen! Hörst du?«

»Okay, ich nehm dich beim Wort … Dann erst mal *Girl Friend Beta** …«

»Geht's noch? So ein Titel in deiner jetztigen Lage? Du stehst wohl auf Schmerzen, was?!«

»Nein, stehe ich nicht. Ich würde es mir doch nie erlauben, meine Freundin in dem Game mit Karen zu vergleichen.«

»Du bist echt nicht mehr zu retten, Keitachi. Reiß dich zusammen! Du bist jetzt Karens Freund, steh dazu!«

* Dating Sim von CyberAgent.

»Aguri, du hast zwar ›Freund‹ gesagt, aber ›Clown‹ gedacht, stimmt's?«

»Du leidest echt unter schwerer Paranoia, Keitachi! Ich hab gar nichts gedacht! Quäl dich nicht!«

»Wer quält sich hier? Was redest du da?«

»Das ist echt lahm, Keitachi! Reiß dich zusammen, Mann!«

»Was denn? Ich bin ganz ruhig! Hier, sieh dir doch mal mein Smartphone an, Aguri. In nur einer Nacht hab ich so oft ›Miso‹* ins Notepad getippt!«

»Mit dir geht's echt bergab! Wörter wie ›Tod‹ oder ›Liebeskummer‹ hätte ich ja noch verstanden, aber das?!«

»Aber Miso ist doch lecker!«

»Hör mal Keitachi, ich glaub langsam echt, dass in deinem Oberstübchen nicht mehr alles so richtig funktioniert! Wenn das Morgenmenü kommt, nimm erst mal 'nen großen Schluck Kaffee! Klar? Das wird dir helfen.«

»O... Okay ...«

Aguri verhielt sich komisch. Dabei war ich doch so gut drauf und ruhig. Aguri wirkte doch viel eher erschöpft als ich. Und Miso war einfach lecker. Wie es mir Aguri empfohlen hatte, trank ich einen Schluck Kaffee und biss in meinen Toast. Und in diesem Moment wurde ich plötzlich von einem traurigen Gefühl übermannt.

»Hach ... dass sich Karen mit Tasuku treffen will, macht mir ganz schön zu schaffen.«

»Hey! Ist doch gut, Keitachi. Kopf hoch!«

»H... Hä? Nein, ich bin grad echt voll depri und so ...«

»Ja, aber ich finde es gut, dass du dieses Gefühl wieder in normale Bahnen zurückgelenkt hast!«

---

* Japanische Sojabohnenpaste, die zum Kochen benutzt wird.

»Äh, okay ...«

Ich verstand nur Bahnhof. Aber, keine Ahnung, ob es vielleicht Kaffee und Toast waren, die meinen Magen füllten, ich fühlte mich auf einmal merkwürdig wach. Wow, dieses Morgenmenü war echt der Hammer. Während ich mir so voller Energie die Backen mit Toastbrot vollstopfte, schaute mich Aguri so herzlich an, als wäre sie meine Mutter.

»Wenn es nur dir wieder besser geht, Keitachi, geht es mir auch gut ...«

»Was soll das denn? Ist ja eklig. Könntest du dich vielleicht mit was anderem beschäftigen?«

»Die Trotzphase! Da kümmer ich mich einmal zu oft um ihn und schon ist der Junge in der Trotzphase!«

»Ha ha ha, war nur ein Witz ... Also, ähm, danke, Aguri.«

Ich kratzte mich an der Wange, als ich mich entschuldigte. Aguri seufzte nur laut und mit einem »Echt mal ...« stützte sie sich mit dem Ellbogen auf den Tisch. Sie schnitt die Hälfte von meinem Toast ab, nahm sie sich einfach und mit einem Happs war sie in ihrem Mund.

»Na ja, du hast mich ja auch mehr oder weniger aufgemuntert, also sind wir wohl quitt. Oder war das vielleicht sogar von Anfang an dein Ziel, Keitachi?«

»Aguri, Aguri! Diese Situation jetzt ... Ein Oberschüler, der mit einem Mädchen im Schnellrestaurant ein Morgenmenü verputzt und danach mit ihr zur Schule geht, hat in der Normalowelt doch schon ein ziemlich hohes Level erreicht! Oder? Oder?«

»Eher nicht ...«

Aguri wirkte zwar genervt, lächelte mich aber immer noch so entspannt an, als wäre sie eine fürsorgliche Mutter. Ich freute mich zwar, dass sie so herzlich war, aber da wir ja im gleichen Alter waren, kam das auch ein bisschen seltsam rüber. Na ja, auch das zerfloss alles vor der Euphorie, hier mein Morgenmenü zu essen. Während ich mich so weiter meiner einfachen Freude hingab, fuhr Aguri mit einem »Na ja ...« fort.

»Für mich ist es ehrlich gesagt auch das erste Mal ... morgens in einem Schnellrestaurant meine ich.«

»Was? Echt jetzt? Hätte ich nicht gedacht. Für mich warst du immer eine echtes Schnellrestaurantflittchen.«

»Keitachi, du nimmst auch echt kein Blatt vor den Mund, was? Es stimmt schon, dass ich mir hier oft die Zeit vertreibe, aber ich kam morgens noch nie extra her«, sagte sie und zog diesmal den Teller meines Morgenmenüs zu sich rüber und begann dann genüsslich, eins meiner zwei Spiegeleier zu verputzen. Für mich war es jetzt eh zu spät, also machte ich mir nichts draus. Unser Verhältnis hatte schon fast etwas Familiäres. Ich schlürfte meinen Kaffee und beobachtete geistesabwesend die Pendler draußen vor dem Fenster.

»Immer noch mache ich viele Sachen mit dir zum ersten Mal, Aguri. Daran hat sich nichts geändert.«

»Das kann ich genauso sagen, Keitachi. Selbst mit Tasuku war ich noch nicht hier.«

»Das auch! Ein Mädchen und ein Junge, die zusammen Morgenkaffee trinken ...«

»Ja, stimmt, stimmt. Wie so ein klammerndes Pärchen aus 'nem 90er Jahre Idol-Popso...«

Plötzlich stoppte Aguri mitten im Satz und legte ihre Gabel vorläufig auf den Teller. Auch ich stellte meinen Kaffee wortlos auf die Untertasse.

»…«

»…«

Und so lag Schweigen zwischen uns. Für zehn Sekunden. Wir blickten uns mit weit geöffneten Augen an und riefen, wie um uns gegenseitig zur Verantwortung zu ziehen, mit aller Kraft:

»Das ist ja wirklich so!«

Wir hielten uns so stark am Tisch fest, dass das Besteck klirrte. Im Restaurant ging es morgens ohnehin recht geräuschvoll zur Sache und so erweckten wir nicht allzu viel Aufmerksamkeit. Unsere Sitznachbarn schauten allerdings verstohlen zu uns herüber. Zur Entschuldigung verbeugten wir uns kurz vor ihnen, setzten dann unser Gespräch in ähnlich energischem Tonfall aber mit gemäßigter Lautstärke fort.

»Warum mache ich mit dir eigentlich so viele erste Erfahrungen?«

»Das kann ich dich genauso fragen, Keitachi! Wie viele erste Male willst du mir eigentlich noch klauen, bis du zufrieden bi…«, sagte Aguri, brach dann aber ab, weil der Büroangestellte neben ihr seinen Unmut durch lautes Husten zum Ausdruck brachte. Wir fuhren unsere Lautstärke also noch ein Stück zurück und steckten nun nach vorn gebeugt die Köpfe zusammen.

»In letzter Zeit fragt mich Karen irgendwie immer öfter, wie ich zu dir stehe, Aguri. Könntest du bitte damit aufhören! Wenn ich's mir recht überlege, dann treffen wir uns doch schon am frühen Morgen, um uns heimlich beim Essen näherzukommen!«

»Was für ein Zufall, Keitachi! Gerade eben habe ich diesen Punkt selbst bereut! Dass ich mit dir seelenruhig alle möglichen

Sachen durchziehe, die ich mit Tasuku noch nie gemacht habe! Unglaublich, dass ein vergebener Typ jedes Mal sofort angerannt kommt, wenn man ihn ruft!«

»Moment mal, aber wenn ich nicht gekommen wäre, hättest du dich doch auf jeden Fall aufgeregt, Aguri! Das heißt, ich hatte doch gar keine Wahl! Das war höhere Gewalt!«

»Aber hast du nicht eh schon mit deinem Leben abgeschlossen?«

»Natürlich nicht! Was sind das für üble Unterstellungen? Ich hab in meinem Leben noch viel vor! Ich hab auch Wünsche und Potenzial!«

»Meinst du jetzt im BL-Sinn?«

»Das ist mein voller Ernst! Nicht im BL-Sinn, sondern ganz normal! Das heißt, im Umgang mit Frauen …«

Als ich das sagte, starrte mich Aguri mit einem irgendwie strengen Blick an, so als wäre sie in Alarmbereitschaft, und verpasste sich selbst eine Umarmung.

»Keitachi, du denkst auch nur an das Eine.«

»…? Ah, verstehe. Du siehst mich also nur als irgendeinen Trottel, der bei unserer Beziehung bloß unanständige Gedanken hat?«

»Du brauchst jetzt wohl auch noch 'ne Erklärung! Hach … nein, nein, ich war überrascht, dass du mich wirklich kein bisschen als Frau siehst.«

»Und was ist dann mit mir? Siehst du mich denn als Ma…«

Noch bevor ich meinen Satz beenden konnte, raschelte Aguri in ihrer Tasche herum.

»Häääh? Ah, ich weiß. Als ich vorhin auf der Toilette war, muss ich da wohl mein Schminktäschchen liegengelassen haben. Hm … Sorry, Keitachi, würdest du mal nachsehen gehen!«

Ich akzeptierte Aguris plötzlichen Botengang und sprang reflexartig vom Sitz auf.

»Da bin ich wieder ... Was sollte die Falle denn?! Beinahe hätte mich die Polizei mitgenommen!«

»Hä? ... Oh, ach so. Du kannst ja gar nicht in die Damentoilette rein, Keitachi!«

»Ich hab sehr gut verstanden, als was du mich siehst, danke auch!«

Das war der vorläufige Beweis, dass Aguri und ich uns gegenseitig kein Stück wie Mann und Frau sahen. Wir starrten uns gegenseitig an, nur um dann gleichzeitig laut zu seufzen.

»Eine Beziehung wie unsere, bei der nicht mal ein Fünkchen Risiko zum Seitensprung besteht, ist auch selten.«

»Stimmt. Deshalb ist es umgekehrt vielleicht schwierig, unsere eigenen Aktionen im Blick zu haben.«

Verstehe, das konnte gut sein. Weil wir uns gegenseitig überhaupt nicht als Mann und Frau sahen, kam uns auch gar nicht der Gedanke in den Sinn, ob wir jetzt dieses oder jenes mit dem anderen Geschlecht tun sollten. Wenn es beispielsweise um die Hoshinomori-Schwestern ging, müsste ich mehr oder weniger auf der Hut sein. Es war zwar nicht so, dass ich an den beiden besonders interessiert gewesen wäre, aber zumindest sah ich sie ganz normal als Mädchen an. Wenigstens gab es da keinen lockeren Körperkontakt. Mit Aguri hingegen redete ich und sie mit mir schon Klartext, seit wir uns kennengelernt hatten. Für mich war sie schon fast wie ein Familienmitglied. Es war unmöglich, bei so jemandem die Alarmglocken dann läuten zu können, wenn eine Aktion Seitensprungpotenzial hatte. Wenn ich mit meinem Bruder allein in meinem Zimmer war, dachte ich mir ja auch nichts dabei. So war es auch hier.

Aber gerade deshalb.

Aguri grummelte seufzend: »An der Sache bin ich wohl auch nicht ganz unschuldig.«

»Aguri …«

Aguri war eben Aguri und schien genau wie ich zu denken, dass diese Einladung auf ein Doppeldate schon fast so was wie ein »Game-Over-Ereignis« war.

So musste es sein. Aber wenn man normalerweise etwas mit seinem Partner unternehmen wollte, würde man doch unter sich bleiben. Ein Doppeldate … da konnte ich mir eigentlich nur Fälle vorstellen, bei denen ein Pärchen noch in der Anfangsphase war und sich allein zu zweit noch nicht recht in die Öffentlichkeit traute oder im Gegenteil zwei Pärchen, die sich untereinander supergut verstanden und ihren Gruppenzusammenhalt perfektionieren wollten. Aber in unserem Fall hatten wir Pärchen doch jeweils schon mehrere Dates hinter uns. Und dass wir Pärchen jetzt untereinander die dicksten Kumpels wären, konnte man auch nicht sagen. Besonders Karen und Aguri beäugten einander noch immer misstrauisch. In dieser Situation extra ein Doppeldate vorzuschlagen, mussten also Karen und Tasuku zusammen ausgeheckt haben. Kein Zweifel. Und auch die wahre Absicht dahinter war sonnenklar, wenn man die Umstände in Betracht zog.

Das hieß …

»Es ist doch klar: Das Doppeldate soll im Vergnügungspark stattfinden, weil Karen mit Tasuku und Tasuku mit Karen dort Spaß haben will, oder?«

»…«

Als ich ihr meine Schlussfolgerung verkündete, nickte Aguri nur schweigend und pikste mit ihrer Gabel auf dem Teller rum. Während ich trocken lachte, so als würde ich mich selbst verspotten, starrte ich die über den Tisch verstreuten Brotkrümel an.

»Wenn wir sicherstellen wollen, dass Karen … dass unsere Partner glücklich sind, sollten wir vielleicht so langsam die Tatsachen akzeptieren und uns von der Bildfläche verabschieden.«

»…«

Aguri hörte sich an, was ich zu sagen hatte, und begann nun wortlos auf mein Spiegelei einzustechen. Aber tatsächlich hatte sie diesmal überhaupt nichts auszusetzen. Obwohl ich bisher … nein, obwohl wir erkannten, wem die Liebe unserer Partner gehörte, machten wir uns doch immer noch etwas – man könnte sagen, vorausschauend – vor, indem wir beschlossen, uns trotzdem so sehr anzustrengen, wie es in unserer Macht stand. Aber wenn sich Karen und Tasuku wirklich gegenseitig liebten, würden wir doch in jedem Fall ihr gemeinsames Glück sabotieren. Falls die beiden noch Zweifel an ihren Gefühlen füreinander hatten, wäre das zwar in Ordnung, aber weil sie sich nun mal wie jetzt nach außen hin so gaben, mussten wir darauf gefasst sein.

Darauf … dass es mit unserer Liebe … aus sein würde. Aguri stocherte mit ihrer Gabel heftig im Eigelb herum.

»Bist du eigentlich damit zufrieden, Keitachi?

Aguri starrte mich mit ernsthaftem Blick an. Während ich diesen auf direktem Wege erwiderte, ballte ich meine Hände auf dem Tisch zur Faust.

»Wohl kaum. Wie könnte ich damit zufrieden sein. Aber wir haben keine Wahl. Jetzt, da die Dinge nun mal so sind …«

»Du sagst also, dass wir aufgeben sollen? Für die beiden?«

»Also …«, murmelte ich unwillkürlich. Das so deutlich ausgesprochen zu hören, war hart. Ich konnte nicht anders, als eine Beklemmung in der Brust zu spüren. Ich wusste zwar nicht, ob hier so ein übertriebenes Wort wie »gebrochenes Herz« zutreffen würde, aber wenn ich mich daran erinnerte, wie viel Spaß wir bei unseren Gesprächen und Dates miteinander hatten, wurde es mir doch irgendwie zum Heulen zumute. Als ich mir verzweifelt auf die Lippe biss, sagte Aguri diesmal in einem supernetten Ton: »Also, verliebt zu sein, ist eine wichtige Sache. Auch wenn wir unsere Liebe – deine und meine Liebe gegenüber den beiden – ein Stück weit hochhalten, brauchen wir uns nichts vorzuwerfen.«

»Was meinst du damit?«

Als ich nach oben schaute, lächelte mich Aguri unerwartet an. Sie war echt tough.

»Na ja, wenn uns die beiden sagen, dass sie sich trennen wollen, weil sie jemand anderen gefunden haben, wird uns das wohl oder übel ganz schön mitnehmen. Aber so weit ist es noch nicht. Angenommen, wir werden zu 99 Prozent abserviert, haben wir immer noch das Recht, ein wenig weiterzukämpfen.«

Bei diesen Worten spürte ich, wie in meiner Brust ein schwaches Feuer entzündet wurde.

»Also so, wie man weiterkämpft, obwohl man im neunten Inning schon zwei Outs hat und mit zehn Punkten zurückliegt. Man glaubt an den Sieg und nimmt sich das Recht, den Schläger zu schwingen, richtig?«

»Hm, ja. Und so schafft man dann mit ganzer Kraft ein Strikeout*. Und selbst wenn man verliert, und das gilt auch für uns, geht man doch zumindest mit einem guten Gefühl vom Platz.«

* Wenn der Pitcher einen Schlagmann mit drei Strikes ins Aus schickt.

»Aguri …«

Ihr Lächeln drang mir wirklich ins Herz. Sie war einfach nur super. Und zwar so sehr, dass ich schon fast geblendet wurde. Ich war wirklich, wirklich glücklich, dass ich mich mit ihr beraten konnte. Und das war wahrscheinlich der letzte Ratschlag, den ich von ihr bekam, die ich von ganzem Herzen respektierte. Es war absolut klar, dass ich ihrem Rat folgen musste. Ich wischte mir mit dem Handrücken die langsam in meinen Augenwinkeln hervortretenden Tränen weg und erwiderte Aguris Lächeln, um nicht hinter ihr zurückzustehen.

»Alles klar! Ich werde mich auch mit ganzer Kraft … bei diesem Doppeldate reinhängen!«

»Gut gesagt! Das ist die richtige Einstellung, Keitachi! Braver Junge!«

Aguri lehnte sich vornüber und tätschelte ziemlich grob meinen Kopf.

Als sie damit fertig war, meine Haare zu zerzausen, sagte ich:

»Aber, was ist, wenn wir mit unserem Einsatz gar nichts erreichen? Was machen wir dann? Am Tag des Doppeldates können wir dann ja nichts mehr …«

»Hm … ist deine Frage echt ernst gemeint? Keitachi …«, antwortete Aguri, während sie mit ihrer Gabel das Spiegelei aufspießte und in die Luft hob.«

Ah, das war mein Teil …

»… wir brauchen einen Homerun, um alles rumzureißen. Und dafür bleibt uns nur eines.«

»Nur eines? Und … Ah, mein Spiegelei!«

In diesem Moment machte sie den Mund weit auf, beförderte das Spiegelei mit einem Happs hinein und kaute genüsslich darauf herum.

Nachdem sie dann schließlich auch noch meinen Kaffee hinunter-geschüttet hatte, knallte sie den Becher auf den Tisch und schrie:

»Wir müssen für vollendete Tatsachen sorgen.«

Chiaki Hoshinomori

»Was? Du willst an diesem Wochenende in den Vergnügungs-park?«

»Genau!«

Ich unterbrach meine Arbeiten an dem Free Game, das ich gera-de entwickelte, und drehte mich um. Auf meinem Bett saß Konoha und lächelte mich an. Sie war gerade aus dem Bad gekommen und hatte um ihre nassen Haare ein Handtuch gewickelt.

»Schließlich hast du doch Zeit, oder?«

»N… Nein, nein, nein, hör mal, Konoha, wie oft soll ich dir noch sagen, dass meine freien Tage im Prinzip schon komplett mit ›Ga-mes‹ und ›Gameentwicklung‹ vollgestopft sind …!«

»Hm? Also hast du Zeit.«

»Immer diese Leute, die Indoor-Hobbys nicht verstehen …«

Als ich anfing zu schmollen, lachte Konoha nur und mit einem »Sorry, Sorry!« kreuzte sie die Beine. Unter ihren Pyjama-Shorts war ihr Slip gut sichtbar.

»…«

W… Was sollte das? Selbst mich, ihre Schwester, schockier-te ihr teuflisches Verhalten! Meine kleine Schwester umgab immer noch eine merkwürdig erotische Aura, die eigentlich nicht zu ihrem fleißigen Charakter passen wollte. Seltsam. Wirklich sehr seltsam.

Konoha redete seufzend weiter: »Also, ich verstehe ja, dass du deinem Indoor-Hobby Zeit widmen willst.«

»Wohl kaum. So ein ausgiebiges Hobby wie ich hast du doch gar nicht.«

»Doch, wenn ich frei habe, spiele ich Ero... Ähm, ja, du hast eigentlich recht. So ein ausgiebiges Hobby hab ich nicht ...«

Keine Ahnung warum, aber plötzlich schaute Konoha zu Boden und fuhr fort: »A... Auf jeden Fall ... kannst du doch auch mal einen Tag auf deine Games verzichten, oder? Heute habe ich vom Vorstand der Schülerversammlung sechs Freikarten für das ›Spiel-Kingdom‹ bekommen. Sie sind noch zwei Wochen gültig. Da fällt es doch gleich leichter, die Prioritäten anders zu setzen, was?«

»Ja ... vielleicht, aber ...«

Konohas Argumente waren einfach zu vernünftig, sodass ich keinen Ton mehr rausbrachte. Aber trotzdem ließ ich nicht locker und wollte etwas sagen. »A... Aber ...«

»Das versteh ich ja. Aber wir müssen ja nicht unbedingt zu zweit hingehen. Du kannst doch genauso gut mit deinen Freundinnen ... ja, sogar mit dem Vorstand der Hekiyo-Schülerversammlung selbst hingehen, oder?«

Mein ehrlicher Vorschlag sorgte nur dafür, dass Konoha genervt den Kopf schüttelte.

»Ich soll mit den hübschen Mädchen der Hekiyo-Schülerversammlung auf ein Date gehen? Wer will denn heutzutage noch Ereignisse aus ›Seitokai no Ichizon‹* sehen? Das ist doch schon total ausgelutscht!«

»Ko... Konoha, mit wem willst du dich hier anlegen?«

---

* Eine andere Serie von Sekina Aoi, in der es um die Schülerversammlung der Hekiyo Oberschule geht.

»Schnee von gestern ist so was! Als ›Date‹ getarnt bringt man einzelne Gag-Dialoge und Harem-Entwicklungen unter, um massig Seiten vollzukriegen. Nur drittklassige Light-Novel-Autoren würden so was bringen. Ich bin diese öden Vergnügungspark-Ereignisse langsam echt leid!«

»Ja, aber, jetzt sag doch mal, Konoha, wen versuchst du hier zu provozieren und was hast du davon?! Hm?!«

»Aber so ein innovatives und verdammt simples Ereignis wie ›Schwestern bei der vorherigen Überprüfung eines Vergnügungsparks‹ würde doch jedem gefallen!«

»Tut mir leid, Konoha. Wenn das so ist, dann finde selbst ich, die Moe eigentlich hasst, diese Harem-Vergnügungsparkereignisse eines drittklassigen Light-Novel-Autors vom Entertainment-Faktor her viel besser!«

»Nein, nein, du verstehst das nicht, Chiaki. In dieser Industrie ist es absolut notwendig, irgendwas Charakteristisches zu haben, das nicht Mainstream ist. Anders gesagt, gerade die eigenen Wünsche des Entwicklers sind das I-Tüpfelchen!«

»Oh, Konoha, jetzt redest du wirklich dreisterweise so wie ein Light-Novel-Autor, der sich nur selbst das Leben schwer macht.«

»Das sagt gerade die Richtige! Du als <Nobe> machst dir doch erst recht das Leben schwer!«

»Hmpf ... D... Das mache ich ja nicht absi...!«

»Ach ja, Chiaki, wollen wir nicht so langsam den Quatsch lassen und ernsthaft reden?«

»Du stellst es ja so hin, als hätte ich damit angefangen!«

Zu meinem Erstaunen kippte Konoha ihre Milch in einem Zug runter und setzte mit einem Hüsteln dann neu an.

»Ehrlich gesagt habe ich auch keine Lust, meine wertvolle Freizeit mit meiner griesgrämigen Schwester im Vergnügungspark zu verschwenden.«

»Hast du es als dein Hobby entdeckt, in alle möglichen Richtungen um dich zu schießen?«

»Ah, tut mir leid, Chiaki. Das mit ›griesgrämig‹ war nicht so gemeint. Ähm ... sieh mal ... Na ja, ich liebe dich doch, Chiaki!«

»Willst du mir so noch mal einen draufgeben?«

»Viel wichtiger ist doch jetzt, griesgrämige Schwester ...«

»Das war's. Unser Gespräch ist beendet!«

»Okay, du kannst auch ruhig für fünf Minuten was zocken.«

»Deine Versuche, die Stimmung aufzuheitern, sind echt unglücklich. Wenn du denkst, dass ein Gamer schon zufrieden ist, nur weil er spielen kann, dann irrst du dich gewaltig ... Oh, ich hab eine Mitteilung aus meinem Social Game, die SP aufzufüllen! Warte mal kurz, Konoha.

Etwa fünf Minuten später.

»Hach, ein Glück, dass es Games gibt, Konoha! Also, wo waren wir? Wir wollten zusammen in den Vergnügungspark, stimmt's? Wah, ich freu mich so!«

»Was ist denn mit dir los? Du bist ja aufgedrehter als ich! Hast du dir während des Zockens was eingeschmissen?!«

»W... Wenn ich aufhören will, kann ich es jederzeit! Jawohl!«

»Ja, das sagen Junkies auch! Aber egal jetzt. Machen wir weiter.«

Konoha räusperte sich und kehrte zum Thema zurück.

»Wie ich vorhin schon gesagt hab, geht es mir bei unserem Ausflug in den Park jetzt um eine ›vorherige Überprüfung‹, um das ›Hauptevent‹ planen zu können.

»Hauptevent? Wovon redest du da?«

Als ich meinen Kopf zur Seite neigte, streckte mir Konoha ihre üppige Brust entgegen und verkündete feierlich: »Natürlich um eine ›vorherige Überprüfung‹, um das ›Hauptevent‹, mein Date mit Keita, sicherzustellen.«

»Wa…«

Bei dieser Erklärung blieben mir die Worte im Hals stecken. Konoha kreuzte die Beine wieder über dem Bett und blickte mich irgendwie herausfordernd an.

»Anders als ihr hab ich nicht die geringste Lust, das Timing zu verpassen oder sinnlos auf Zufälle zu warten. Was ich mir vorgenommen habe, ziehe ich auch durch.«

»Hä? B… Bist du etwa in Keita verliebt, Konoha?«

»Hm? Schwer zu sagen. Weiß ich auch nicht so genau.«

»Hä?«

»Na ja, ich hatte ja noch nie eine echte Liebesbeziehung und so.«

Soll das heißen, dass sie eine »unechte« schon hatte? Oder hatte sie vielleicht irgendwann schon mal eine Dating-Sim gespielt? Aber nein, Konoha doch nicht.«

Leicht durcheinander fragte ich nach: »Und warum willst du dann mit Keita auf ein Date gehen?«

»Was für eine dumme Frage, Chiaki. Natürlich weil ich Interesse habe.«

»Interesse? An Keita?«

»Genau.«

»Hm … meinst du wissenschaftliches Interesse, welche Nahrung man wohl zu sich nehmen muss, damit eine Bohnenstange so gut gedeiht?«

»Wofür hältst du Keita und mich eigentlich, Chiaki? Mit ›Interesse‹ meine ich … Ja, kein biologisches Interesse an seinem Körper, sondern, ähm, natürlich an seinem Charakter.«

Wieder wich Konoha meinem Blick aus, als sie antwortete. Interesse an seinem Charakter … Hm … Ich verschränkte unwillkürlich meine Arme.

»Ich hab mich das schon die ganze Zeit gefragt … Wie viel hast du mit Keita eigentlich zu tun? Mir ist klar, dass du als Fake-Nobe und wegen der Sache mit dem Liebesgeständnis an Tasuku mit ihm hin und wieder gesprochen hast, aber dass dein Herz auch so an ihm …«

Konoha schaute mich immer noch nicht an, als sie mir irgendwie gequält antwortete.

»I… Ich und Keita … A… Also … Ja, wie soll ich sagen … Wir sind uns tief in der Seele verbunden …«

»Se… Seele? Ähm … Hat das was mit einem früheren Leben oder so zu tun?«

»N… Na ja, vielleicht teilen wir viele Erinnerungen an eine frühere Welt (Ero-Games) …«

»A… Auf einmal bist du ja total spirituell! Ich wusste ja gar nicht, dass meine Schwester so mysteriöse Erfahrungen macht! Erzähl mir mehr!«

»D… Das ist nichts, was man anderen erzählen sollte … wirklich nicht!«

»Da hast du vielleicht recht. Solche Themen sind vielleicht zu sensibel. Ähm … also wenn ich erst mal sage, dass Keita dir irgendwie nicht mehr aus dem Kopf geht … Trifft es das?«

»J… Ja! Das trifft es!«, bestätigte mir Konoha vornübergebeugt und mit einem freudigen Gesichtsausdruck, so als wäre sie gerade gerettet worden. Wieso wollte sie so sehr verhindern, dass wir uns über Erinnerungen aus einem früheren Leben unterhielten?

Ich respektierte Konohas Wunsch und bohrte nicht weiter nach, aber da war noch eine andere Sache, die mich nicht losließ.

»Aber was dieses Date betrifft, das dir ›nicht mehr aus dem Kopf geht‹ …«

»Du lässt aber auch nicht locker, Chiaki …«, murmelte Konoha, während sie zu Boden blickte. Ich erwiderte nur: »Was meinst du damit?«

Daraufhin hob Konoha den Kopf. Anders als bei meiner Frage vorhin lächelte sie nun mit einem gewissen Selbstvertrauen.

»Für mich heißt, sich zu ›verlieben‹ doch nur, dass man geistesabwesend auf etwas gewartet hat. Ich nehme meine Liebe selbst in die Hand.«

»Konoha …«

Bei ihrer Energie fühlte ich mich ganz klein.

Ich brachte keinen Ton heraus und so kniff Konoha nun etwas die Augen zusammen und verkündete: »Aber ich bin ja nicht die Einzige, die diese ›vorherige Überprüfung‹ machen kann, nicht wahr, Chiaki?«

»…«

»Also dann …«

Konoha sprang vom Bett auf. Sie ging auf die Tür zu, sagte nur: »Gute Nacht, Chiaki«, und wollte gerade das Zimmer verlassen, als … ich leise murmelte: »Ich komme mit …«

»Was? Hast du was gesagt, Chiaki?«

Sie musste es ja verstanden haben, so gehässig, wie sie jetzt nachfragte.

Mit leicht rotem Kopf ballte ich resignierend die Hände vor der Brust zu Fäusten und verkündete Konoha mit entschlossenem Blick:

»Bitte … Bitte lass mich auch zu dieser ›Vorbesichtigung‹ mitkommen!«

Karen Tendo

Das Spiel-Kingdom. Es lag zwar total abgeschieden und damit sogar noch außerhalb der Vororte der Stadt, sodass man mit dem Bus noch etwas über eine halbe Stunde durch ländliche Gegenden fahren musste, doch sein Areal war riesig und die Atmosphäre einer anderen Welt im Vergnügungspark bis ins Detail perfektioniert. Das Hauptmotiv des Parks war die Rekonstruktion einer mittelalterlichen deutschen Stadt. Als Gamer fühlte man sich an eine Burgstadt aus einem RPG erinnert, die nach etwa der Hälfte des Spielverlaufs vorkommt. In puncto Entertainmentfaktor konnte es zwar nicht mit Disneyland oder den Universal Studios Japan mithalten, aber genau deshalb herrschte dort eine eher entspannte Atmosphäre, weshalb dieser lokale Vergnügungspark besonders gerne von Familien am Wochenende besucht wurde. Das war also das »Spiel-Kingdom«. Ehrlich gesagt war die Zahl der Attraktionen gering und veraltet. Sie waren simpel und man könnte sagen, dass Teenager dort eigentlich kein Stück abgeholt wurden. Und doch …

»Viva Spiel-Kingdom!«

Als Keita und ich nur einen Schritt in den Park gesetzt hatten, rissen wir die Hände in den Himmel, unsere Augen begannen zu funkeln und mit purer Begeisterung betrachteten wir das Stadtbild.

»Hach, wie so 'ne schlichte RPG-Stadt, wie auf halber Strecke der Story! Von sowas krieg ich nie genug!«

»Ja, total, ich könnte hier auch immer wieder herkommen!«

»Ich hab keinen Schimmer, warum die beiden jetzt so aufgedreht sind«, murmelte Aguri, die langsam hinter uns lief und angesichts unserer übereifernden Begeisterung uns nur genervt mit zusammengekniffenen Augen ansah. Tasuku neben ihr rang sich ein gezwungenes Lächeln ab, war im Grunde aber ihrer Meinung.

»Na ja, der Vergnügungspark hier ist schon ziemlich krass, wenn man auf RPGs steht.«

»Aber trotzdem, wie kommen die auf ›schlicht‹ und wieso ›auf halber Strecke der Story‹?«

»Ähm, also … na ja, es ist eben weder die übliche Großstadt im letzten Akt eines RPGs und auch nicht das ländliche Dorf, in dem man normalerweise startet. Daher erinnert das hier wirklich an eine Stadt, die man nach der Hälfte der Spielzeit erreicht.«

Tasukus Erklärung stimmten Keita und ich mit einem perfekt aufeinander abgestimmten »Genau!« zu.

»Wegen dieser wirklich toll ausbalancierten Mittelmäßigkeit sind wir doch gerade so aus dem Häuschen!«

»Genau! Diese Aura dieser Stadt ist so perfekt getroffen! Und es ist gerade gut, dass wir uns nicht dieser riesigen pompösen Stadt aus dem letzten Akt stellen müssen!«

»Ja, genau! Du hast wieder mal recht, Keita!«

»Du doch auch, Karen! Verstehst du meine Aufregung etwa?«

»Ja!«

Dann klatschten wir uns als Pärchen ab. Und Aguri, die jetzt ein noch genervteres Gesicht machte, verlangte von Tasuku eine Erklärung.

»Ähm ... verstehst du, warum die so komisch drauf sind, Tasuku?«

»Nein, ich bin da ganz bei dir. Ich zock zwar auch Games, aber die zwei Über-Nerds sind auch mir zu heftig.«

»Okay, da bin ich ja beruhigt. Die beiden haben echt ein Rad ab, was?«

»Ja, das kannst du laut sagen.«

Das war schon ziemlich unhöflich, was die uns da an den Kopf warfen, doch uns interessierte das kein Stück. Denn das hier war ganz bestimmt der feuchte Traum eines jeden Gamers!

Keita murmelte tief bewegt: »Mann ... das ist hier wie ein VR-Erlebnis! Irgendwie billig, aber fühlt sich trotzdem real an. Das Gefühl soll nie vergehen, Karen!«

»Du hast ja so recht, Keita. Hier, sieh mal, diese Steinstatue, was für subtile Makel sie hat, die nicht ausgebessert wurden! Ich liebe diesen Realismus ...!«

»Wie recht du hast!«

»Hör mal, Tasuku, ich hab das starke Bedürfnis, die zwei sofort auf den Mond zu schießen!«

»Beruhig dich, Aguri! Ich versteh total, wie du dich fühlst! Niemand versteht dich besser als ich! Seit wir hier sind, ignorieren die uns völlig. Von wegen, Doppeldate. Wir sind doch nur Bekannte, die zufällig im gleichen Bus saßen wie sie!«

Hinter uns fing das andere Pärchen plötzlich an, sich zu streiten. Keita und ich sahen uns an und mit einem Seufzer war es um unsere Freude geschehen. Ziemlich genervt drehten wir uns zu den beiden um.

»Müsst ihr zwei euch immer sofort streiten?«

»Und wer ist wohl dran schuld?!«

Die beiden schauten uns verärgert an. Wie armselig, eifersüchtig zu sein, nur weil wir uns gut verstanden. Keita und ich verhielten uns wie Erwachsene und mit einem »Los geht's« nahmen wir Aguri und Tasuku lächelnd mit in den Bereich des Parks, wo die Fahrattraktionen aufgebaut waren. Während wir den großen Platz vor dem Eingang durchquerten, blickte ich verstohlen zu Tasuku hinter mir. Und obwohl er energisch mit Aguri plauderte, nickte er mir leicht zu. Ich erwiderte sein Nicken.

Alles verläuft nach Plan.

Unser Date hatte zwar gerade erst angefangen, aber eigentlich liefen allerlei Dinge jetzt schon aus dem Ruder. So konnte man sich wenigstens freuen, dass unser Doppeldate störungsfrei begonnen hatte. Ich hielt mir die Hand vors Gesicht und blickte nach oben in den Himmel. Es war perfektes Wetter ohne eine einzige Wolke. Trotzdem brachte der Herbstwind angenehm kühle Luft mit sich. Besseres Wetter für ein Date konnte es eigentlich gar nicht geben. Ich beobachtete Keita, der neben mir lief. Als ich ihn auf das Date einlud, schien er nicht besonders begeistert zu sein, aber auch er lachte jetzt völlig befreit. Und auch Aguri, die seit der Ankunft hier ständig genervte Sticheleien vom Stapel ließ, hatte sich gefangen und jetzt richtig gute Laune. Der beste Beweis dafür war, dass sie nun ganz ungezwungen mit Tasuku plauderte. Ich rieb mir unwillkürlich die Hände, da sich nun alles so erfolgreich entwickelte.

Dass sie alles mitmachen würden, ganz genauso wie Tasuku und ich es geplant haben ... Heute muss mein Glückstag sein.

Ehrlich gesagt waren Tasuku und ich nicht besonders überzeugt davon, dass alles glattlaufen würde, und hatten unser Doppeldateprogramm entsprechend konzipiert. Es war ja nicht auszuschließen, dass es auch eine ziemliche Enttäuschung hätte werden können.

Wir haben die wildesten Katastrophenszenarien durchgespielt, angefangen bei Regenwetter und dem Super-GAU, dass nur ich und Aguri gekommen wären bis hin zum plötzlichen Tod von Tasuku ...

Als wir das Ereignis dann einweihten, ging unser Doppeldate still und friedlich und mit wunderbarem Wetter gesegnet vonstatten. Auch wenn es gerade erst begonnen hatte, konnten Tasuku und ich doch nicht abstreiten, schon jetzt eine merkwürdige Befriedigung zu verspüren. Aber der Hauptgang sollte ja erst noch folgen. Es war Zeit für mich, in den nächsten Gang zu schalten.

»Okay, so viele Attraktionen gibt's zwar nicht und viel Zeit ist auch nicht da, daher schlage ich vor, sie einfach der Reihe nach auszuprobieren. Was haltet ihr davon?«

Mein prompter Vorschlag bezweckte nur, dass Aguri und Keita in Panik verfielen. Aber dann stimmten sie mit einem »Geht klar« zu, so als hätten sie keinen besonderen Grund gehabt, zu protestieren.

»Vielen Dank. Okay, wollen wir dann?«, sagte ich mit einem Lächeln und im nächsten Moment nahm ich meinen Mut zusammen und griff nach Keitas Hand.

»Ähm ,..!«

Keita hörte sich seltsam an und obwohl er ziemliche Schweißhände bekam, drückte er meine Hand ganz fest. Auch wenn es immer noch unbeholfen wirkte, fand ich es auch irgendwie männlich. Leugnen war zwecklos. Ich liebte ihn über alles.

Das Pärchen Tasuku und Aguri hinter uns begann nun auch wie geplant Händchen zu halten. Aber im Gegensatz zu uns wirkten sie dabei wie Profis. Na ja, bei ihnen hing zwar auch nach einem halben Jahr noch eine gewisse Nervosität in der Luft, aber so schlimm wie bei uns war es nicht. Während Keita und Aguri sich gerade mehr auf die Hände konzentrierten, die sie hielten, führten Tasuku und ich über unsere Blicke einen Wortwechsel.

Alles verläuft nach Plan. So setz ich mich auf einen Schlag durch, Tasuku …!

Hmpf, mich schlägst du nicht, Karen. Dies ist im Prinzip ein Wettkampf! Ein Kampf, in dem wir unseren jeweiligen Charme als Mann und Frau entfalten können …!

Seine Gefühle gingen auf mich über und während ich mich an unsere gemeinsamen strategischen Planungen erinnerte, nickte ich plötzlich.

Stimmt. Unser Ziel ist auf jeden Fall …

Ja. Unser Ziel ist …

Und da sahen wir unsere jeweiligen Begleiter mit scharfem Blick an!

… dass unsere Partner uns von sich aus während des Dates näherkommen!

*

Tasuku und ich hatten unseren jeweiligen Partnern gegenüber ein chronisches Krisenbewusstsein. Liebten Keita und Aguri uns eigentlich wirklich? Natürlich hörten wir von ihnen gelegentlich ein »Ich liebe dich«. Der Gedanke daran beruhigte uns. Aber am Ende waren das auch nur Worte. Bevor sich Keita und Aguri so ungewöhnlich distanziert verhielten, waren diese Worte schon leere Hüllen und hatten Glanz und Überzeugungskraft verloren. Gerade deshalb wollten wir eines so sehr, dass wir dafür hätten sterben können. Und das war nichts anderes als für »vollendete Tatsachen« zu sorgen. Der Beweis unserer Beziehung. Und das meinte ich nicht einseitig. Letztlich hing es davon ab, was sie selbst wollten. Ihnen nur übermäßig unsere Gefühle aufzudrängen, konnte ja wohl kaum als Beweis herhalten. Aber wenn sie – in meinem Fall Keita mir gegenüber – von selbst aktiv werden würden ... Doch wir glaubten selbst nicht groß daran. Einen Beweis, der alle unsere Unsicherheiten vertreiben würde, gab es nicht. Aber trotzdem ... Tasuku und ich hatten nicht vor, einfach abzuwarten. Damit unsere Partner die Fronten wechselten, mussten wir uns von unserer maximal besten Seite zeigen. Wenn wir sie einfach nur hätten verführen wollen, dann wäre es wohl effektiver gewesen, mehrere Einzeldates aneinanderzuhängen. Aber diesmal ging es ja darum, dass sie klar von sich aus aktiv werden würden.

Bedauerlicherweise gehörten sowohl Keita als auch Aguri zu der Sorte Mensch, die man wohl Spätentwickler nennen würde. Bei Keita erklärte sich das ja wohl von selbst. Aguri hingegen wirkte vielleicht auf den ersten Blick leicht zu haben, aber zog man in Betracht, dass sie in dem halben Jahr, in dem sie zusammen waren, kein Stück vorangekommen waren, war doch offensichtlich, dass sie das Herz eines »reinen Mädchens« hatte. Jemanden wie sie dazu zu bringen, nach einem oder zwei Dates aus sich rauszugehen, war äußerst schwierig. Aber sowohl Keita als auch Aguri konnten in vielerlei Hinsicht bestimmt sein. Man brauchte sich nur anzuschauen wie Keita die Einladung in den Game-Klub ausschlug oder Aguri, wie sie Keita in letzter Zeit in Schutz nahm, und es war offensichtlich. Wenn sie davon überzeugt waren, jetzt in diesem Moment dieses oder jenes tun zu müssen, hatten sie die Stärke, das auch auf direktem Wege durchzuziehen.

Unsere Lösung war also simpel. Wir machten kein normales Date, sondern ein Doppeldate und kontrollierten absichtlich die Zeiten, in denen wir nur zu zweit waren! Wir würden versuchen, sie zu verführen, wogegen sie wiederum mit der Begründung, dass wir ja in der Öffentlichkeit seien und nicht einfach so miteinander rummachen könnten, heftig protestieren würden. Und nach dieser Verwirrung würden wir uns mit einem »Okay, dann hier!« eine klare Chance auf eine »Zeit zu zweit« verschaffen. Zugegebenermaßen auf eine sehr kurze Zeit. So müssten Keita und Aguri eigentlich von selbst aktiv werden. Genau.

Sie würden uns wollen. Das heißt, genau das würde uns als Paar zusammenschweißen.

Und so nutzten Tasuku und ich das Spiel-Kingdom als Schauplatz für einen heftigen Pheromonangriff. Und obwohl uns das total peinlich war und wir rot anliefen, bereiteten wir unsere jeweiligen Partner vor.

Während wir durch den Park liefen, stolperte ich und fiel Keita in die Arme. Als wir alle vier Softeis aßen, wischte Tasuku das verschmierte Eis an Aguris Lippe einfach so mit dem Zeigefinger ab. Obwohl ich vor Achterbahnen überhaupt keine Angst hatte, hielt ich mich trotzdem ganz fest an Keitas Arm fest …

In unserer Mittagspause versuchte sich Tasuku entschlossen an einem »Kabedon*« bei Aguri, verpasste das Timing aber komplett und erntete so nur schallendes Gelächter von seinem Umfeld.

Und dann kam unsere erste Chance, eine Fahrt im Riesenrad mit jedem Pärchen in einer Kabine. Ich rief mit einer total hohen Stimme »W… Wie hoch! Ich hab so Angst!«, doch Keita reagierte nur mit einem verlegenen »E… Echt?«, was die Stimmung total kaputtmachte. Und bei Tasuku … Er brachte bei dem Versuch, auf den Sitz neben Aguri zu rutschen, das Gleichgewicht durcheinander, was sich zu einem verunglückten zweiten Kabedon entwickelte und zwischen den beiden wieder eine unglaublich peinliche Atmosphäre hervorrief. Am Ende waren unsere beiden Aktionen im Riesenrad im totalen Desaster geendet und doch hatten Tasuku und ich unseren Kampfgeist noch lange nicht verloren. Denn außer dem Riesenrad gab es im Spiel-Kingdom noch eine andere tolle Pärchenattraktion, die uns eine Chance verschaffen konnte. Sie hieß …

Chiaki Hoshinomori

»Couple Dungeon?«

»Genau!«, nickte Konoha fröhlich und breitete ihre Karte des Parks auf einer Bank aus.

---

* Kabedon: Häufiges Handlungselement in Romance-Mangas und Light Novels. Der männliche Protagonist drängt seine weibliche Angebetete mit ausgestrecktem Arm an eine Wand und stützt sich an dieser ab. Oft findet in dieser Situation ein Liebesgeständnis des Protagonisten statt.

Während ich den Zuckerspeicher meines erschöpften Körpers mit einer Limo wieder auffüllte, starrte ich gedankenverloren in den Himmel. Es war früher Nachmittag.

Bin ich müde …

Schon seit dem Morgen hatten wir eine Attraktion nach der anderen ausprobiert und um ihre »Date-Tauglichkeit« zu testen. Einige auch mehrmals. Und mittags bestellten wir alle möglichen Gerichte, um sie zu vergleichen, was auf Kosten der Pause ging. Als chronische Stubenhockerin war ich ja sowieso schon nicht die Fitteste und jetzt also todmüde. Ich sah meine Schwester neben mir an. Konoha sah das hier wohl schon als Probedate an, denn sie hatte sich in schicke Klamotten geworfen, die viel Haut zeigten. Doch im Gegensatz zu ihrem femininen Äußeren hielt sie in der rechten Hand ein Churro, dessen Geschmack sie mit einem ordinären »Schmeckt zum Kotzen« kommentierte, es aber dennoch mampfend in sich reinstopfte. Woher nahm sie nur diese gewaltige Energie? Ich hatte noch vom Mittagessen den Magen voll und konnte mir das nicht ansehen. Also ließ ich schlaff den Kopf hängen. Doch da sah ich einen weißen Oberschenkel und war für einen Moment überrascht.

Ach ja. Konoha hat mir heute ja die Klamotten aufgezwungen, die für meinen Geschmack viel zu freizügig waren.

Instinktiv versuchte ich meinen Rock mit einem Ruck in die Länge zu ziehen. Doch Konoha starrte mich von der Seite aus an und so zog ich ihn mit einem gequälten Lächeln wieder zurück und beschloss, mich mit etwas anderem abzulenken.

»Ähm, also, also, weil, weil … ähm … na ja! Wa… Was ist denn dieses Couple Dungeon eigentlich?«

»Ah, eine sehr gute Frage!«

Konoha stopfte sich den Rest ihres Churros in den Mund, faltete die Parkkarte zusammen und hielt mir den Teil vor die Nase, in dem das besagte Couple Dungeon beschrieben wurde. Noch während ich mir das durchlas, begann Konoha selbst mit ihrer Erklärung.

»Wie da beschrieben ist, handelt es sich beim Couple Dungeon um eine Attraktion, die man zu zweit durchquert und erforschen kann.«

»Ah, ist das so wie ein Geisterhaus? Dann würde ich lieber verzichten …«

Auf den Beispielfotos waren ein Mann und eine Frau zu sehen, die sich in Richtung Dunkelheit aufmachten. Weil ich mir naiverweise gleich eine Horrorattraktion vorstellte, wurde mein Gesicht kreidebleich. Ich machte zwar auch Games mit Horrorelementen, aber erschreckt wurde dabei niemand. Konoha jedoch schüttelte nur den Kopf.

»Hm, nicht ganz. Es stimmt schon, dass man mit unsicheren Schritten durch die Dunkelheit läuft, aber viel mehr als der Schockaspekt steht im Mittelpunkt, dass man seinem Partner mit seinem Verhalten Mut macht.«

»Was meinst du damit?«

»Hier, sieh mal auf dem Foto. Siehst du die Kopfhörer, die das Pärchen aufhat?«

»Ja, du hast recht.«

Jetzt, wo sie es sagte, das Pärchen auf den Fotos trug Kopfhörer, auf denen mittig ein schwach beleuchtetes Logo »G« zu sehen war.

Konoha fuhr mit ihrer Erläuterung fort.

»Die Kopfhörer sind komplett schallisoliert.«

»Was? Es ist nicht nur dunkel und man sieht nichts, sondern man kann auch nichts hören?«

»Genau das ist ja der Witz daran, Chiaki.«

Konoha erzählte das so stolz, als hätte sie die Attraktion gebaut und es wäre ihr Baby.

»Das heißt, als Zweierteam verlässt man sich auf den Tastsinn und die Wärme der Hand, die man hält.«

»Ah, verstehe, verstehe. Das, das ist also eine speziell auf Pärchen zugeschnittene Attraktion.«

Als ich nur unschuldige Bewunderung zeigte, sah mich Konoha entnervt an.

»Chiaki, hast du eben überhaupt zugehört, was ich gesagt habe?«

»Was? A... Aber solche Attraktionen, die für Normalos gedacht sind, haben doch mit mir ...«

»Stell dir doch einfach vor, dass du mit Keita zusammen da reingehst.«

»Waaaaas?«

Für einen Moment entfaltete sich in meinem an Vorstellungskraft reichem Gehirn der pure Wahnsinn. Ich und Keita, wie wir zusammen in der Dunkelheit händchenhaltend den Weg aus dem Dungeon suchen ...

»Konoha, ich glaube ich habe eben die Bedeutung von ›Glück‹ verstanden.«

»In letzter Zeit versteckst du deine Gefühle ja gar nicht mehr, Schwesterherz.«

»Ah, i... ich hab aber gar keine bestimmten Gefühle für Keita! Darum kommt der Couple Dungeon mit Keita überhaupt nicht in die

Tüte, aber wenn du mich so sehr ärgern willst, dann mach ich es halt und nehme noch die Karte für den Besuch nächste Woche an …«

»Was soll das denn, Schwesterherz? Das kann man ja nicht mal mehr als Tsundere*-Verhalten bezeichnen. Ich kauf dir das nicht ab. Langsam nervt es auch. Da will ich dir die Karte ja gar nicht mehr geben …«

»Wa… A… Aber … Schnüff … Schnüff …«

»Sch… Schon gut! Ich geb sie dir! Ich geb dir die Karte ja, Chiaki! Verzeih mir!«

»Was?! Wirklich, Konoha? Hach … A… Aber ich geh ganz bestimmt auf kein Date mit Keita. Egal, was du sagst!«

»Hach, Chiaki, ich hab dich echt wieder total lieb, mein Schwesterherz!«

Konoha gab mir plötzlich eine herzliche Umarmung. Die anderen Leute, die gerade über den Platz liefen, sahen uns schon komisch an.

»Ko… Konoha! Das ist mir peinlich! Hö… Hör bitte auf!«

»Sorry, Chiaki, aber ich war eben voll gerührt.«

»Das klingt ja wie 'ne Liebeserklärung! Konoha?! We… Wenn uns jetzt hier jemand sieht, den wir kennen …!«

»Ha ha ha, du machst dir echt zu viele Gedanken. Du und deine Freunde macht euch immer gleich in die Hosen, aber dass man jemand, den man absolut nicht sehen will, zum schlechtesten Zeitpunkt trifft, so was passiert doch in echt gar nicht!«

»Chiaki …? Und Konoha?«

»Hä?«

---

* Tsundere: Charaktermerkmal in der japanischen Popkultur. Die Figur spielt nach außen hin zickig und abweisend, denkt in Wahrheit aber ganz anders.

Als wir so plötzlich angesprochen wurden, verharrten wir Schwestern in einer ›Girls Love‹-mäßigen Pose und schauten und gegenseitig an. Wie befürchtet stand da Keita und wollte gerade seine Hand ausstrecken, zog sie dann aber wieder zurück. War er nur nähergekommen, um uns anzusprechen? Und hinter ihm sah ich Karen, Tasuku und Aguri. Mit anderen Worten, das All-Star-Team von allen, die mich hier so auf keinen Fall sehen durften.

»…«

Die Luft im Park gefror. Sowohl ich als auch Konoha versteinerten und konnten uns nicht mehr bewegen. Die einzelnen All-Stars sahen sich unbeholfen an und riefen dann alle zusammen die gleichen Worte:

»L… Lasst euch Zeit …«

»Wartet!«

Wir versuchten verzweifelt zu verhindern, dass sie sich aus dem Staub machten, und begannen verärgert, die Umstände zu erklären.

Keita Amano

»J… Ja, ich finde es toll, wenn sich Schwestern gut verstehen, Chiaki.«

»A… Aber ich sag doch, es ist nicht so, wie du denkst! Hast du mir überhaupt zugehört?!«

Es waren zehn Minuten vergangen. Nach unserem Ortswechsel in den Pausenbereich mit seinen aufgereihten Getränkeautomaten plauderten wir mit den Hoshinomori-Schwestern, die wir zuvor zufällig getroffen hatten. Während ich mir Chiakis verzweifelte Ausreden anhören musste, hatte Konoha gerade hinter uns ihr erstes Kennenlernen mit Tasuku und Aguri. Als …

»Ähm … Konoha?«

»…«

»Ähm … Also … Hab ich dich vielleicht auf dem falschen Fuß erwischt oder so?«

»Hey, komm nicht näher, Ekel-Task. Du bist widerlich!«

»Ekel-Task?! Widerlich?!«

Tasuku wurde durch den Schock kreidebleich. Konoha auf der anderen Seite blickte ihn finster an, so als würde sie ihrem Erzfeind gegenüberstehen. Daneben waren Karen und Aguri wie versteinert und wussten nicht, was sie tun sollten. Als Chiaki und ich uns in die Augen sahen, fragte ich sie leise nach einer Bestätigung.

»Ähm … Sieht Konoha Tasuku eigentlich immer noch als Aufreißertyp, der zwar eine Freundin hat, aber auch bei Karen und dir nichts anbrennen lässt?«

»J… Ja. Ich widerspreche ihr da ab und zu ja auch, aber wenn ich ihn ständig ohne konkrete Beweise in Schutz nehme, dass er ja kein schlechter Kerl sei, hätte ich nur das Gegenteil erreicht.«

»Ja … Dann kommt gleich der Normalo in ihm raus, der die naive große Schwester kinderleicht um den Finger wickelt …«

Na ja, so ganz falsch lag sie damit nicht. Chiaki liebte Tasuku. Aber in letzter Zeit wurden feine Nuancen offensichtlich. Wir lächelten uns gezwungen an und da schaute Tasuku in meine Richtung, so als wollte er, dass ich ihm zu Hilfe komme.

Ich wollte ihm ja wirklich gern helfen, aber wenn ich das tat, machte ich nur denselben Fehler wie Chiaki.

Während sich unter uns eine merkwürdige Anspannung ausbreitete, räusperte sich Karen mit einem Hüsteln und zog die Aufmerksamkeit aller auf sich.

»W… Warum seid ihr eigentlich hier?«

»Hä?«

In diesem Moment schauten die Hoshinomori-Schwestern mich kurz an und wussten nicht, was sie sagen sollten. Als sie die beiden so sahen, wurden diesmal Karen und Aguri aus irgendeinem Grund zu gedanklichen Höchstleistungen angetrieben und kniffen die Augen zusammen. Konoha wiederum veränderte als Reaktion darauf ihren Gesichtsausdruck und schaute jetzt klug aus der Wäsche. Man könnte sagen, sie aktivierte den »Kompetente-Schülersprecherin-Modus«.

»Habt ihr ein Problem damit, dass wir Schwestern an unserem freien Tag in den Vergnügungspark gehen? Schließlich verstehen wir uns super. Viel eher könnte ich euch fragen, warum ihr Chiaki ausschließt, obwohl sie mit im Game-Verein ist und nur zu viert hierherkommt! Also?«

»Hmpf!«

Karen und Aguri schüttelte es. Irgendwie war da eine explosive Atmosphäre zwischen den Mädchen. Ich, der nur mit offenem Mund dastand, und der deprimierte Tasuku wurden einfach links liegengelassen. Während wir die Situation gar nicht richtig auffassen konnten, führten die Mädchen über ihre Blicke Krieg. Karen hatte sich, wie um es allen Menschen in ihrem Umfeld stolz zu präsentieren, adrett ihre schönen blonden Haare hochgekämmt. In letzter Zeit war es mir aufgefallen, dass Karen auf ihre eigene Art den »Karen-Tendo-Schalter« umlegen konnte und bei diesem Verhalten musste es kurz bevorstehen.

»Hm, das tut mir leid, Konoha. Aber wir wollten Chiaki doch gar nicht ausschließen. Es ist nur so … wie soll ich sagen … wir vier sind nun mal auch zwei Pärchen und …«

»Hmpf!«

Jetzt waren es die Hoshinomori-Schwestern, die unisono aufstöhnten. Aber warum nahm jetzt auch Chiaki Schaden? Sie wirkte doch gar nicht wie der Typ, der sich einen Freund wünschte … Chiakis Schaden entfachte das Feuer in Konoha nur noch weiter und sie schaute Karen und Aguri offensichtlich herausfordernd an.

»Das heißt, das ist ein Doppeldate? Aha, ein Doppeldate also … Da sind wir Singles aber auch mal doppelt neidisch. Ein Doppeldate, was …«

»Ugh …!«

Diesmal nahmen nicht nur Karen und Aguri, sondern auch ich und Tasuku Schaden. Das war einfach nur superpeinlich, wie sie uns mehrmals »Doppeldate« an den Kopf schmiss! Als Reaktion auf ihren wahllosen Angriff erhob nun tatsächlich auch Aguri ihre Stimme, so als könnte sie nicht länger ertragen, wie schroff ihr Freund behandelt wurde.

»Ja, genau so ist es! Das hier ist ein Doppeldate. Mit anderen Worten, ein Date, an dem zwei Pärchen teilnehmen! Ähm … wollt ihr nicht auch mitmachen?«

»Ugh?!«

Die Hoshinomori-Schwestern nahmen großen Schaden. Dieser rundenbasierte Kampf wurde auf Leben und Tod geführt. Ich fragte mich, ob eine Normalogruppe wohl ständig solche Bauchschmerzen hatte. Obwohl ich dafür ein wenig Respekt übrighatte, zeigte mir schon ein Blick auf Tasuku, dass das auf keinen Fall der

Normalbetrieb sein konnte. Weil ich vergleichsweise wenig Schaden genommen hatte, blieb mir wohl nichts anderes übrig, als die Wogen zu glätten, in vollem Bewusstsein darüber, dass das eigentlich nicht meine Art war.

»Ähm, jetzt sind wir schon mal alle hier, wollen wir dann nicht einfach zusammen Spaß haben und uns dabei besser kennenlernen?«

»Der Außenseiter gibt uns Ratschläge!«

»Wie gemein!«

Ich erntete von allen, Karen eingeschlossen, diesen üblen Konter und nahm den größten Schaden, seit wir hier angekommen waren. Ich wurde also auch von meiner Freundin als Außenseiter wahrgenommen … Das war mir neu. Also gab es auf der Welt auch Außenseiter, die trotzdem eine Freundin hatten … Hm …

Ich war unübersehbar deprimiert und so erkannten meine Freunde, dass sie zu weit gegangen waren, und machten sich sofort Sorgen um mich.

»D… Du hast recht, Keita! Sich hier ewig im Pausenbereich zu verquatschen, ist doch nur reinste Zeitverschwendung!«

»S… Stimmt, Karen. Chiaki und ich haben auch noch einige Attraktionen, die wir sehen wollen.«

»Echt? Wo wolltet ihr denn als Nächstes hin?«

»Ähm, ähm, da ist diese Couple Dungeon genannte Attraktion …«

»Wah, was für ein Zufall. Wir haben auch gerade darüber geredet, da jetzt hinzugehen!«

Keine Ahnung wieso, aber jetzt plauderten alle ganz freundlich miteinander, schauten mich dabei aber immer wieder kurz an. Irgendwie schien jetzt alles in bester Ordnung zu sein. Ich verstand nur Bahnhof. Ich seufzte einmal laut und um meine Stimmung zu bessern, klinkte ich mich ins Gespräch ein und lächelte die Schwestern an.

»Hey, bevor wir über die Zukunft reden, lasst uns doch erst mal zum Couple Dungeon gehen!«

»Klar!« »Lass uns gehen!« »Einverstanden!«

»Hä …?«

Aus irgendeinem Grund versteinerte sich die Miene von Karen und Tasuku. Als ich fragend meinen Kopf zur Seite neigte, wurden die beiden leicht panisch und versuchten, alles abzustreiten.

»J… Ja, klar, wieso nicht? Da bin ich auch dabei, Keita!«

»J… Jo! Gehen wir zusammen! Überhaupt kein Problem!«

»E… Echt? Wenn doch, wär es auch …«

Obwohl ich bei den beiden eine gewisse Zurückhaltung spürte, drängte ich Konoha und die anderen dazu, aufzubrechen. So verließen wir den Pausenbereich und schlenderten in Richtung Couple Dungeon.

Karen und Tasuku hielten sich etwas hinter uns und flüsterten sich ständig etwas zu.

»Mit sechs Leuten … Das passt jetzt eigentlich gar nicht …«

»Ja, aber so wie jetzt ist noch alles im grünen Bereich.«

»?«

Selbst ich, der auf sein superscharfes Gehör ziemlich stolz war, konnte nicht alles verstehen.

Gibt es ein Problem damit, dass wir für die nächste Attraktion zu sechst sind?

Schwer zu sagen, weil ich ja gar nichts über den Couple Dungeon wusste.

Ich schlenderte so verwirrt vor mich her, da kam plötzlich von hinten Karen angelaufen und lief jetzt neben mir her.

»Keita, Keita. Also wegen dem Couple Dungeon ... Unser Plan ist zwar etwas durcheinandergeraten, aber es ist alles in Ordnung.«

»Hm? Was meinst du?«

»Hä? Also, nein, ähm, wie soll ich das sagen ... Eigentlich geht man als Pärchen ins Couple Dungeon. In der Gruppe so wie jetzt wird die Aufteilung zufällig vorgenommen.«

»Hä? Das heißt, wir können uns unseren Wunschpartner nicht aussuchen?«

»Ja, so sieht's aus.«

»Hi hi ... Also das Trauma, seinen Lieblingsmenschen auswählen zu müssen, bleibt mir erspart? Das ist für einen Außenseiter wie mich ja das absolute Traumsystem! Wie super!«

»Dass du dabei so zweifelhaft aufgeregt bist, ist irgendwie gruselig. Das hier sollte doch ein Date sein! Da macht uns das System nur Probleme!«

Weil sie mich so kalt behandelte, kam ich wieder zu mir.

J... Ja, du hast schon recht. Aber wenn wir einen Mitarbeiter fragen, erlauben sie es vielleicht do...«

Meine Antwort war durchaus ernst gemeint, aber Karen hielt sich nur die Hände an die Wangen und seufzte laut.

»Nein, das machen sie nicht. Der Couple Dungeon wird von Anfang an auch von Studentengruppen genutzt. Bei mehr als vier Leuten wird garantiert zufällig aufgeteilt.

»Ich verstehe. Damit Normalos so was sagen können wie ›Och nö ...‹, ›Womit hab ich das verdient?‹ und so? Die soll ein Meteor treffen!«

»Das sagst du, obwohl du doch selbst zu so einer Gruppe gehörst! Auf jeden Fall wird so was passieren. Wenn wir da zu sechst …«

»Ja, weil die Wahrscheinlichkeit gering ist, dass wir als Pärchen eingestuft werden. Dann lass uns doch einfach verschweigen, dass wir eine Gruppe sind und jeweils zu zweit reingehen.«

»Und wie erklärst du das den Hoshinomori-Schwestern?

»…«

Wir gehen einfach in Paaren rein. Ja, und die Schwestern sind ja auch zu zweit. Hi hi hi, das wird lustig, mein Schatz.

»Denkst du, sie fühlen sich gemobbt?«

»Ja, oder? Kannst du so einen Vorschlag überhaupt bringen, Keita?«

»Ich weiß sehr wohl, wie traumatisch so eine Auswahl sein kann. So etwas Teuflisches könnte ich niemals machen!«

Diese Angst davor, in der Gruppe das fünfte Rad am Wagen zu sein! Mann! Ich ballte meine Hand zur Faust und Karen fuhr fort.

»Aber sagen wir mal, wir lassen alles so wie jetzt und werden zufällig aufgeteilt … und dann kommen zum Beispiel du und Tasuku zusammen. Wie wär das für dich?«

»Hä? Schon ein bisschen peinlich, aber ich würde mich auch freuen«, sagte ich schüchtern. Karen hatte nur einen leeren Blick drauf.

»Also die Antwort hätte ich jetzt nicht erwartet. So was wie ›Du wärst mir lieber, Karen‹ wäre schön gewesen.«

»D… Du wärst mir lieber, Karen!«

In Panik versuchte ich mich zu korrigieren, doch Karen lächelte nur und tat das mit einem »Ja klar« ab. Ich hatte Angst.

»Jetzt sind Tasuku und ich an der Reihe.«

»Du und Tasuku?«

»Ja. Wir sind gleich da und darum kann ich jetzt nicht ins Detail gehen, aber Tasuku und ich kennen dieses System mit der Zufallsregel schon.«

»Was? Und warum?«

»Natürlich weil er und ich schon vorher …«

Mitten im Satz stoppte sie und räusperte sich.

Wie? Sie und er?!

Da… Das hieß doch nicht etwa, dass sie und Tasuku schon zusammen im Couple Dungeon waren? Mich schüttelte es bei der Vorstellung, dass es sehr bald aus sein könnte. Karen fuhr fort: »I… In jedem Fall wissen Tasuku und ich, wie wir mit Aguri und dir zusammenkommen. Darum braucht ihr auch gar keine Panik zu schieben und könnt euch ganz gespannt verhalten. Das wollte ich dir nur sagen.«

»O… Okay …«

Jetzt, wo sie es sagte, kurz vorher hatte Tasuku zu Aguri etwas Ähnliches gesagt. Konoha, die ganz vorn lief, warf einen kurzen Blick zurück, um die Lage hier hinten zu checken. Der Plan durfte auf keinen Fall auffliegen. Karen und Tasuku entfernten sich schnell wieder von uns und eilten nach vorn, um mit den Hoshinomori-Schwestern zu plaudern.

Die zurückgelassene Aguri und ich vergrößerten unseren Abstand zu den vier anderen ein wenig und steckten unsere Köpfe zusammen.

»Was hältst du davon, Keitachi?«

»Wenn ich es ganz abgebrüht und objektiv betrachte, dann bin ich fifty-fifty eingestellt.«

»Ja. Objektiv betrachtet ist es ziemlich wahrscheinlich, dass sie uns so ablenken wollen um dann selbst zusammenzukommen.«

»Stimmt.«

Unser Gespräch wurde ziemlich pessimistisch. Aber in unseren Augen sah man keine Verzweiflung. Denn …

»Sag mal, Keitachi. Vorhin haben wir über objektive Gründe geredet. Aber was hältst du denn subjektiv von der Sache heute?«

»Hm … Fragst du mich das jetzt echt? Das liegt doch auf der Hand! Würde mich wundern, wenn wir da nicht auf einer Wellenlänge liegen.«

»Tja. War eine doofe Frage. Für mich ist Tasuku heute …«

»Ja, für mich ist Karen heute …«

In diesem Moment blieben wir stehen und nachdem der Abstand zu den vieren vorn noch etwas größer geworden war … schrien wir:

»… einfach viel zu süüüüüüüüüüüüüüüüüüüß!!«

Es waren unsere angesammelten Leidenschaften, die wir da rausließen. Aber um zumindest die Lautstärke unter Kontrolle zu halten, schrien wir den Boden an. Und während wir vor Aufregung rot anliefen, fingen wir an, voreinander energisch mit den Vorzügen unserer Partner anzugeben.

»Karen ist heute so unglaublich niedlich! Sie will mich so garantiert verführen!«

»Und Tasuku erst! Er sieht heute so verdammt gut aus! Als er das Kabedon bei mir gemacht hat, war er so cool, ich hätte sterben können!«

»Nein, nein, nein, als Karen sich an mich angelehnt hat, ist mein Herz explodiert und ich hätte den ganzen Vergnügungspark auseinandernehmen können! Da hätte ich's auch in Kauf genommen, mich vor allen zum Affen zu machen!«

»Ich auch! Sein zweiter Kabedon ist zwar ziemlich peinlich ausgefallen, aber wenn nicht, wär ich wohl abgehoben und hätte die Atmosphäre durchbrochen! Wah, mein Freund schmeißt sich jetzt schon an mich ran! Ganz bestimmt! Subjektiv betrachtet!«

»Bei mir das Gleiche! Karen will ganz bestimmt auch nur auf das Eine hinaus! Subjektiv betrachtet!«

»Genau, subjektiv betrachtet!«

»Ja, subjektiv betrachtet!«

»Subjektiv ...«

»Subjektiv ...«

Und dann fiel die bisherige Aufregung mit einem Schlag in den Keller, wir ließen unsere Schultern hängen ... und schrien:

»Objektiv betrachtet ist das die perfekte Tarnung für ihren Seitensprung!«

Wir knirschten mit den Zähnen. Das war schwer zu ertragen. Und der Gipfel des Ganzen war, dass wir beide heute den ganzen Tag mit der »Liebesachterbahn« ständig hoch- und wieder runterfahren mussten. Aguri murmelte enttäuscht: »Und, was machen wir jetzt, Keitachi? Gehen wir auf den Vorschlag vorhin ein oder nicht?«

»Wir müssen ihn natürlich annehmen. Wir kennen das System ja nicht.«

»Stimmt ...«

Wir stießen einen tiefen Seufzer aus. Es war richtig hart, dass wir die Gefühle unserer Partner einfach nicht richtig verstehen konnten. Als ich die deprimierte Aguri neben mir so betrachtete, fasste ich, um sie aufzuheitern und mir gleichzeitig Mut zu machen, einen etwas positiveren Gedanken in Worte, der mir vorhin gekommen war: »Aber wenn wir genau drüber nachdenken, könnte das doch unsere größte Chance sein!«

»Wie meinst du das?«

»Anders gesagt …«, setzte ich mit erhobenem Zeigefinger zur Erklärung an, »… wenn wir annehmen, dass Karen und Tasuku wirklich die Aufteilung kontrollieren können … wenn es stimmt, was sie sagen, und ich mit Karen beziehungsweise du mit Tasuku ein Team bilden …«

Aguri schien jetzt ein Licht aufzugehen.

»Ah, dann ist das der Beweis ihrer Gefühle!«

»Genau. Wenn sie wirklich einander lieben, würden sie doch ihre Tarnung bei so einer einmaligen Chance auffliegen lassen.«

»Das heißt, wenn sie uns beide als ihre Partner auswählen …«

»… dann können wir doch sicher annehmen, dass sie Gefühle für uns haben. Das kann dann keine Einbildung mehr sein.«

»Und dann, und dann … wenn wir die Gewissheit haben …«

»Ja, genau. Wenn es so weit ist, werden wir endlich unseren Ruf der Schande los, und wie letztes Mal besprochen …«

Dann schauten wir uns tief in die Augen. Unser Entschluss war klar und so äußerten wir ihn deutlich.

»… schaffen wir vollendete Tatsachen!«

Tasuku Uehara

»Sechs Personen, richtig?«

»Ja, bitte.«

»Gern. Also, ich bereite alles vor. Wartet hier bitte kurz.«

Während wir beobachteten, wie die Mitarbeiterin des Couple Dungeon durch eine Tür verschwand, um die Einstellungen vorzunehmen, blickte ich mich kurz zu meinen fünf Freunden hinter mir um. Auch wenn sich alle angeregt unterhielten, konnte man nicht leugnen, dass eine merkwürdig angespannte Atmosphäre in der Luft lag. Dann sah ich die eine Person unter ihnen an, die irgendwie distanziert wirkte. Konoha war mir gegenüber immer noch sehr ... Und weil sie mich dann so verdächtig anstarrte, wandte ich prompt meinen Blick ab und schaute, als wäre nichts gewesen, die Tür an, die weiter nach hinten führte.

Wenn wir da durchgehen, stehen wir in der Halle, in der man die Kopfhörer wählt ...

In Gedanken wiederholte ich ständig die Infos, die ich neulich von meinem Freund Masaya, dessen Onkel hier arbeitete, erhalten hatte.

Jedem werden Kopfhörer zugeteilt, die über ein in sechs verschiedenen Farben leuchtendes G-Logo verfügen. Und diese Farbe entscheidet über den jeweiligen Partner.

Das stand soweit auch alles im Flyer und auf der Webseite. Mit folgendem Zusatz als eine Art Slogan: »Mit wem du ein Pärchen bildest, entscheidet der Gott des Schicksals!«. Aber in Wirklichkeit war diese Einteilung weit davon entfernt, zufällig zu sein. Vielmehr war alles vorher festgelegt.

Und die Kombination aus Blau und Rot, Gelb und Grün, Weiß und Orange bestimmt die Paarungen ... ich glaube, so war das.

Ich ging das Einteilungsmuster, das mir Masaya erklärt hatte, noch einmal durch.

Das heißt, wenn Aguri den blauen Kopfhörer wählte, müsste ich den roten nehmen, und wenn ich mir bei ihrer Wahl des gelben schnell den grünen schnappen würde, hätten wir die Wunschpaarung erreicht. Natürlich wusste Karen auch davon. Übrigens hatten wir das Keita und Aguri aus dem Grund nicht gesagt, damit sie nicht wieder irgendwelche komischen Aktionen fahren und es nicht zum Chaos kommt.

Aber hätte ich vorher gewusst, dass Chiaki auch dabei ist, hätte ich sie mit Keita zusammengesteckt.

Aber das ließ sich jetzt alles nicht mehr ändern. Doch wären wir noch einmal am Anfang und ohne die Hoshinomori-Schwestern nur zu viert hier, hatten wir vor, unseren Partnern so was zu sagen wie »Uwah, diese Einteilung muss wirklich Schicksal sein!« oder so. Na ja, aber wir hatten insofern Glück im Unglück, als Karen und ich das Einteilungsmuster der Farben genau im Kopf hatten. Da machte es auch nichts, dass wir mit sechs Leuten, dem Maximum für die Attraktion, hier auftauchten.

Aber egal, wie oft ich auch drüber nachdenke, dieses System ist einfach total unausgegoren …

Tatsächlich hatte Masaya das System schon einmal benutzt und dabei mit Mika, seiner heutigen Freundin erfolgreich ein Paar gebildet. Natürlich hatte er so getan, als wüsste er von nichts. Diese Attraktion war verdammt grausam. Nur wer Bescheid wusste, konnte davon profitieren.

Na ja, trotzdem ist es immer noch besser, als komplett auf Zufall zu setzen. Davon profitiert nämlich keiner.

Angenommen, wir würden da jetzt hinkommen. Wäre es ein reines Zufallssystem und, die Schwestern eingeschlossen, Keita und ich kämen zusammen und Aguri und Konoha, dann hätten wir eine

Pärchensituation, die nun wirklich total unnütz wäre. Darum war es doch zu verschmerzen, die Liebespaare mit dieser süßen Mogelei zusammenzubringen. Als mir das so durch den Kopf ging, öffnete sich die Tür und die Mitarbeiterin kam zurück. In ihrem rechten Ohr hatte sie ein Intercom, wohl um Durchsagen zu machen.

»Tut mir leid. Es hat etwas länger gedauert. Okay, meine sechs tapferen Abenteurer. Folgt mir bitte nach hinten!«

»Okay.«

Ich nickte kurz mit dem Kopf und folgte der Mitarbeiterin als Erster. Als wir durch die Tür getreten waren, standen wir in einer kreisförmigen Halle. An der Wand waren sechs Türen angeordnet und in der Mitte des Raumes stand ein Podest mit sechs verschiedenfarbigen Kopfhörern darauf.

Als wir alle sechs im Raum standen, schloss sich die Tür hinter uns. Gleichzeitig ging das Licht aus und inmitten der nur von einem schwachen Licht beleuchteten Dunkelheit begann die Mitarbeiterin zu erklären: »Also gut, ihr sechs seid die letzten Überlebenden der Menschheit!«

»…«

Diese bemüht mysteriöse Erläuterung des Settings hier kam etwas plötzlich und so wussten wir nicht, was wir sagen sollten. Ah, nein, Chiaki war immerhin die Einzige, deren Augen funkelten und die richtig zuhörte. »Genau, du magst solche übertriebenen Entwicklungen ja auch.« Die Mitarbeiterin fuhr jedoch fort, so als hätte sie unsere Verwirrung nicht gesehen: »Oh Gott! Wenn das so weitergeht, wird die Menschheit völlig untergehen! Eure Pflicht liegt nun darin, so schnell wie möglich eure Partner zu finden und Nachkommen in die Welt zu setzen!«

»…«

Jetzt waren wir zwar auch wieder verwirrt, aber aus anderen Gründen. Hier im Halbdunkel konnte man das zwar nicht gut erkennen, aber wahrscheinlich waren alle etwas rot angelaufen. Mann, war das peinlich. Dieses Setting war mir zu direkt. Was wollten die denn machen, wenn stattdessen eine Familie hier wäre? Hoffentlich wählten sie dann ein ganz anderes Setting.

»Und da kommt das vom hiesigen Forschungsinstitut entwickelte ›Notfall-Liebesprogramm‹ ins Spiel!«

»No… Notfall-Liebesprogramm?«

Was war das denn? »Notfall-Liebesprogramm«? Wider Erwarten überlagerten sich unsere angespannten Stimmen. Das klang zwar irgendwie überpeinlich, hatte aber auch so eine Art Retro-Charme, das Wort. Doch die Mitarbeiterin war einfach durch und durch ein Profi. Mit unveränderter Gesichtsfarbe setzte sie ihre energische Erklärung fort.

»Zunächst einmal, verehrte Abenteurer, wählt bitte jeweils eine dieser verschiedenfarbigen Apparate in Kopfhörerform und setzt sie auf! Sie werden »Great Love« genannt.«

»Gr… Great Love?!«

Wieder überlagerten sich unsere Stimmen. Aber diesmal hatten wir es wohl übertrieben, so aufgedreht wie wir waren! Das »G« vom Logo stand also für »Great«! Dahinter steckte ja echt was!

»Natürlich ist es völlig in Ordnung, die Farben intuitiv auszuwählen. Wenn ihr euren »Great Love« dann tragt, befolgt bitte die Audioanweisung, die jeder »Great Love« ausgibt und schreitet voran!«

»Okay!«

»Außerdem werdet ihr in dieser Einrichtung prinzipiell durch eine stockfinstere Umgebung laufen und euch dabei einige Minuten an den Händen halten. Bitte vermeidet es unbedingt, zu rennen, panisch zu werden oder den »Great Love« abzunehmen, der euer entsprechender Audioguide ist.«

»Okay!«

»Wohl an, ich habe euch lange genug warten lassen! Gut, meine Abenteurer ... hier beginnt die grandiose Reise der Liebe, eure »GLJ«. Vorhang auf!«

»Great Love Journey!«, riefen wir alle zusammen in perfekter Übereinstimmung und verbeugten uns vor der Mitarbeiterin. Wohl weil uns diese Liebesthematik so seltsam angespannt zurückließ und wir plötzlich in diesen halbdunklen Raum gebracht und mit dieser eigenartigen Weltsicht konfrontiert wurden, verfielen wir alle in eine Art Trance-Zustand. Die offensichtlich erstaunte Mitarbeiterin räusperte sich und wir lösten unsere Verbeugung, so als wären wir mit einem Ruck aus dem Schlaf gerissen worden. Und dann ...

»Ah, okay, wollen wir dann schnell die Kopfhörer auswählen?«, rief Keita in die Runde.

Um in dieser wichtigen Situation schnell die entsprechenden Maßnahmen ergreifen zu können, begaben sich Karen und ich im Geheimen auf Position.

Konoha Hoshinomori

I... Ich hab ein ganz mieses Gefühl!

Nun, als es um die Auswahl der Kopfhörer ging, lief mir ein Schauer über den Rücken. In Panik schaute ich mich um. Im halbdunklen

Raum hatten Keita und Aguri die Initiative ergriffen und mit der Auswahl der Kopfhörer begonnen. Hinter ihnen standen Ekel-Task und Karen. Sie hatten irgendwie ein merkwürdiges Funkeln in den Augen.

Keine Ahnung, was das soll, aber mir, die ich schon unzählige Ero-Games durchgezockt hab, ist sonnenklar, was jetzt ansteht! Das hier ist eine total wichtige Entscheidung über den weiteren Spielverlauf!

Keita würde jeden Moment versuchen, sich einen Kopfhörer zu schnappen. Ich hatte keine Zeit, um die unschlüssige Chiaki hinter ihm nach ihrer Meinung zu fragen. Ich musste auf jeden Fall aktiv werden!

Keita streckte seine Hand zum blau leuchtenden Kopfhörer aus.

»Ähm, also, soll ich vielleicht den nehmen …?«

Während er das sagte, blickte er kurz zu Karen rüber. Als diese ihm zunickte, streckte sie schnell ihre Hand zum roten Kopfhörer aus, als …

»Hab ihn!«

»Hä?!«

Ich wusste zwar nicht, was hier gespielt wurde, aber hatte mich festgelegt. Also rief ich laut »Der hier!«, drängte mich mit einem Schritt nach vorn und während Karen noch überrascht zurückwich, schnappte ich mir den roten Kopfhörer.

Keita und Karen waren völlig überrascht, doch ich lächelte sie nur an und war selbst ein wenig außer Atem.

»A… also rot ist heute meine Glücksfarbe.«

»A… Aha …«

Sagte ich, worauf Keita Karen verwirrt ansah, so als müsste sie ihm sagen, was er jetzt tun sollte. Apropos Karen, sie lächelte zwar immer noch, konnte ihre Ungeduld aber nicht verstecken, als sie sich Keita näherte.

»Äh... Ähm, Keita, ich, ich denke, dass dir grün vielleicht ... besser steht als blau ... ja.«

»Hä? Ah, w... wirklich, Karen? Okay, wenn das so ist ...«

Was für ein angespanntes Gespräch. Keita schien irgendwas zu ahnen, denn er war gerade dabei, den blauen wieder zurückzulegen. Aber in diesem Moment ...

»Okay, dann nehme ich vielleicht gelb ...«

Keine Ahnung, ob sie wusste, was hier los war, aber Aguri griff einfach mal so zum gelben Kopfhörer.

In diesem Moment entglitten Ekel-Task und Karen die Gesichtszüge. Als ich diese Reaktion sah, fiel bei mir der Groschen. Ich hatte die Situation komplett erkannt.

Kein Zweifel, die zwei müssen das Farbmuster kennen, das für die Paarungen verantwortlich ist! Und Keita und diese Aguri erhalten wahrscheinlich Anweisungen von ihnen!

Meine Fähigkeiten waren auf keinen Fall zu unterschätzen. Auch wenn ich Karen Tendo wegen ihrer Schönheit einen Punkt zugestehen musste, um mich in puncto Hinterlist zu übertrumpfen, müssten noch hundert Jahre vergehen. Eine geheime Ero-Gamerin kennt eben alle Tricks!

Den weiteren Reaktionen von Karen und Ekel-Task zu urteilen, kann ich wohl sicher davon ausgehen, dass die Farben Rot und Blau, Grün und Gelb, sowie Orange und Weiß zusammengehören! Das heißt ...

Weil ich jetzt Rot hatte, musste ich Keita dazu bringen, Blau zu nchmen!

Ist zwar mies gegenüber Chiaki, die nicht weiß, was los ist, aber das hier ist nun mal ein echter Kampf!

Keita stand geistesabwesend da und so näherte ich mich ihm, zog ihn am Ellbogen und vom Podest mit den anderen Kopfhörern weg.

»Also Keita, du hast blau, ich rot und Aguri gelb. Eine gute Wahl!«

»Ah …«

Ekel-Task und Karen machten wie erwartet ein verärgertes Gesicht. Gut … ich musste mich weiter vergewissern. Ich ließ Keita also stehen und wendete mich wieder dem Podest zu. Diesmal schnappte ich mir den grünen, also den Partnerkopfhörer dieser Aguri.

»Ah, ich habe hier deinen, Chiaki! Grün wird dir total gut stehen!«

Hauptsache, ich konnte verhindern, dass Chiaki und Ekel-Task ein Paar bilden.

»Ah!«

Die Gesichter von Karen und Ekel-Task wurden kreidebleich. Ha ha, fühlte sich das gut an. Das kam davon, wenn man solche hinterlistigen Pläne aushecht! Ich verzeih euch nie, dass ihr Chiaki und mich hier nur als Klötze am Bein betrachtet. Na ja, dass wir sie bei ihrem Doppeldate störten, das konnte man nicht leugnen. A… Aber dafür, dass ihr meine süße Schwester ausgegrenzt habt, müsst ihr gerecht bestraft werden! Aguri, die nun endlich verstanden hatte, dass hier etwas nicht mit rechten Dingen zuging, sah ganz aufgeregt ihren Freund an.

»Ähm, Tasuku? Was soll ich denn jetzt …«

»Aguri ... Ähm, also ... Leg erst mal den gelben Kopfhörer zurück ... He... Hey, Keita! Zu dir passt der grüne doch ganz gut! Tausch doch mal mit Chiaki ...«

Und schon wieder versuchten sie es mit ihren kleinen Tricks! Aus heiterem Himmel entriss ich Keita seine Kopfhörer und setzte sie ihm auf.

»Hm? Was hast du gesagt, Tasuku?«

»Dass du mit Chiaki tauschen ...«

Ekel-Task versuchte lauter zu werden, gab es aber mittendrin auf und schnalzte mit der Zunge.

»Ts, schallisoliert! Hey, Keita!«

Ekel-Task kam immer näher, um Keita direkt die Kopfhörer abzunehmen. Ich wurde nervös, führte Keita an der Hand und drückte, ohne auf seine Verwirrung Rücksicht zu nehmen, auf den Knopf der nächstgelegenen Tür, die sich daraufhin öffnete. Dann schubste ich ihn in diesen engen Raum dahinter, der an einen Aufzug erinnerte.

»Äh, wa...«

Keita konnte sich schütteln und protestieren, so viel er wollte, es war zu spät. Als sich die Tür automatisch geschlossen hatte, verriegelte sie sich sofort und die Lampe im oberen Bereich leuchtete blau auf. Chiaki, die von dieser Verkettung heftiger Psychokriege nichts wusste, ergänzte: »Ah, wenn man den ›Great Love‹ aufsetzt, wählt jeder eine Tür und tritt ein. Dahinter befindet sich das an einen Aufzug erinnernde Durchgangszimmer. Sobald alle dort sind, beginnt das Spiel, indem jeder der jeweiligen farblichen Markierung folgt. Und wenn alle am dunklen Pärchentreffpunkt angekommen sind ... an dieser Stelle hat die Gebrauchsanweisung des ›Great Love‹ aufgehört.«

Sie sprach es zwar nicht aus, aber bei Chiaki schwang eine Atmosphäre von »Jetzt gebt Ruhe, wählt eure Kopfhörer und setzt sie auf, ihr Normalo-Loser«. Als ob wir das nicht wussten. Schließlich befanden wir uns in einem Kampf auf Leben und Tod.

Ekel-Task murmelte, während er ständig mit der Zunge schnalzte: »Das heißt also, Keitas blau wäre gesetzt …«

»Das bedeutet …«

Karen starrte die roten Kopfhörer an, die ich in der Hand hatte. Die Atmosphäre im Raum war explosiv. Ein kleiner Fehler und wir konnten uns gleich richtig an die Gurgel gehen. Mit dem roten und grünen Kopfhörer in der Hand bewegte ich mich langsam an der Wand entlang, um zu den anderen Abstand zu gewinnen. Als ob ich mir die Chance nehmen ließe, in der Dunkelheit mit Keita alle möglichen Sachen anzustellen.

»Wahh …«

Plötzlich fühlte es sich so an, als hätte mich irgendetwas berührt, ich verlor den Kontakt zu der Wand hinter mir und stolperte. *Mist! Die Tür zum Durchgangszimmer!*

Ohne es gemerkt zu haben, hatte ich wohl den Öffnen-Knopf betätigt, als ich mit dem Rücken an der Tür stand.

Während ich in den Raum hineinstolperte, ließ ich einen der Kopfhörer fallen.

Und im nächsten Moment – ich wusste gar nicht, wie mir geschah – hatte sich grausamerweise die Tür vor mir automatisch geschlossen und …

»Oh nein …«

Der Kopfhörer, den ich in meiner Hand hielt … funkelte unnütz grün.

Aguri

Es war das erste Mal, dass ich die Strafe des Himmels so vorher-
sehbar zuschlagen sah ...

Diese Konoha war in eine Verkettung unglücklicher Umstände geraten. Erst hatte sie nach Herzenslust rumgealbert und war
dann mit einem anderen Kopfhörer als gewünscht in dieses enge
Durchgangszimmer gestolpert, dessen Tür sich dann nach ihr geschlossen hatte. Als ich das sah, fühlte ich ehrlich gesagt ziemliche
Genugtuung.

Denn ich mag diese Tussi irgendwie gar nicht ...

Tatsächlich hatte sich trotz all der Scharade diesmal ihr wahrer
Charakter gezeigt. Man könnte sagen, dass sie schon irgendwo ein
kleiner Wolf im Schafspelz war.

Aber seit meinem Imagewandel an der Oberschule interpretier
ich da vielleicht zu viel rein.

Na ja, auch wenn ich sagte, dass ich sie nicht mochte, hieß das
nicht, dass ich sie abgrundtief hasste. Selbst bei dieser Szene eben
kam sie noch voll so rüber, als hätte sie ihren eigenen Kopf. Na ja,
wie auch immer, so war die Nervensäge erst mal weg.

Mit dem gelben Kopfhörer in der Hand näherte ich mich Tasuku,
der immer noch mit geschocktem Gesicht dastand.

»Ähm, und jetzt, Tasuku? Soll ich immer noch den gelben nehmen?«

»Äh, ah, gute Frage ...«

Tasuku kratzte sich am Kopf, so als würde er seine Gedanken neu-
ordnen. Karen neben ihm hob den von Konoha fallengelassenen roten
Kopfhörer auf und setzte ein Grinsen auf. Das war irgendwie gruselig.

»Okay, Tasuku. Dann will ich auch mal«, sagte Karen, während sie sich den roten Kopfhörer aufsetzte und lächelnd zurückblickte. Sie verabschiedete sich von uns und huschte schnell ins Durchgangszimmer. Und so waren von sechs Türen schon drei, nämlich die blaue, grüne und rote, belegt.

Jetzt waren noch Tasuku, Chiaki und ich übrig. Tasuku nahm den weißen und orangefarbenen Kopfhörer in die Hand und gab mir letzteren.

»Okay, Aguri, nimm du orange. Ich nehme weiß, alles klar?«

Ich verstand das zwar nicht, aber so würden wir wohl zum Paar werden. Wenn ich orange nehmen würde, müsste ich meinen gelben nur noch Chiaki geben, also sah ich zu ihr rüber. Keine Ahnung, wieso, aber sie stand immer noch am Eingang des Raums herum. Als ich mich noch fragte, ob das komische Verhalten ihrer Schwester spurlos an ihr vorübergegangen war, bemerkte sie, dass wir sie ansahen, und sie kam leicht panisch und mit gesenktem Kopf näher.

»T… T… Tut mir leid. Da kam von der Anmeldung eine Mitarbeiterin angerannt und hat mich angesprochen. Es war eine andere als vorhin. Ähm, also … hä? Wo sind die anderen?«

Sie hatte also gar nichts von dem Chaos mitgekriegt, dass ihre Schwester angerichtet hatte. Na ja, war jetzt auch egal …

Mit einem »Hier!« drückte ich ihr den gelben Kopfhörer in die Hand und lächelte sie an.

»Siehst du da die Türen zu den Durchgangszimmern? Du musst eine wählen, über der noch keine Lampe leuchtet, und schon geht's los.«

»Durchgangszimmer?«

»Ja, drinnen sieht es so aus, wie in 'nem Aufzug. Man geht wohl entlang der farblichen Markierungen bis zum dunklen Startpunkt, an dem man sich mit seinem Gegenstück trifft.«

»Oh, das klingt ja toll. Alles klar. Vielen Dank!«

»Ah, k… klar …«

Bei ihrem so unbeschwerten Lachen zuckte ich irgendwie zusammen. Sie war Keita echt ziemlich ähnlich. Besonders darin, wie unschuldig und rein sie war. Irgendwo bekam ich dann doch Lust, sie anzufeuern. Schon seltsam …

»Ähm …«

Unwillkürlich machte sie den Eindruck, als wolle sie die Kopfhörer tauschen, um mit Tasuku ein Team zu bilden.

Aber der fing nur an zu lachen und sagte zu mir: »Lass uns gehen, Aguri!« Also ließ ich den Gedanken wieder fallen.

Genau … In so einer Situation auch noch Mitleid mit ihr zu haben, ist ja auch echt das Letzte … Ja!

Ich fasste neuen Mut, setzte den Kopfhörer auf und ging auf die verbliebene Tür zu. Als ich gerade dabei war das enge Durchgangszimmer zu betreten, blickte ich mich um und sah, wie Tasuku und Chiaki gerade dasselbe taten.

Allerdings … hundertprozentig weiß ich ja nicht, ob meine Kopfhörer mich wirklich mit Tasuku zusammenbringen.

Obwohl ich im Großen und Ganzen, nach den bisherigen Ereignissen zu urteilen, so zu 90 Prozent Tasuku glaubte, konnte ich meinen letzten Zweifel nicht abschütteln, dass er vielleicht doch versuchte, mit Karen zusammenzukommen. Die Tür schloss sich automatisch und ich konnte sehen, dass im oberen Teil des Zimmers ein kleiner Monitor angebracht war.

Hm? Das ist doch der Raum, in dem wir eben waren?

Als ich noch darüber rätselte, was das wohl zu bedeuten hatte, ging der Monitor aus. Ich musste mir nicht mal groß den Kopf zerbrechen, denn der Groschen war sofort gefallen.

Ah, der Monitor zeigt eine Liveübertragung für alle, die vor mir in das Zimmer gegangen sind.

So konnten sie wohl überprüfen, wer welche Farbe wählte. Und jetzt, wo alle das Durchgangszimmer betreten hatten, hatte eine Liveübertragung natürlich keinen Sinn mehr.

Ich war noch in Gedanken, als der Boden unter meinen Füßen plötzlich anfing zu vibrieren. Irgendwie schien sich das Zimmer hin zum Startpunkt zu bewegen. Gleichzeitig wurde das vorher schon schwache Licht noch weiter gedimmt und schließlich wurde es, vom matten Licht meines Kopfhörers einmal abgesehen, stockfinster.

Aber weil ich ihn auf den Ohren habe, sehe ich selbst ja gar nichts …

Na ja, die Attraktion war ja von vornherein darauf ausgelegt, dass man sich im Dunkeln nur auf seinen Partner verließ und an ihm rumgrabbeln konnte. Von daher musste das Licht ja ausgehen.

Oh Gott, was mach ich jetzt? Ganz allein an diesem engen, dunklen Ort … Hilfe!

Wegen der Schallisolierung hörte man keinen Ton, nur die schwachen Vibrationen meines Körpers waren zu spüren. Der Raum wirkte wie ein kleiner Sarg.

Tasuku …

Ich hatte so viel Angst, dass ich vor meiner pochenden Brust die Hände zum Gebet faltete und ganz fest an Tasuku dachte.

Lieber Gott … bitte, bitte lass Tasuku mein Partner sein!

So betete ich, wie ich noch nie zuvor gebetet hatte. Tasukus Kopfhörerfarbe war doch weiß gewesen, oder? Noch während ich das dachte, hörte das Zimmer auf sich zu bewegen. Ich war wohl am Startpunkt angekommen. Es war zwar stockfinster, aber ich hatte das Gefühl, als würde sich vor mir eine Tür öffnen. Dahinter war es natürlich auch dunkel. Aber in diesem Moment begann das matte Licht an einem anderen Kopfhörer schwach zu flimmern.

Lieber Gott ...!

Und die Farbe, die da leuchtete ...

»...«

... war tatsächlich die, für die ich so verzweifelt gebetet hatte – sie war weiß.

Keita Amano

Er leuchtet rot ... Rot. Das heißt ...!

Als ich die Farbe des Kopfhörers vor mir sah, musste ich kräftig schlucken. Und dann erinnerte ich mich noch einmal in Ruhe an die Liveübertragung auf dem Monitor.

Stimmt ja. Den roten Kopfhörer hat Konoha fallenlassen ... und am Ende hatte ihn Karen in der Hand. So müsste es sein.

Egal wie oft ich es im Kopf auch durchging, meine Partnerin musste Karen sein. Daran gab es keinen Zweifel. In mir breitete sich eine unbeschreibliche Rührung aus, dass meine Freundin mich ausgewählt hatte. Und als ich so allein zu Tränen gerührt dastand, kam das »Rot« aus der Dunkelheit langsam näher. In Panik stützte ich mich mit beiden Händen an der Wand ab und lief ängstlich nach vorn.

Ich hab mein Gefühl für Entfernungen komplett verloren.

Die Dunkelheit war einfach echt zu dunkel. Auch wenn es vorher eine Erklärung gab, dass man ernsthaft nur das schwache Licht des Kopfhörers seines Partners sehen würde … Abgesehen davon konnte ich selbst nicht mal das Licht meines eigenen Kopfhörers sehen.

Ob das so in Ordnung geht? Hab ich das Game gleich durchgezockt?

Als ich so von Unsicherheit geplagt vorwärts ging, berührte mich etwas aus heiterem Himmel an der Hand. Auch wenn ich im ersten Moment überrascht war, so schien es doch die Hand meiner Partnerin zu sein, die von mir unbemerkt auf einmal vor mir auftauchte. Langsam ergriff ich die Hand von Rot … und dann hielten wir uns schließlich beide ganz fest. In diesem Moment entwich mir ein idiotisches »Ah!«. Obwohl ich es sofort bereute und es mir peinlich war, erinnerte ich mich gleich daran, dass meine Partnerin wegen der Schallisolierung ja gar nichts gehört haben konnte. Erleichtert atmete ich auf.

Dass es mich so nervös machen würde, in der Dunkelheit eine warme Hand zu halten …

Auch wenn ich bisher schon einige Male Karens Hand gehalten hatte und mich das auch nervös gemacht hatte – diesmal war es ein komplett anderes Gefühl. Sei es ein Sicherheitsgefühl, Nervosität, ein Pflichtbewusstsein, sie zu beschützen, oder das unmittelbare Gefühl, beschützt zu werden … die verschiedensten Empfindungen prasselten inmitten der Dunkelheit auf einmal auf mich ein.

Es schmerzt zwar, diese Institution des Normalodaseins anzuerkennen, aber … ich bin … echt gerührt.

Egal ob für ein Paar oder einen unglücklich Verliebten, der Effekt war auf jeden Fall großartig.

Nein, nein, nein ...

Auch dass ich so geistesabwesend war, daran ließ sich nichts ändern. Außerdem musste in so einer Situation ... klar der Mann führen. Aguri hätte es auch so gesagt.

»Gehen wir, Karen«, sagte ich zu ihr mit einem Nicken, obwohl ich wusste, dass sie mich nicht hören konnte. Durch die Bewegungen des Kopfhörers schienen die Absichten übermittelt zu werden und so erwiderte sie mein Nicken.

Als ich das sah ... hatte ich endlich meinen Entschluss gefasst.

Sie hat mich ausgewählt. Das jetzt als Ausrede zur Flucht zu nutzen, weil ich selbst kein Selbstvertrauen habe, geht mal gar nicht!

Mein Herz schlug so heftig wie eine Alarmglocke. Das Atmen fiel mir schwer. Und doch ... riss ich in der Dunkelheit die Augen weit auf und fasste einen Entschluss.

Es muss hier sein! Nur wir zwei inmitten der Dunkelheit ...! Ich ... I... Ich muss gerade jetzt Karen meine Gefühle mitteilen! Vor allem klar und deutlich!

Wir hielten uns noch fester an unseren verschwitzten Händen. Und so betraten wir gemächlich das Labyrinth der Dunkelheit.

Karen Tendo

W... Wie aufgeregt Keita ist ...

Seit dem Beginn unserer gemeinsamen Expedition des Labyrinths waren ungefähr drei Minuten vergangen. Doch unser Fortschritt als Paar war wirklich schleppend. Auf jeden Fall … waren Keitas Bewegungen ziemlich schwerfällig.

Er war ja schon immer ein unruhiger Typ … aber diesmal ist es besonders schlimm …

Als er mir am Anfang seine Hand gab, war sie nach wie vor so fein und zart wie die eines Mädchens, doch selbst die war jetzt klatschnass geschwitzt. Die blauen Kopfhörer meines Freundes waren das Einzige, was ich in der Dunkelheit sehen konnte, doch er zappelte so sehr herum, dass in der Dunkelheit ein Nachbild zurückblieb. Und als ich seine Unruhe so sah, wurde selbst ich … ziemlich nervös. Letztendlich verlief unser Gang durch die Dunkelheit nicht besonders erfreulich.

Im Grunde gibt es nur einen Weg und keine Abzweigungen, trotz der Dunkelheit sollte es eigentlich nicht so sein, dass man bei der Eroberung viel Zeit aufwenden muss …

Ich ärgerte mich darüber, so was zu denken, und schreckte dann auf.

D… Das geht ja gar nicht! Genau so ist es, Karen Tendo! Das kommt mir eher wie ein Time-Attack-Rennen vor. Wie mich das aufregt! Und ein Date ist das schon mal gar nicht!

Wenn ich nicht aufpasste, kam sofort mein Gamer-Charakter zum Vorschein, und so wies ich mich selbst zurecht. Auch aus diesem Grund hielt ich Keitas Hand ganz fest, und auch wenn der im ersten Moment völlig durcheinander war und sich anspannte, hielt auch er jetzt meine Hand – wenn auch etwas zurückhaltend.

…

Mein Freund ist einfach zu süß!

Ehrlich gesagt, auch in Verbindung mit dieser Dunkelheit hatte ich große Lust, sofort über ihn herzufallen. Aber ich erinnerte mich an die strategische Planung mit Tasuku und hielt mich noch einmal zurück.

Das darf nicht sein, Karen Tendo! Das heutige Ziel ist letztendlich die Schaffung vollendeter Tatsachen. Unsere Partner müssen auf uns zukommen! Dafür haben wir ja immer wieder diese ultrapeinlichen Verführungsaktionen gestartet!

Wenn ich hier über Keita herfiel, wäre das in gewissem Sinn wohl eine schwere Niederlage. Das wäre eine ähnliche Dummheit wie in Online Games auf irgendwelche provokanten Aktionen des Gegners einzugehen und durch einen Impuls hervorgerufene planlose Angriffe zu starten. *Du musst stark gegenüber den Verführungen der Liebe sein, Karen Tendo!* Ich unterdrückte meine Aufregung und peilte, um stattdessen Keita in Erregung zu versetzen, die Position seines Kopfhörers an und kniff ihn leicht in die Backe.

»?!«

Er war offensichtlich völlig durcheinander, denn sein blauer Kopfhörer wackelte … Das war ja richtig effektiv.

Okay, jetzt muss ich nur immer so weitermachen!

Als ich diesen neuen Entschluss gefasst hatte, trat ich mit großem Selbstbewusstsein erneut hinaus in die Finsternis.

Chiaki Hoshinomori

M… Mir hat jemand in die Backe gekniffen!

Von dieser provokanten Aktion meines Partners aufgerüttelt, blieb ich unvermittelt stehen.

W… W… W… W… Was soll …! W… Was … soll das?!

Mein Partner vor mir … Ich beobachtete den blau leuchtenden Kopfhörer und war für einen Moment wie in Trance.

»Äh, äh, blau hatte doch Keita, oder?«

Obwohl ich mir zu neunzig Prozent sicher war, dass es so sein musste, blieb dennoch ein Restzweifel. Das hieß, während der Auswahl der Kopfhörer wurde ich ja von hinten von dieser Mitarbeiterin angesprochen und konnte mich nicht richtig darauf konzentrieren.

A… Aber … dass Konoha grün hatte … und, und Tasuku weiß, daran kann ich mich irgendwie erinnern.

Anders gesagt, zumindest diese zwei konnten es nicht sein. Außerdem …

Bei Karen und Aguri könnte ich mir nicht vorstellen, dass sie so was bei mir machen …

Ich konnte die Farbe meines eigenen Kopfhörers zwar nicht überprüfen, aber mein Partner müsste ja anhand der Farbe erkennen, dass ich Chiaki bin. Und so etwas würde auch nur einer bei mir machen …

K… Keita … muss … es sein …

Er machte das vielleicht wie üblich halb aus Spaß. Nein, so war es garantiert.

Aber trotzdem, ich … ich …!

K… Keita ist doch schuld, oder? Wenn Keita so etwas macht … d… dann darf ich ja wohl auch ein bisschen … zum Angriff übergehen …

Mein Herz schlug wie verrückt. Nachdem ich einige Male tief durchgeatmet hatte, fasste ich meinen Entschluss.

»Ts …«

Dass mein Partner etwas verwirrt sein musste, war mir in dem Moment egal und auch wenn wir beide halb verschwitzt waren und somit die Berührung alles andere als angenehm war, führte ich ihn entschlossen an der Hand und begann hinaus in die Dunkelheit zu laufen …

Ach ja, was meinte eigentlich diese Mitarbeiterin eben, als sie mich hektisch darauf hingewiesen hat, dass gerade eben eine neue Zuteilungsfunktion probeweise eingestellt wurde?

Eichi Misumi

Hah …

Ich war allein, hatte meinen Rücken an die Wand gepresst und seufzte laut. Es war früher Nachmittag und ich hatte frei. Anders als ich … Eichi Misumi, hatten alle Leute hier im Vergnügungspark ein Lächeln auf den Lippen.

Ich bin ja nur hier, weil Riki mich eingeladen hat, aber … irgendwie …

Aus meiner Tasche holte ich Pfefferminzdrops heraus, nahm gleich drei auf einmal in den Mund, aber meine Stimmung besserte sich dadurch nicht. Ich blickte hoch zum Himmel und als ich, um mich von der Realität abzulenken, in Gedanken bei Games ankam, erinnerte ich mich, wie Keita vor Kurzem in den Game-Klub gekommen war.

Ich habe mit ihm zwar nicht so besonders viel zu tun, aber hatten die anderen Mitglieder des Game-Klubs nicht so was erzählt, dass er in verschiedene Ausnahmesituationen hineingezogen wurde?

Diese Gedanken holten mich sofort wieder in die Realität zurück und ich stieß einen lauten Seufzer aus.

Als sich die Mitglieder des Game-Klubs meine Geschichte an-hörten, hatten sie Riki irgendwie sofort in die Heldinnenecke ge-stellt. Aber in Wirklichkeit muss mich Riki wohl ziemlich hassen.

Der Game-Klub war so aufmerksam und daher tat es mir auch leid. Aber man konnte nun eines wirklich nicht sagen. Dass mich Riki mochte. Das möchte ich klarstellen. Und das auch in dem Moment, als sie mich in den Vergnügungspark einlud.

»Z... Zufälligerweise hab ich hier Freikarten und die würden sonst verfallen! Also versteh das bloß nicht falsch! E... Es ist über-haupt nicht so, dass ich dich mag!«, warnte sie mich schon fast, ohne mich dabei anzusehen.

Nun, da wir hier waren, blickte sie irgendwie schon die ganze Zeit vor Anspannung zu Boden und schwieg vor sich hin. Und als ich dann weiter den festen Entschluss fasste, sie tatsächlich zu die-ser Attraktion »Couple Dungeon« einzuladen, die die Beziehung von Paaren festigen sollte ... da lief sie, ob aus Zorn oder nicht, nur weg mit den Worten »I... I... Ich muss mal auf die Toilette! U... U... Und das heißt nicht, dass ich mein Make-up erneuern will oder mich innerlich darauf vorbereite oder so, klar!«

Echt mal ... So was kommt am laufenden Band vor. Warum denkt der Game-Klub also sofort, dass Riki mich mag? Hach ... Es ist zwecklos.

Der Game-Klub zockte einfach zu viel, da waren sie der Liebe gegenüber bestimmt schon total abgestumpft. Ach, nur Probleme hatte ich damit. Andererseits war auch Keita merkwürdigerweise zu Teilen schlau und scharfsinnig und so auf seine eigene Weise ein Problembolzen.

Ach ja, was Keita heute wohl macht?

Konnte ich mir bei ihm den Ablauf eines freien Tages überhaupt vorstellen? So wie immer zockte er wohl allein von früh bis spät und hatte dabei Spaß. Oder war er auf einem Date mit Karen? Um beides beneidete ich ihn. Wirklich, von ganzem Herzen. Ich seufzte noch einmal laut und da geschah es.

»Wie? Sie haben die Zufallsverteilung auf ›an‹ gestellt?«

In dem Moment, als plötzlich der Klingelton der Tür ertönte, hörte ich von irgendwo her Geplauder. Heimlich linste ich um eine Mauer und sah einen Mann und eine Frau, wahrscheinlich Mitarbeiter, aus dem Hintereingang des Gebäudes kommen.

Ah, also muss das hier die Hinterseite des Couple Dungeon sein.

Ich versuchte, mehr schlecht als recht den Atem anzuhalten, als die Frau ganz offen ihre Unzufriedenheit zeigte.

»Ah, aber ich habe Sie nicht darum gebeten. Der momentanen Gruppe habe ich jetzt keine Ansage dazu gemacht …«

»Ist doch egal. Bei der Attraktion sind ja wohl Verletzte oder Tote nicht zu erwarten.«

Uwah, ich hab ein ganz schlechtes Gefühl. Und so was aus dem Mund von Mitarbeitern des Parks hier …

Ich wollte das zwar gar nicht mehr hören, aber weil ich mich mit meiner Adoptivschwester Riki hier verabredet hatte, konnte ich mich natürlich auch nicht weit weg bewegen. Ich seufzte und begann auf meinem Smartphone rumzuspielen, um mich so gut es ging von dem Gespräch der Mitarbeiter abzulenken. Das machte ich einige Zeit lang, als …

»Waaaas? Die Zufallsverteilung wirkt sich auch auf die Farben des ›Great Love‹ aus?!«

Die schrille Stimme der Mitarbeiterin holte mich wieder zurück in die Realität … Sie komplett zu ignorieren, war völlig unmöglich. Ich gab es auf, packte mein Smartphone weg und beschloss, meine Ohren aufzusperren und das Gespräch der beiden Mitarbeiter zu belauschen.

»Genau. Aber der Modus ist so eingestellt, dass man überhaupt nicht wissen kann, wer sein Partner wird. Die Farben der Kopfhörer sind somit eigentlich sinnlos.«

»Aber … ist das so nicht vielleicht doch zu viel des Guten?«

»Ach Quatsch. Viele Besucher mögen so was. Ich hab das schon einige Male ausprobiert und die meisten jungen Leute, die in der Gruppe kommen, lachen sich auf dem Platz einen ab, wenn die Ergebnisse verkündet werden. Da heißt es nur: »Wie? Du warst das?« … und so. Die feiern das richtig!«

»Na ja, aber so eine Gruppe war auch darauf vorbereitet. Die Leute jetzt …«

»Aber das Mädchen ganz hinten hatte überhaupt kein Problem mit der neuen Funktion.«

»Ach wirklich? Na dann … ist es wohl okay? Ah, ach ja, was passiert jetzt eigentlich mit den Farben des ›Great Love‹? Ändern sich die Farben bloß je nach Kopfhörer oder wie?«

»Nein, um alles noch zufälliger zu machen, ist auch die Farbverteilung total willkürlich. Diesmal … ist es supereinseitig, mit vier Mal blau, einmal weiß und einmal rot.«

»Uwah, das ist ja echt krass. Da wird's garantiert ein blau-blaues Paar geben.«

»Na ja, wenn man den eigenen Kopfhörer nicht abnimmt, wird man das nicht sehen. Die Gruppe selbst sollte also nichts davon bemerken.«

»Echt ... Okay, also dann mach ich Schluss für heute! Schönen Feierabend!«

»Jo, gleichfalls.«

Damit gingen die beiden Mitarbeiter auseinander und das Gespräch war beendet. Gleichzeitig konnte ich von Weitem Riki sehen und stieß mich von meiner Wand ab. Während ich Riki beobachtete, wie sie irgendwie zögerlich und sehr langsam auf mich zulief, murmelte ich still und leise: »Hm, das klingt wie etwas, was Keita und Karen in ihrer Beziehung ständig passiert ... Echt übel ...«

Konoha Hoshinomori

Ich weiß nicht warum, aber Keita und ich sind ein Paaaaaaaaaaar!

Während ich mich noch für die verständnisvolle Unterstützung Gottes bedankte, umarmte ich ganz wild meinen Partner, den Mann, der den blauen Kopfhörer trug. Er schüttelte sich und versuchte offensichtlich, von mir loszukommen. Aber ich ließ ihn nicht gehen! Immer wieder versuchte er es ruckweise.

Keita hat ja doch eine ganz schön muskulöse Brust. An die kann man sich bestimmt gut anlehnen.

Normalerweise wirkte er mit seinem Katzenbuckel und Babyface doch eher schwächlich. Doch jetzt, wo ich ihn so in der Dunkelheit befummelt hatte, war sein Körper doch echt nicht zu verachten.

Hi hi hi ... Wenn das so weitergeht, habe ich ihn bis zum Ende durch meine Belästigungen zu Fall gebracht!

So eine Chance kommt so schnell nicht wieder. Als ob ich mich damit abgab, nur an ihm rumzugrabbeln. In der Dunkelheit fing ich damit an, den merkwürdig Widerstand leistenden Keita heftig zu bearbeiten.

Tasuku Uehara

Warum betatscht mich Keita hier überaaaaaaall?!«

Der blaue Kopfhörer schaukelte in der Dunkelheit heftig hin und her und klammerte sich völlig unüberlegt an mich ran!

Während ich verzweifelt versuchte, ihn wegzustoßen, machte ich mit Tränen in den Augen einen Schritt nach vorn, um so schnell wie möglich zum Ziel zu kommen!

Hng, was zur Hölle machst du da, Keita? Ich bin's doch! Hast du vorhin nicht zugehört, Mann?! Scheiße!

Wieder in der Schule würde ich Masaya eine auf die Schnauze geben. Das hatte er sich verdient. Und doch fragte ich mich, wie es ausgerechnet zu Keita und mir kommen konnte, Zuteilungsfehler hin oder her? Das war die Hölle. Nein, ich wollte zwar nur mit Aguri zusammenkommen, nicht mit den anderen Mädels, aber das jetzt war der Super-GAU, zwei Männer zusammen … Diese Entwicklung war einfach zu heftig. Als …

»Hey, Keita, lass deine Griffel mal von meiner Brust! Ist ja eklig!«

Ich schrie wie am Spieß, aber durch den schallisolierten Kopfhörer hörte er ja nichts. Umso mehr tatschte er aber an meinem Körper rum.

Mann, Keita, du bist doch nicht etwa …?!

Ich hatte in puncto Liebesbeziehungen die wildesten Theorien bisher, aber diese Möglichkeit war mir noch gar nicht in den Sinn gekommen. Echt nicht. Keita war nicht hinter Aguri … nicht hinter Karen … sondern hinter mir her!

N… Nein, aber so gesehen wird mir einiges klar …

Schon von Anfang an wollte er ja ständig mit mir abhängen …
All das Hin und Her mit den Mädels war also nur eine Taktik, um
meine Aufmerksamkeit auf sich zu lenken. Auch während mir diese
Gedanken kamen, grabbelte Keita noch heftig an mir rum. Ich riss
mich mit aller Kraft von ihm weg.

*Allerdings ist er irgendwie weicher als ich dachte, er riecht gut
und zittert übermäßig viel! Oh Gott! Wenn ich nicht aufpasse, verlier
ich das Ding hier noch!*

Das Gefährliche war, dass die Verführung bei mir durchaus
funktionierte, obwohl ich ein Mann war. Hatte ich den Verstand verloren? Keitas Haut fühlte sich zwar schon eher weiblich an, aber er
war trotzdem ein Mann. Das durfte ich nicht vergessen!

*Darum ist das jetzt, dass er sich voll wie eine Frau anfühlt, nur
eine Illusion der Dunkelheit! Eine Illusion! Also gibt es nur eine an-
gemessene Reaktion für mich. Die einzige Option ist, ihn entschieden zurückzuweisen!*

Ich entzündete die Flamme der Entscheidung in meinem Herzen und machte mich mit aller Kraft auf zum Ziel dieses Labyrinths,
Keita hinter mir herschleppend.

Aguri

Tasuku … ist ja so männlich …

Mein Partner mit dem weißen Kopfhörer hatte vor Aufregung
zwar etwas schwitzige Hände, hielt mich aber sicher fest und führte
mich durch die Dunkelheit.

Während ich weiter hinter ihm hertrappelte … begann sich in mir
langsam eine Einsicht zu festigen.

Ich liebe Tasuku. Und auch Tasuku hat … mich ausgewählt.

Die Situation stand eigentlich schon fest. Jetzt blieb nur noch … das, was ich mit Keitachi vorher besprochen hatte. Mit anderen Worten …

Ich wäre keine Frau, wenn ich alles nur so hinnehmen würde, ohne den nächsten Schritt zu machen!

Mit Tasuku hatte sich im letzten halben Jahr kein wirklicher Fortschritt ergeben. Weil ich schon glücklich war, nur mit meinem Freund zusammen zu sein, hatte ich in letzter Zeit auch überhaupt keinen Gedanken daran verschwendet. Aber das war, weil ich glaubte, dass er nur den treuen Freund spielte, mir in Wahrheit aber fremdging.

Sich um den Partner zu sorgen … die Liebe sich sorgfältig entwickeln lassen … Das hört sich ja schön und gut an und es mag auch solche Paare geben. Aber ich … bin wohl eher eine von der Sorte, die Reißaus nimmt.

Ich liebte Tasuku schon seit der Mittelschule total. Aber ob er auch dasselbe für mich empfand … davon konnte ich mich bis zum Schluss nicht überzeugen. Ich war fest entschlossen, alles einfach hinzunehmen, wie es war. Aber wahrscheinlich war doch alles anders. Im letzten halben Jahr hatte sich überhaupt nichts vorwärts bewegt. Außerdem hatte ich durch Keitachis Hilfe endlich etwas bemerkt.

Keitachi bemüht sich immer, die Gefühle seines Gegenübers zu verstehen.

Am Anfang dachte ich, dass er einfach nur ängstlich wäre und daher versuchte, die Gesichtsausdrücke anderer Leute zu lesen. Aber das war ein kleines bisschen anders.

Keitachi sucht immer zunächst nach dem Weg, den er für sich selbst als richtig erachtet. Daher wirkte er damals auch unentschlossen ... aber trotzdem ...

Wenn er sich nach gründlicher Prüfung einmal für einen Weg entschieden hatte, würde er ihn auch weiterverfolgen. So war Keitachi. Zum Beispiel bei der Einladung in den Game-Klub. Im ersten Moment konnte er sich noch total darüber freuen, aber als er verstand, dass seine Haltung zu Games nicht der des Klubs entsprach, fiel es ihm nicht schwer, klipp und klar abzusagen. Als ihm bewusst wurde, dass er Karen von ganzem Herzen liebte ... ließ er sich nicht von seiner Umgebung verunsichern und bemühte sich mit ganzer Kraft, seine Beziehung zu ihr fortzusetzen. Wenn ich mir Keitachi so ansah ... Dann musste auch ich nach vorn gehen ... Mir war jetzt klar, dass ich den für mich richtigen Weg finden und auch, wenn ich Angst hatte, einen sicheren Schritt nach vorn machen musste.

»...«

Ich fasste noch einmal neu nach Tasukus Hand. Unsere beiden Handflächen waren durch die Aufregung klatschnass verschwitzt.

Sein Herzschlag übertrug sich auf mich, überlagerte sich mit meinem, reagierte auf mich und wurde immer schneller.

»Tasuku ...«

Ich wusste zwar, dass er mich nicht hören konnte, rief aber dennoch seinen Namen. Und er blickte in meine Richtung und schien mir zuzunicken. In diesem dunklen Labyrinth fühlte ich mich durch die Wärme meines Partners ermutigt und so setzten wir einen Fuß vor den nächsten. Ich hatte das Gefühl, dass sich unsere beiden Stimmungen vollständig überlagert hatten. Das war das erste Mal für mich. Tasuku zog mit einem starken Ruck an meiner Hand.

»Ah!«, rief ich und stieß mit etwas zu viel Schwung mit ihm zusammen. Wir beide torkelten und machten so ein paar Schritte vorwärts.

In diesem Moment veränderte sich die Luft der Umgebung leicht. Was war das? Es war, als hätten wir einen weiten Raum betreten … Während wir auf unsere Umgebung Acht gaben, liefen wir weiter. Und plötzlich ertönte aus den Kopfhörern die Ansage einer Frau. Es war aber nicht die von vorhin.

»Herzlichen Glückwunsch! Ihr beiden habt den Couple Dungeon sicher durchquert!«

»Hä?«

Schon vorbei? Ich war total erstaunt, aber gleichzeitig spürte ich auch, wie eine Ungeduld in mir wuchs. Tasuku und ich hatten noch gar nichts erreicht …

»Bis die anderen vier Teilnehmer sich auf diesem Platz versammeln, bitte ich euch, noch in der Dunkelheit zu warten!«

Oh nein, am Ende gibt es noch einen Aufschub. Ich war erleichtert, fasste gleichzeitig aber einen Entschluss.

»Tasuku.«

Während ich seinen Namen rief, ließ ich seine Hand los und fasste mit beiden Händen um seinen Kopf. Dabei war ich überrascht, dass Tasuku so viel kleiner war, als ich ihn in Erinnerung hatte … Doch dann vermutete ich …

Verstehe, er hat sich hingehockt.

Dann war das natürlich sehr sinnvoll. So als würde er meine Gefühle erwidern, legte er eine Hand um meine Taille und mit der anderen hielt er meinen Kopf … und zog mich zu sich.

Und so kam der weiße Kopfhörer in der Dunkelheit langsam näher.

»Tasuku …«

Ich flüsterte noch einmal verträumt seinen Namen. Mit weit ge-öffneten Augen spitzte ich die Lippen …

Keita Amano

Karen … ist so nett …

Obwohl meine Partnerin mit dem roten Kopfhörer vor Aufregung schweißnasse Hände hatte, hatte sie doch fest nach meiner Hand gegriffen und war mir bis hierher gefolgt. Im Vergleich zu mir war sie wirklich großartig und man konnte sich einfach auf sie verlassen. Jetzt hatte sie … hatte sie mir freundlicherweise die führende Rolle überlassen. Ich empfand dafür tiefe Dankbarkeit, und gleichzeitig fasste ich allmählich einen Entschluss.

Ich liebe Karen einfach. Und auch Karen hat … mich ausge-wählt.

Die Situation stand eigentlich schon fest. Jetzt blieb nur noch das, was ich mit Aguri vorher besprochen hatte.

Mit anderen Worten …

Ich wäre kein Mann, wenn ich alles nur so hinnehmen würde, ohne den nächsten Schritt zu machen!

Wir waren zwar zusammen, aber Karen und ich … Nein, ich hatte mich ihr gegenüber bisher ja kein einziges Mal so verhalten, wie es ein Freund tun sollte. Weil ich kein Selbstvertrauen hatte. Ständig hatte ich Zweifel, ob ich Karen als Freund genügen würde. Umso mehr, weil ja auch so ein toller Mann wie Tasuku an ihrer Seite war. Wenigstens war es mir unmöglich, wegen egoistischer Begierden einen Schandfleck in ihrer Jugend zu hinterlassen. Aber das war, weil ich glaubte, dass sie nur die treue Freundin spielte, mir in Wahrheit aber fremdging.

Den Partner nicht verletzen wollen und sich seiner Gefühle ver-gewissern wollen ... Für ein Paar mögen das natürliche Empfin-dungen sein ... Aber ich ... bin wohl eher einer von der Sorte, der Reißaus nimmt.

Schon seit langer Zeit bewunderte ich Karen. Als sie mich in den Game-Klub einlud, spürte ich sowohl Dankbarkeit als auch eine aufkeimende Liebe in mir. Seitdem war viel passiert und ich lernte sie als einfachen Menschen kennen ... Ich verliebte mich immer mehr in Karen Tendo. Doch ob sie auch dasselbe für mich emp-fand ... davon konnte ich mich bis zum Schluss nicht überzeugen. Ich hatte sie verdächtigt, in Tasuku verliebt zu sein. Doch wenn sie glücklich war ... und ich nur ein bisschen zu diesem Glück hätte beitragen können, dann wäre das in Ordnung gewesen, dachte ich mir nüchtern. Aber wahrscheinlich war doch alles anders. Ich wollte um alles in der Welt mit Karen eine Beziehung führen, in der wir uns beide liebten. Außerdem hatte ich durch Aguris Hilfe endlich etwas bemerkt.

Aguri nimmt die Liebe wirklich ernst.

Sich in jemanden zu verlieben und auf die eigene Liebe stolz zu sein. Das war Aguri. Alles, was Tasuku tat, rührte sie entweder zu Tränen oder brachte sie zum Lachen. Zum Beispiel als der Verdacht von Tasukus Untreue aufkam. Ob sie jetzt zornig war oder nieder-geschlagen, es kam ihr gar nicht in den Sinn, sich von sich aus brav zurückzuziehen. Auch wenn es schmutzig wurde, sie bemühte sich, sich mit aller Kraft daran zu klammern. Wenn ich mir Aguri so ansah ... Dann musste auch ich nach vorn gehen ... Mir war jetzt klar, dass es nicht darauf ankam, selbstbewusst und überzeugend zu sein oder nicht, sondern einfach seinem Herzen zu folgen, um so einen sicheren Schritt nach vorn zu machen.

»…«

Karen fasste noch einmal neu nach meiner Hand. Unsere beiden Handflächen waren durch die Aufregung klatschnass geschwitzt. Ihr Herzschlag übertrug sich auf mich, überlagerte sich mit meinem, reagierte auf mich und wurde immer schneller.

»Karen …«

Ich wusste zwar, dass sie mich nicht hören konnte, rief aber dennoch ihren Namen. Und sie blickte in meine Richtung und schien mir etwas zuzuflüstern. In diesem dunklen Labyrinth fühlte ich mich durch die Wärme meiner Partnerin ermutigt und so setzten wir einen Fuß vor den nächsten. Ich hatte das Gefühl, dass sich unsere beiden Stimmungen vollständig überlagert hatten. Das war das erste Mal für mich. Dann zog ich mit einem starken Ruck an ihrer Hand.

»Ah!«, rief ich und mit etwas zu viel Schwung stieß sie mit mir zusammen. Wir beide torkelten und machten so ein paar Schritte vorwärts.

In diesem Moment veränderte sich die Luft der Umgebung leicht. Was war das? Es war, als hätten wir einen weiten Raum betreten … Während wir auf unsere Umgebung Acht gaben, liefen wir weiter. Und plötzlich ertönte aus den Kopfhörern die Ansage einer Frau. Es war aber nicht die von vorhin.

»Herzlichen Glückwunsch! Ihr beiden habt den Couple Dungeon sicher durchquert!«

»Hä?«

Schon vorbei? Ich war total erstaunt, aber gleichzeitig spürte ich auch, wie eine Ungeduld in mir wuchs. K… Karen und ich hatten doch noch gar nichts erreicht …

»Bis die anderen vier Teilnehmer sich auf diesem Platz versammeln, bitte ich euch, noch in der Dunkelheit zu warten!«

Oh nein, am Ende gibt es noch einen Aufschub. Ich war erleichtert, fasste gleichzeitig aber einen Entschluss.

»Karen.«

Während ich ihren Namen rief, ließ ich ihre Hand los und zu meiner Überraschung fasste sie mit beiden Händen um meinen Kopf. Irgendwie passte dieser freche Angriff nicht recht zu Karen und so war ich zunächst verwirrt … Doch dann vermutete ich …

Verstehe, sie schenkt mir ihren letzten Mut.

In dem Moment, als ich ihren Entschluss spürte, verschwanden in mir diese kleinlichen Gefühle wie Scham oder Anspannung. Und zurück blieb nur meine überschäumende Liebe. Um ihre Gefühle zu erwidern, legte ich eine Hand um ihre Taille und mit der anderen hielt ich ihren Kopf … und zog sie zu mir.

Und so kam der rote Kopfhörer in der Dunkelheit langsam näher.

»Karen …«

Ich flüsterte noch einmal verträumt ihren Namen. Mit weit geöffneten Augen spitzte ich die Lippen …

Und in diesem Moment gingen gleichzeitig alle Lichter an.

»Wah …«

Das kam so plötzlich, dass ich geblendet wurde – mit einer Hand um ihre Taille und der anderen an ihrem Kopf waren meine

Bewegungen eingefroren. In dieser Position verharrten wir noch einige Sekunden. Als sich meine Augen langsam an das Licht gewöhnten, war der erste Anblick, der sich mir nun bot …

»Hä …?«

Ein Close-up eines Mädchens mit geöffneten Augen, die ähnlich überrascht aussah wie ich – dahinter Karen und Chiaki, die sich innig im Arm hielten.

Aguri

Und in diesem Moment gingen gleichzeitig alle Lichter auf dem Platz an.

»Kyah …!«

Das kam so plötzlich, dass ich geblendet wurde – mit seiner Hand um meine Taille und der anderen an meinem Kopf waren meine Bewegungen eingefroren. In dieser Position verharrten wir noch einige Sekunden. Als sich meine Augen langsam an das Licht gewöhnten, war der erste Anblick, der sich mir nun bot …

»Hä …?«

Ein Close-up eines Jungens mit geöffneten Augen, der ähnlich überrascht aussah wie ich – dahinter Tasuku, dem Konoha um den Hals gefallen war.

Gamers

Und in diesem Moment gingen gleichzeitig alle Lichter auf dem Platz an.

»Huh …«

Das kam so plötzlich, dass sie geblendet wurden – mit ihren Partnern zusammen erstarrten Karen Tendo, Chiaki Hoshinomori, Tasuku Uehara und Konoha Hoshinomori auf der Stelle. In dieser Position verharrten sie noch einige Sekunden. Als sich ihre Augen langsam an das Licht gewöhnten, war der erste Anblick, der sich ihnen nun bot …

»Hä …?«

In der Mitte des Platzes standen in inniger Umarmung und einen zärtlichen Kuss austauschend …

… Keita und Aguri …

Nachwort

Hallo, ich bin's, euer Autor Sekina Aoi. Vielen Dank, dass ihr den fünften Band von *Gamers!*, der im Japanischen den Titel *Gamers und das vernichtende Game Over* trägt, in die Hand genommen habt.

Nun denn, da dies bereits der fünfte Band der Reihe ist, werde ich mich langsam tatsächlich mit steifen Begrüßungen zurückhalten. Das heißt, dass ich sogleich ins eigentliche Thema einsteige.

Diesmal umfasst das Nachwort ganze 14 Seiten.

Habt ihr schon mal einen Schriftsteller gesehen, der es ganz locker schafft, ein Nachwort zu schreiben, das zehn Seiten länger ist als sonst? Ich jedenfalls nicht … Außer im Spiegel.

Wenn ich so was sage, dann sieht es so aus, als wäre der Autor »Sekina Aoi« ein narzisstischer Kerl, der in übertriebenem Maße von sich selbst reden will. Na ja, es gibt ja wirklich Leute, die den Beruf des Schriftstellers wählen, gerade weil er reichlich Gelegenheit bietet, anderen den eignen Kram aufs Auge zu drücken. Trotzdem, wenn man seit seinem Debüt gerade mal zwei bis drei Nachworte im Umfang von vier bis fünf Seiten geschrieben hat, ist man damit zufrieden – normalerweise. Tatsächlich habe auch ich bei meiner allerersten Serie mein Bedürfnis nach Nachworten wohl zur Genüge befriedigt und bin komplett über die Stufe hinaus, auf der ich fröhlich von mir selbst reden konnte. In diesem Sinne dachte ich wohl, dass es reicht, wenn ich von da an die Mindestzahl an Seiten (so in etwa zwei) für mein Nachwort erhalten würde, um Dankesworte an die Leser und das Team zu richten, doch seitdem sind einige Jahre vergangen ...

Selbst als ich von meinem Redakteur die Mitteilung für ein zehn Seiten längeres Nachwort bekam, hatte sich in mir schon das Gefühl herausgebildet, alles mal wieder mit der üblichen Praxis erledigen zu können.

Wieso das denn? Na ja, ich gehöre zwar zu den Fällen, die sich wie immer über lange Nachworte beschweren, doch diesmal hatte ich es mir, ganz ehrlich, so ziemlich selbst zuzuschreiben. Als mein Redakteur, wie ich vorhin schon sagte, mir die Seitenzahl des Nachworts mitteilte, schlug er mir freundlich vor, dass wir hingegen den Haupttext gemeinsam ein wenig anpassen. Doch da antwortete ich blöderweise sofort:

»Nein, da die Seitenzahl der letzten Nachworte etwas kürzer war, ist es diesmal so okay.«

In letzter Zeit ist es mir ein klein wenig klarer geworden, wenn Komiker von sich aus um einen Nachschlag an heißen Oden* bitten.

Ja, so sieht's aus. Nach wie vor treibt mich mein Wille zum »Schreiben« an, doch wie die Dinge stehen, schwebt mir überhaupt kein Thema vor. Das kommt davon, dass ich von Grund auf ein Indoor-Mensch bin, obwohl ich immer darüber meckere. Mein Alltag besteht ausschließlich darin, Novels zu schreiben, zu essen, mich zu amüsieren und zu schlafen. In so einem Alltag ist mein einziges Hobby, von dem man sagen könnte, es sei es gerade mal wert, darüber mit anderen Menschen zu sprechen, Games.

* Anspielung auf Atsuatsu Oden, eine Performance des japanischen Komikertrios Dacho Kurabu«, bei der sich die Mitglieder gegenseitig kochend heiße Bestandteile des Oden-Eintopfs an den Körper halten oder in den Mund stecken.

Wenn ich so was schreibe, dann denken die Leser vielleicht so was wie: »Tja, ist es dann nicht okay, wenn der über Games redet? In der Serie geht's ja auch darum«.

Da befindet sich allerdings eine große Fallgrube. Wie sag ich das ... Diese Serie hat ja von vornherein im Haupttext Games als Thema. Ähm. Mit anderen Worten ...

Ich kann doch nicht einfach meinen wertvollen »Games-Stoff« im Nachwort verschwenden!

Was bliebe denn von diesem Nachwort übrig, wenn ich von mir aus sogar das Games-Thema aufgreifen würde? Mein netter Redakteur und meine lieben Leser sagen zwar freundlich lachend und leicht heraus so was wie: »Herr Aoi, es ist doch gut, wenn Sie uns von Ihrem Alltag erzählen!«. Aber ist dem wirklich so? Ich schreibe mal versuchsweise im Ernst eine Zeile über »meinen Alltag«, ja? Darf ich?

Neulich habe ich einen Zahnpastafleck auf mein Lieblings-T-Shirt gemacht. Was für'n Schock!

Gibt es auch nur einen Menschen auf dieser Welt, der einen derartig spannenden »Alltag« lesen will?! Will wirklich jemand stinklangweilige Alltagsberichte auf einem Level lesen, das in letzter Zeit nicht einmal mehr Idols verziehen wird?! Weil solche Berichte wirklich abartig sind! Und das Spannendste ist, dass ich in letzter Zeit ja gar keine Zahnpastaflecken auf T-Shirts gemacht habe! Das ist nicht nur langweilig, sondern auch noch erfunden, wirklich jetzt, was soll dieser sinnlose Text?! Lass das Schriftstellerdasein lieber ganz!

Nein, ich möchte wirklich nicht, dass meine Leser mein normalerweise hoffnungsloses Nicht-Vorhandensein von Smalltalk-Skills unterschätzen. Ich auf einem Level, der von sich aus nicht einmal das Thema Wetter aufbringen kann, wenn er mit einem flüchtigen Bekannten allein im Raum ist. Und nicht nur das, ich bin ein Mensch, der auf das, was das Gegenüber gesagt hat, nur mit »Ach so ...« antwortet und damit sämtliches Potential, das Gespräch weiterzuentwickeln, im Keim erstickt! Was für ein Businessmodell soll das sein, bei dem man so jemandem sagt, er solle schreiben, was er will? Ihn 14 Seiten schreiben lassen, das in einer kommerziellen Zeitschrift veröffentlichen und allen vorsetzen?!

Dennoch ... Je öfter ich mich auf diese Weise über das Nachwort auslasse, umso mehr kollidiere ich mit der Frage, warum ich denn dann Schriftsteller geworden bin. Doch diesbezüglich habe ich selbst auch keine Ahnung. Vielleicht gibt es unter meinen Lesern jemanden, der in einem Interview oder so mit mir den »redegewandten Herrn Sekina Aoi« erblickt hat, der sagte: »Schreiben macht Spaß!«. Doch – es tut mir leid, das sagen zu müssen – das war ein äußerst oberflächlicher Kommentar von Sekina Aoi als vollwertigem Mitglied der Gesellschaft. Das war zwar definitiv keine Lüge, aber wenn ich ehrlich sein soll, könnte ich diesen »Spaß« auf Games bezogen folgendermaßen ausdrücken: »Hi hi hi ... Es gibt keinen Gegner mehr, den ich plattmachen kann, aber das sinnlose Aufleveln macht Spaß ... Hi hi ... Hi hi hi ... Ah, der Counter für die Spielzeit hat aufgehört zu zählen ...«! Das ist schon eher eine »Krankheit« als ein Vergnügen.

Übrigens ist das angenehme Gefühl, das sich einstellt, wenn ich einen Abschnitt fertig geschrieben habe, so ähnlich wie das, das man hat, wenn man aus der Sauna kommt. Und das angenehme Gefühl, das ich habe, wenn ich von meinen Lesern gute Kommentare bekomme, ähnelt dem Gefühl, das man hat, wenn man einen Dankeskommentar bekommt, nachdem man in einem Online-Game jemand anderen geheilt oder wiederbelebt hat. Und weil ich von solchen Kommentaren völlig hingerissen bin, bekomme ich auch diese langen Texte, die mir eigentlich nicht liegen, einigermaßen diszipliniert auf die Reihe – und fertig ist der Hikikomori*-Schriftsteller. Aber, na ja, ich bin zwar nicht Chiaki Hoshinomori, doch wenn ich von etwas völlig eingenommen werde, kann man nichts machen, und so werde ich mir von nun an große Mühe sowohl beim Haupttext als auch beim Nachwort geben.

Ende.

…

Völlige Verzweiflung, weil das erst ein Drittel der Gesamtlänge ist, obwohl das gerade ein gutes Ende gewesen wäre. Da man da nichts machen kann, werde ich das ein wenig anders managen und wohl auch über das Werk sprechen! (Mach das doch gleich!)

Der Untertitel dieses fünften Bands ist zu beunruhigend, doch wie fanden ihn diejenigen wohl, die schon fertig gelesen haben? Ich suche ihn jedes Mal mit der Absicht aus, dass sich bis zum Schluss des Bandes das Gefühl »Ahhh, daher der Untertitel!« einstellt. Doch auch der Autor hätte nicht gedacht, dass am Ende dieses Bands tatsächlich die Erde explodiert. Diejenigen, die den Haupttext schon gelesen haben, hat das bestimmt überrascht. Und diejenigen, die beim Nachwort angefangen haben, werden wohl noch überraschter sein.

* Als Hikikomori werden in Japan Menschen bezeichnet, die sich in ihr Zimmer oder ihre Wohnung zurückziehen und den Kontakt zu ihrer Umwelt so weit wie möglich reduzieren.

Doch Spaß beiseite, natürlich geht es ordentlich weiter, obwohl der Untertitel schon sehr nach einem Abschlussband (und dann auch noch nach einem Bad End) klingt. Es ist immer so, doch ich suche einfach Untertitel aus, die zum Inhalt passen, also denkt euch bitte nicht zu viel dabei. Auch wenn das Ende wie immer explosionsartig war (die Erde explodiert nicht), würde ich mich freuen, wenn ihr auch weiterhin ohne zu viele Erwartungen auf den nächsten Band gespannt seid. Am Ende ist es doch eine idiotische romantische Komödie mit Aneinander-Vorbei-Reden und Missverständnissen.

Ja, aber was wird Tasuku, der in einem Raumschiff entkommen konnte und als Einziger überlebt hat, von nun an wohl machen? Auch der Autor hofft jetzt auf »*Gamers!* 6 Tasuku Uehara und das Weltraum-Reset«! Ich freue mich schon drauf, zu sehen, was das für eine Geschichte wird! Es wäre schön, wenn Keita und die anderen wiederbelebt werden, nicht wahr?!

…

Hm, vielleicht wäre es besser gewesen, dieses unsinnige Gerede noch etwas aufzublähen, um mehr Seiten zu füllen … Oh weh, oh weh, ich versuche so verzweifelt dieses Nachwort zu schreiben, dass ich sogar solche Monologe mit meinen dreckigen, eigennützigen Hintergedanken reinschreibe. Ich hätte nicht gedacht, dass ich so problemlos mit dem Plaudern über den Inhalt des fünften Bandes fertig werde, und schiebe jetzt leichte Panik. Es ist voll hart, über den Inhalt von *Gamers!* zu reden! Weil sich innerhalb des Werks die Beziehungen der Charaktere superschnell ändern, neige ich dazu, sofort zu viel zu verraten, worüber auch immer ich zu reden versuche.

Tja, soll ich dann mal über die Charaktere oder so sprechen? Zunächst einmal zu den Mitgliedern des Game-Klubs, die in den letzten zwei Bänden so sporadisch dann und wann mal aufgetreten sind. Ganz am Anfang dachte sogar mein Redakteur, dass sie zu den inhaltlichen Serien-Charakteren des ersten Kapitels gehören, doch ehrlich gesagt waren sie für mich gänzlich »Gast-Charaktere, die nur im ersten Kapitel vorkommen«. Doch da sie sich in der letzten Zeit ab und an sehen lassen, habe auch ich mich gewundert. Die Charaktere handeln von selbst ... So sieht es in dieser abgenutzten Welt aus, doch offensichtlich nehmen auch die Mitglieder des Game-Klubs aktiv daran teil – und das ist doch das Wichtigste, denke ich dabei als Autor. Das klingt jetzt so, als ob ich ein Autor wäre, der seine Charaktere liebt, aber da es im Allgemeinen auch vorkommt, dass ich die Namen der Charaktere, die ich selbst erfunden habe, komplett vergesse, ist es besser, das überhaupt nicht hoch zu bewerten.

Um noch beim Thema Charaktere zu bleiben – ich persönlich mag Konohas Perspektive gern. Weil sie gerade jetzt anders ist. Für mich als Autor sind Persönlichkeiten, die Klartext reden, äußerst willkommen. Aber ich habe keine Ahnung, wie das für euch als Leser ist! Tut mir leid, wenn euch das abstößt! Ich denke aber schon, dass sie in ihrem Inneren bestimmt ein gutes Mädchen und nur die Art, wie sie beschrieben wird, komisch ist (plötzlicher, flüchtiger Nachtrag)! So ungefähr wird das wohl sein.

Nun denn, da ich auch mit dem Thema Charaktere durch bin ... Wenn es jetzt schon so weit ist, dann quetsche ich auch das Thema Games (Alltagsstorys) aus.

Ich sage zwar immer wieder, dass Games mein Hobby sind, aber ich bin nicht der Typ, der sich den ganzen Tag lang für dasselbe Game begeistern kann. Dementsprechend lebe ich oberflächlich. Das heißt, dass ich Novels und Manga lese, Filme und Anime gucke usw. (letztendlich ist indoor indoor).

In letzter Zeit wurde ich hier und da häufig mit Gelegenheiten gesegnet, ein Brettspiel zu spielen, bei dem man seinen Kopf anstrengen muss. Das ist auch noch etwas, was sich wirklich für *Gamers!* eignet, und so möchte ich, dass auch sie im Verlauf des Werks unbedingt mal welche spielen. Doch eigentlich feilen sie auch schon ohne die Brettspiele unnötigerweise die ganze Zeit an Strategien. Wenn da jetzt noch die psychologische Kriegsführung von Brettspielen dazukommt, ist das so, wie wenn sich Krimis und taktische Fantasy plötzlich zu krassen Strategie-Novels entwickeln. Deshalb ist ein wenig Vorsicht angebracht. Das »Spiel des Lebens« aus dem dritten Band ist da wohl das höchste der Gefühle, was?

Übrigens mag ich persönlich Brettspiele wie *Die Siedler von Catan* total gern. Bitte verzeiht diese äußerst flache, dilettantische Game-Vorstellung, die so in der Art von Keita stammen könnte. Ich bekomme wirklich ziemlich viel Verschiedenes zu spielen, doch ein Meisterwerk ist nun mal ein Meisterwerk. Bei Videospielen ist es vielleicht genauso (ich bin so jemand, der zum Beispiel Smartphone-Ports von alten RPGs immer wieder spielt).

Ah, wo die Rede gerade in Richtung Videospiele geht, erzähle ich etwas, was ich eher nicht für die Story von *Gamers!* benutzen werde … In letzter Zeit zocke ich nach langer Pause mal wieder öfter Konsolenspiele. Ich mag es zwar nach wie vor auch, mit

Unterbrechungen an einem Handheld zu spielen und dabei fernzugucken, doch wenn ich dann gelegentlich ein Supermeisterwerk für die Konsole spiele, werde ich vor lauter Zufriedenheit ganz benebelt. Ohne es zu wollen, fange ich dann ein Game nach dem anderen an. Geht es umgekehrt nur mir so, dass es echt lästig wird, wenn man, welche Konsole auch immer, wieder hochfährt, nachdem man länger nicht gespielt hat? Die Vorahnung, dass Systemsoftware-Updates reinkommen oder die Tatsache, dass das Gerät selbst oder der dafür benötigte Controller geladen werden müssen, sind echt nervig ...

Zum Beispiel bei Handhelds.

Wenn man das Gerät nach langer Zeit wieder einschalten will, ist es nicht geladen, und wenn man nach dem Laden denkt, es würde endlich hochfahren, beginnen die Updates, und wenn man denkt, dass der Download der Updates endlich abgeschlossen ist, muss erst das Gerät neugestartet werden, und wenn man dann denkt, dass es mit Müh und Not neugestartet ist, wird einem gesagt, dass die Installation zehn Minuten dauert ... Solch eine Hölle, habt ihr sie auch schon erlebt? In was für einer trostlosen komischen Zeit wir leben ...

Nun denn, kommen wir auch zum Thema Film. Ich bin ein Mensch, der ungefähr ein bis zwei Mal im Monat ins Kino geht. (Ich habe absolut keine Ahnung, ob das viel oder wenig ist. So durchschnittlich vielleicht?) In den letzten paar Jahren kam es seltsamerweise immer häufiger vor, dass ich während des Films dachte: »Das ist ja wie ein Game!« Früher war das eher so, dass ich nur bei Filmsequenzen in Games dachte: »Das ist ja wie ein Film!« In den letzten

Jahren war es sehr oft so, dass ich zum Beispiel bei der Inszenierung von Action-Szenen dachte: »Das ist ja wie in einem Game!« Ja, um das Offensichtlichste zu nennen, ist es zum Beispiel bei Kriegsfilmen die Darstellung in der Ego-Shooter-Perspektive. In jedem Fall haben gefühlt die Stellen zugenommen, die »wie in einem Game« rüberkommen, sei es ein wenig in der Darstellungsweise der Action oder im Aufbau der Story.

Ja, zu neunzig Prozent liegt das wohl einfach daran, dass ich, weil ich Games mag, in übertriebenem Maße darauf reagiere. Aber ich spüre zum Teil auch, dass der offensichtliche Unterhaltungsfaktor von Games mehr als früher die Gesellschaft durchdrungen hat, und das freut mich eben. Aber damit habe ich überhaupt nichts zu tun. Bin ja auch kein Game-Entwickler! Aber hey, ist man nicht dann glücklich, wenn Elemente dessen, was man mag, flüchtig in den Alltag hineinragen? So ein Gefühl, wie wenn die BGM* aus einem Game, das man mag, plötzlich in den Nachrichten gespielt wird oder so.

Zum Thema Essen. Ich habe gehört, dass Schriftsteller, die kochen können, in ihren Nachworten Rezepte vorstellen, die so lecker sind, dass sie Cookpad** vor Neid erblassen lassen oder darin Tipps zum Kochen geben. Deshalb werde auch ich, der selbsternannte Gourmetforscher Sekina Aoi, hier einen heißen Tipp offenbaren. Also, das bleibt aber unter uns.

In letzter Zeit sind die Conbini-Lunchboxen und –Süßigkeiten megalecker!

---

* Hintergrundmusik, aus dem Englischen: background music.
** Japanische Koch-Website.

Tja, das ist euch wohl wie Schuppen von den Augen gefallen! Es ist okay, wenn ihr die Redaktion darum bittet, ein Kochbuch von Meister Aoi rauszubringen. Auch ich wäre dem nicht abgeneigt. Nein wirklich, wundert ihr euch nicht auch manchmal über das Conbini-Essen? Ich persönlich denke oft, dass Nudeln, Suppen und Süßigkeiten echt leckerer als in einem schlechten Restaurant sind. Das heißt wohl, dass ich in meinem Alltagsleben eigentlich auch nur in billige Lokale gehe. Das ist dann wohl so. Na klar. Ich weiß schon, dass Selbstkochen wirtschaftlich und im Grunde genommen bei Weitem gesünder und leckerer ist. Ja ja, fragt beim Thema Essen nur Sekina Aoi! (Sage ich noch mal.) Allerdings stellt sich mir die Frage, wer von euch in seinem Alltagsleben nicht doch unabsichtlich auf Conbini-Lunchboxen herabsieht ... Aber wer bin ich denn eigentlich? Ein Spion oder was?

Tatsächlich habe ich früher die Nachtschicht im Conbini gearbeitet und bei der Gelegenheit viel Verschiedenes gegessen. Ganz klar ist das jetzige Conbini-Essen im Vergleich zu damals um einiges leckerer. Ja, das ist vielleicht selbstverständlich, weil bestimmt viele hervorragende Erwachsene miteinander konkurrierend neue Produkte entwickeln. Vor allem die Kuchen und Puddings. Es sind die Süßigkeitengeschäfte, die mir leidtun. Na ja, ich denke zwar nicht wirklich, dass es frisch zubereitetem Essen zu Hause oder im Restaurant Konkurrenz macht, aber wenn man dann noch in Betracht zieht, wie praktisch es ist, so ist die Geschmacksentwicklung doch beeindruckend. Auch die Qualität von Tiefkühl- oder Retorten-Essen steigt rapide an, nicht wahr?

Wenn auch Novels bald von Conbinis bedroht werden, was soll ich dann tun? Werden sie Schlag auf Schlag günstige Light Novels der Hausmarke rausbringen? Und dann auch noch irgendwie superinteressante? Dann wird meine Arbeit …

Oh, Sekina Aoi liebt Conbinis! Viva Conbinis! Come on, Arbeit!

Nun denn, auch diesmal folgen Dankesworte.

Zunächst einmal an Sabotenn, der freundlicherweise auch den fünften Band mit prachtvollen Illustrationen verschönert hat. Haben Sie wie immer vielen Dank! Weil im Werk Dialoge im Mittelpunkt stehen, sind die Szenen, die sich als visuelle Höhepunkte eignen, eher rar gesät, aber die Auswahl seiner großartigen Illustrationen für die ab und zu vorkommenden superwichtigen Szenen ist jedes Mal verblüffend perfekt und ich bin sehr dankbar dafür. Bitte seien Sie mir auch in Zukunft weiterhin wohlgesonnen.

Als Nächstes an meinen Redakteur. Wenn ich mich beim vorliegenden Band bei gewissen Beschreibungen gequält habe, hat er mir mit aufmunternden Worten den Rücken gestärkt und mir damit sehr geholfen. Bitte unterstützen Sie mich auch weiterhin! Ich kann aber nach wie vor keine Vorabberichte über künftige Entwicklungen machen! (Weil ich es selbst noch nicht weiß.)

Und als Letztes an meine Leser, die diesen Band trotz seines wirklich unglücklichen Untertitels gelesen haben.

Habt wie immer vielen, vielen Dank.

Was den Fortgang der Serie betrifft, so kann ich so gut wie nichts fest versprechen, doch wie ich immer sage, ist diese Story unentwegt eine romantische Komödie, also würde ich mich freuen, wenn ihr auch den nächsten Band mit einem Grinsen im Gesicht lesen würdet.

Also dann, bis bald, wir sehen uns im nächsten Band!

Sekina Aoi

Sekina Aoi

Ich liebe romantische Komödien. Ob sie jetzt ganz vordergründig als Dating Sim daherkommen oder in Form von herzzerreißenden Liebesromanen. Aber am liebsten sind mir die leichten Geschichten, so wie sie in Shonen-Manga-Zeitschriften erscheinen. Das sind meistens romantische Elemente als Verschnaufpause zwischen Kämpfen und Abenteuern oder erfrischende Schilderungen des Haremsalltags, sodass man auch bei mehreren Heldinnen nicht durcheinanderkommt. Irgendwie wird mir dann immer wohlig warm ums Herz.

Allerdings will ich im echten Leben Turteltäubchen immer explodieren lassen, wenn mir welche über den Weg laufen. Und dieser widersprüchliche Autor hat für euch also den fünften Band dieser romantischen Komödie verfasst. Ich hoffe, er hat euch gefallen!

Willkommen im Game-Klub!

Taucht mit dem Manga jetzt noch tiefer in das
Gamers!-Universum ein und seid auf Schritt und Tritt
dabei, wenn sich Keita durch die sozialen Irren und
Wirren der Otobuki Schule kämpft.

ISBN: 978-3-96358-093-2
€ (D) 7,00 | € (A) 7,20

Gamers!

Story Sekina Aoi
Artwork Tsubasa Takahashi
Character Design Sabotenn

2

altraverse

ISBN: 978-3-96358-094-9
€ (D) 7,00 | € (A) 7,20

Nicht schon wieder, Takagi-san!

Soichiro Yamamoto

Der Mittelschüler Nishikata wird ständig von seiner Klassenkameradin Takagi-san geärgert. Sein Selbstbewusstsein ist zerschmettert, aber er schwört sich, irgendwann das Blatt zu wenden und ihr alles heimzuzahlen. Ob ihm das wohl je gelingen wird?

Wie es Miss Beelzebub gefällt

matoba

Die Unterwelt wird von der schönen Beelzebub regiert. Doch die Hölle ist nicht so finster, wie man vielleicht denken würde, denn ihre Herrscherin hat eine Vorliebe für alles Niedliche und Flauschige. Und mit ihrer zerstreuten Art hält sie ihren armen liebeskranken Diener Mullin ganz schön auf Trab ...

Keine Cheats für die Liebe

Keine Cheats für die Liebe
Fujita

Nerd sein ist nicht leicht! Sobald die Männer erfahren, dass Narumi ein Fangirl ist, nehmen sie Reißaus. Die Lösung: Ein Nerd muss her – meint zumindest ihr Kindheitsfreund Hirotaka, selbst eingefleischter Gamer, und stellt sich auch gleich zur Verfügung. Ist dies der Beginn einer mangareifen Romanze oder heißt es am Ende doch Game over?

Interviews mit Monster-Mädchen

Petos

Vampire, Sukkuben, Schneefrauen und andere Arten von Ajins sind uns Menschen ähnlicher, als man denken könnte. Biologielehrer Tetsuo Takahashi hofft bereits sein ganzes Leben darauf, einen kennenzulernen. Als er herausfindet, dass drei seiner Schülerinnen Ajins sind, beschließt er zu Studienzwecken Interviews mit ihnen zu führen.

altraverse

Deutsche Ausgabe / German Edition
Altraverse GmbH – Hamburg 2019
Aus dem Japanischen von Jan-Christoph Müller

GAMERS! Volume 5
GAMERS TO ZENMETSU GAME OVER
©Sekina Aoi, Sabotenn 2016
First published in Japan in 2016 by KADOKAWA CORPORATION, Tokyo.
German translation rights arranged with KADOKAWA CORPORATION, Tokyo
through TUTTLE-MORI AGENCY, INC., Tokyo.

Redaktion: Anh Tu Nguyen
Satz + Herstellung: Stephanie Gieck

Druck: CPI books GmbH, Leck
Printed in Germany

Alle deutschen Rechte vorbehalten.
ISBN 978-3-96358-100-7
1. Auflage 2019

www.altraverse.de